LIANHUA LEGEND·WIND DRAGON

害怕你说你不想见我，
害怕你责备我接近你别有用心，
害怕你不再对我温柔，
把我当成一个陌生人……

他好看的脸上毫无表情，一句话也不说，只是用那双深邃的眼睛看着我。我的脸不知道为什么，一下子变得滚烫起来，耳朵只能听到自己心脏跳动的声音。

莲化传说·风之龙

LIANHUA LEGEND·WIND DRAGON

艾可乐 著

湖南少年儿童出版社
HUNAN JUVENILE & CHILDREN'S PUBLISHING HOUSE

图书在版编目（CIP）数据

莲华传说·风之龙 / 艾可乐著. —— 长沙：湖南少年儿童出版社，2014.11
ISBN 978-7-5562-0564-6

Ⅰ．①莲… Ⅱ．①艾… Ⅲ．①长篇小说－中国－当代 Ⅳ．①I247.5

中国版本图书馆CIP数据核字(2014)第229877号

责任编辑：钟小艳
品牌运营：Sean.L
特约编辑：李 黎 梁 甜
视觉监制：611
文字编辑：袁 卫
装帧设计：小名鼎鼎 兜 兜 齐晓婷
插画制作：索·比昂卡创作组（多 夕 Erich 宋 歌 飞翔舞）
文字校对：后 鹏

出 版 人：胡 坚
出版发行：湖南少年儿童出版社
地　　址：湖南省长沙市晚报大道89号　邮编：410016
电　　话：0731-82196340（销售部）　82196313（总编室）
传　　真：0731-82199308（销售部）　82196330（综合管理部）

经　　销：新华书店
常年法律顾问：北京市长安律师事务所长沙分所 张晓军律师
印　　刷：湖南省众鑫印务有限公司
印　　张：16　　　　　　　　　开　　本：710 mm×1000 mm　1/16
版　　次：2014年11月第1版　　印　　次：2014年11月第1次印刷
定　　价：28.80元

版权所有　侵权必究
质量服务承诺：若发现缺页、错页、倒装等印装质量问题，可直接向本社或印刷厂调换。
服务电话：0731-82196362/84887200

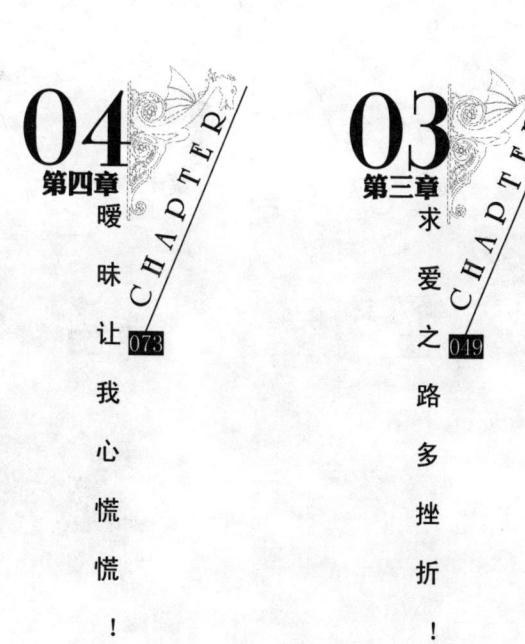

CONT 目录 ENTS

楔子 PROLOGUE 001

01 第一章 人类世界太可怕！ CHAPTER 007

02 第二章 冷酷勇士难对付！ CHAPTER 027

03 第三章 求爱之路多挫折！ CHAPTER 049

04 第四章 暧昧让我心慌慌！ CHAPTER 073

05 第五章 告白无果太悲凉！ CHAPTER 093

LINHUA LEGEND · WIND DRAGON

CONT 目录 ENTS

08 第八章 传家之宝震惊龙！
159

07 第七章 宿敌关心很突然！
137

06 第六章 无敌挡箭龙坚强！
115

尾声 EPILOGUE
235

10 第十章 换血复苏真心明！
207

09 第九章 勇士示爱变故生！
187

楔 子
PROLOGUE

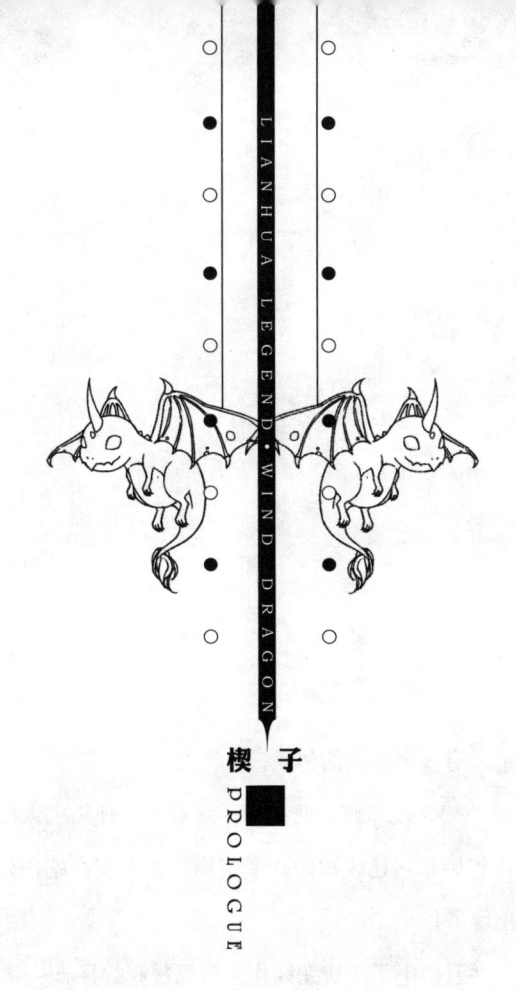

莲华传说·风之龙

LIANHUA LEGEND · WIND DRAGON

在很久很久以前，有一个神奇的传说。

公主因为出众的外貌，被邪恶的龙觊觎。这条恶龙使用强大的武力将公主抢回了自己的城堡，并把她和自己收藏的众多宝物放在一起。就在公主快要绝望的时候，英俊的勇士出现了！

他打败了恶龙，并且拔下了一块龙鳞作为自己胜利的标志。

美丽的公主看到如同天神一般英俊的勇士以后，深深地爱上了他，于是勇士带走了城堡里珍贵的财宝，和公主幸福地生活在一起。

但是，没有哪一个传说会把故事讲完整——比如说，传说中的反派会过上怎样的生活。

其实传说中的恶龙并不邪恶，它不会吃人，也不会从口里喷出火焰烧掉整片森林，它做过的最坏的事情可能就是吃霸王餐。而它把公主掳走，也只是看上了她脖子上的深海珍珠，想用自己的珍藏跟她交换而已。

被勇士打败，并抢走所有财宝，还被冠上"恶龙"之名的龙，最后只能灰溜溜地回到了龙之谷，过上了被其他人嘲笑的生活，一辈子郁郁寡欢，在临终之前给后代留下了这样的遗言——

"恶龙一族后裔和勇士之间的斗争永不止息！身为龙之谷的人一定要打败勇士，夺回恶龙之鳞，为恶龙一族雪耻！"

楔子

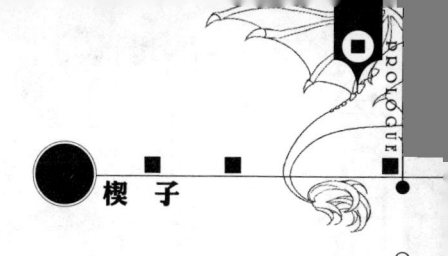

公元2014年。

一个月黑风高的夜晚。

站在城市最高建筑的顶端，我俯瞰着脚底下的城市，任由晚风裹着我红色的长发吹向空中。

我——红竺，龙族第233代传人，这次离开龙之谷，就是为了替祖先雪耻，阻止勇士与公主再次恋爱，以及夺回被勇士拿走的龙鳞。

据说这次的任务所在地就是……

我抬起头，眺望远方，整个城市的夜景尽收眼底。

城市的灯光如同一颗颗闪亮的宝石，其中最大最亮的那颗就是我的目标所在地——莲华学院，人类世界里的顶级私立学院。

"红竺，这次出门一定要小心哦！要知道人类世界可是超级危险的，你一定要万分警惕！"临行前，龙之谷的贤者大人，也就是我的妈妈，拉着我的手嘱咐道，"还有，在人类世界你必须隐瞒自己龙的身份，绝对不可泄露龙之谷的所在……"

根据妈妈的占卜显示，勇士和公主的后人就在莲华学院。

"勇士和公主是吧……"

我的双眼像是被什么东西吸引住了一样，虽然无法看清楚莲华学院的全貌，但光是那如同宝石一样璀璨的光芒，就足以让我热血沸腾。

"真的好想见到你们啊……我亲爱的勇士还有公主……"我轻轻地舔了舔嘴唇，幻想着跟勇士和公主见面的那一刻。

"整个龙族已经等待了几千年，就是为了等我红竺大人打败你们的……喀喀喀……"

我张开嘴，刚想对着莲华学院的方向发出我的挑战，没想到刚说了一句，冰冷的夜风就灌入我的嘴里，堵住了我要说的话，随风而来的还有一种说不出来的奇怪味道。

"喀喀……"

人类居然能在这样恶劣的空气中生存，果然是我们龙族最危险的敌人！

不过，我可是红竺。

人类也好，勇士也好，公主也好……

龙族上千年的耻辱，就在我手中画上休止符吧！

我红竺大人会一一将你们打败，然后让你们痛哭流涕地跪在地上，为自己祖先犯下的错忏悔。

我下定决心，深深地吸了一口气，感受着空气中的风元素，让它们集中在我的双腿上，用力一跃——

身体借着风的力量顺利离开了城市的最高点，朝着目的地前行。

我红竺大人出手，能有办不到的事情吗？

嘿嘿，我可是龙族年轻一辈的翘楚，是连续10年考试得龙族第一、号称"希望之星"的精英龙！

破坏勇士和公主的联姻，夺回祖先的鳞片，也就是小菜一碟的事啊！

一想到满载而归的我受到龙之谷所有人的欢迎，以及隔壁那条80年都没有化成人形的绿龙嫉妒的眼神……

哎呀，我到底要用哪种姿态回去呢？冷酷的样子比较合适，还是阳光亲民的样子好呢？

"龙族英雄什么的……人家也不是很想引人注意啦，哈哈哈……"

突然，一阵强风夹带着冰冷的水汽将我飘远的思绪拉回现实。

咦？之前还在眼前的莲华学院呢？

怎么一下子就不见了？

我迟疑地四下张望，之前还密密麻麻的楼房消失了，取而代之的是伸手可触

楔 子

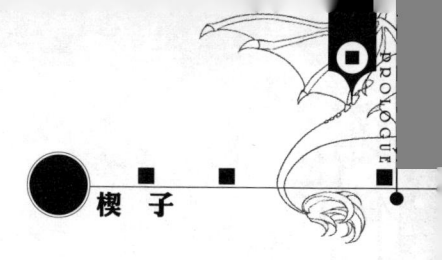

的云层……

一种不祥的预感在我心中升起。

难道……

我颤抖地低下了头，一排排高楼的房顶在我脚下很远的地方"唰唰"地掠过。

我好像用力过猛了……

"啊啊啊——不要啊——"

我的身体像是突然失去了控制，急速往下坠落。

"啊啊啊，救命啊——"

风把我的长发吹得乱七八糟，尽管我不断地整理，但还是有不少头发挡住了我的视线。

可恶！要是听妈妈的话，把头发扎起来就好了，或者剪个短发也不错。

不对，现在不是想这种事情的时候！

身体下降的速度越来越快，脚下楼房的轮廓也越来越清晰，我甚至能看到不远处一户人家的餐桌上还没有吃完的晚餐。

"啊啊啊——快停下来啊——"

我拼命收集着身边的风元素，以减慢自己下坠的速度，但是身体离地面越来越近，眼看就要撞到地面了。

"啊啊啊——要摔下去了！"看着已经近在眼前的地面，我绝望地闭上了眼睛。

"呼——"

就在我以为自己要摔得很惨的时候，耳边突然响起了风凝聚成功的声音，我的身体停在了离地面30厘米的地方。

我慢慢地睁开眼，看着坚硬的地面上被微风吹起的灰尘和几张纸，轻轻地松了一口气。

可还没等我完全放松下来,之前匆忙凝聚起来的风元素又突然散开了。

"砰——"

毫无准备的我被迫行了一个五体投地的大礼……

可恶!这该死的人类世界果然危机四伏!

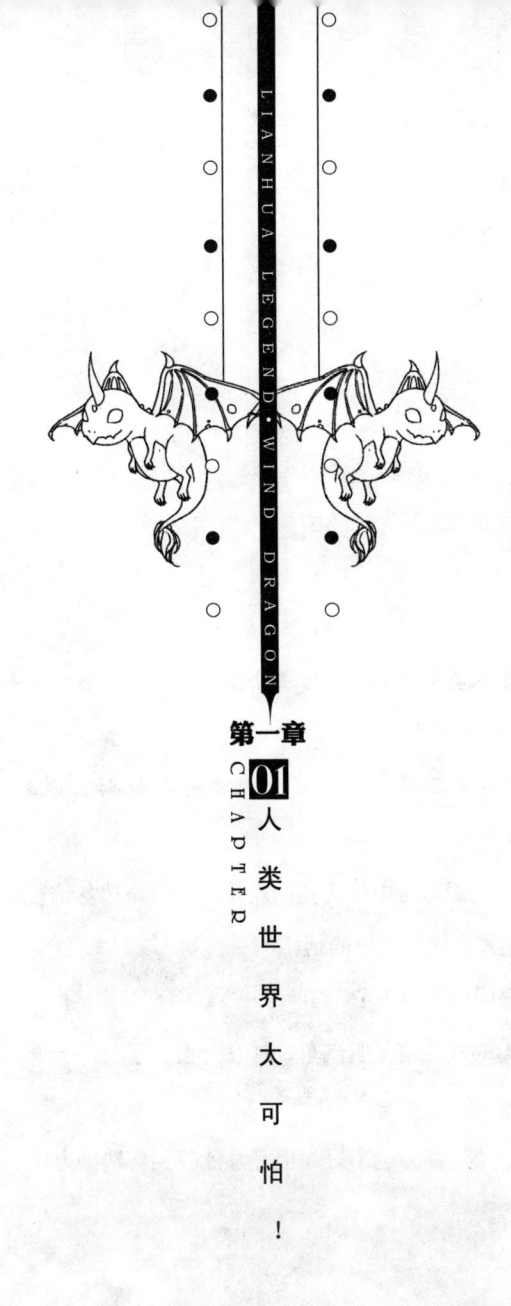

第一章 01 人类世界太可怕！
CHAPTER

LIANHUA LEGEND · WIND DRAGON

莲华传说·风之龙

1.

"红竺，你到了人类的世界，千万要小心，不要暴露自己的身份，人类是一种极其聪明又狡猾的生物啊！"

"不能随意使用自己的能力，因为人类超级脆弱，遇到了困难就找警察……"

我蹲在马路边，看着马路中央飞驰的汽车，还有路边匆忙行走的人群，脑海中想起了族里的长老和妈妈交代过的话。

脆弱的人类，聪明的人类……

下面有四个圆脚的铁皮箱子叫汽车，挂在一根杆子上，会发出比珠宝还耀眼的光芒的叫路灯……

虽然人类跑得不快，视力也不好，但是总能找到解决的办法，不愧是龙族的强敌啊！

"咕噜——"

我还在观察人类发明的各种奇怪玩意儿的时候，肚子突然叫了起来。

离开龙之谷已经12个小时了，但是……

我叹了口气，打开临走时妈妈递给我的小包，里面除了一张莲华学院的入学通知书和10个金币，别的什么都没有。

"啊！真是的……妈妈，您就不能给我准备一点儿吃的吗？"我低声抱怨着，轻轻地晃了晃小包，里面的金币碰撞着，发出好听的声音。

第一章

"不管在什么情况下，金币的声音果然是最具治愈力的啊。"我陶醉地把包贴在脸上。

"咕噜——"

肚子又叫了。

"呜呜呜……可惜金币的声音不能填饱肚子。"我摸了摸唱着空城计的肚子，"要是有什么吃的就好了……"

我边走边四处张望着，刚走几步，突然闻到了一丝香味，是面团和肉类经过高温蒸煮以后散发出的独特香味。虽然气味很淡，但是我觉得我的灵魂都要被这种香味勾出来了。

"唔……食物……"

在我闻到这种香味的时候，身边的一切似乎都变得模糊起来，我的身体已经不受控制地朝着那股香味靠近，越来越近……

"嘿，小姑娘，要买包子吗？只要一块钱一个哦！"老板笑眯眯地冲我打着招呼。

"好……好香……"

我用力吞了一下口水，肚子叫得更欢了。

此刻，那种叫"包子"的圆圆软软的点心，就像一个个白色的小天使，正伸出无形的手召唤着我。

"老板！给我来10个……不，20个包子！"我吞了吞口水，从小包里摸出一枚闪闪发光的金币。

"好的！"老板麻利地将包子装在一个袋子里，然后递给我。

我一只手接过包子，另一只手依依不舍地将那枚金币递给了老板。

呜呜呜……对于一条喜欢金币的龙来说，要把自己的金币给别人，简直太痛苦了！

我转过身想走，但是拿着包子的左手突然被牢牢地抓住了。

我回过头，只见老板正拼命拽着装包子的袋子。

"嗯？"我睁大眼睛，无辜地看向老板，把装包子的袋子用力朝我这边拽了拽。

"你……你……"老板一只手拽着袋子，一只手把金币扔给我，"你……你这个小姑娘！我好心多给了你3个包子，你居然用这种金灿灿的假币来买我祖传秘制的包子！"

"假币？怎么可能？"被人无端污蔑了，就算是好脾气的我也忍不住生气了，我收起金币，冲老板喊道，"我给你的可是金币！正宗的金币！"

"少胡说八道了，你这个小姑娘看上去挺不错的，怎么能用假币骗人呢？快点儿把包子还给我！"老板一边说着，一边加大了手上的力道。

"老板，别这样，人家小姑娘也许有什么迫不得已的苦衷。"

就在我和这个老板僵持的时候，一个声音插入，声音的主人从老板手中拿回了那一大袋包子，在我的面前晃来晃去。

"小姑娘的包子钱记在我的账上！"声音的主人豪爽地说道。

好人！

妈妈，我在人类的世界遇上了传说中的好人！

虽然眼前散发着香味的包子吸引了我98%的注意力，但我还是努力分出一点点眼神看向帮了我大忙的人。

"来，先吃个包子！""好人"从装着包子的袋子里掏出一个白白的包子递给了我。

"好烫！"我接过包子，狠狠地咬下一大口，发酵的面团和调味刚好的肉馅的味道在口中弥漫开来。

"还想吃吗？""好人"的声音在我的耳边响起。

"想……"我点了点头。

"想要就拿东西来交换哦……"

第一章 人类世界太可怕！

交换？

哦，对了，妈妈说在人类的世界，想要得到什么东西，必须要付出相应的报酬。

"我有……"我下意识地把手伸进包里，摸出一枚金币递了过去。

"太少啦！你看我这里可是有20个包子呢！""好人"晃了晃手中的袋子，有些苦恼地对我说道。

"那怎么办呢？"我挠了挠头，收回那一枚金币，为难地看着他。

"你这点儿金币也太少了！我家里可是有十几口人等着我买包子回去呢……""好人"有一条刀疤的眉头皱得更紧了。

呜呜呜……我真是个坏人！"好人"好心给了我一个包子，我居然还想得到更多。

"而且你吃了一个包子，我这边的就不够分了……""好人"又说道。

"那怎么办？"听出了"好人"语气中的为难，我感到十分难过。

"不如这样吧，你跟我回家，帮我向我的家人解释一下，我家也有做包子的材料，会比这种包子更好吃哦！""好人"像是想到了什么，兴奋地对我说道。

什么？他要带我去吃比我刚才吃的还要好吃的包子？

妈妈，我刚来人类世界就遇到了传说中友好的人类呢，被人邀请有点儿不好意思……嘻嘻嘻……

"这样……这样不好吧？"虽然心里很开心，但我还是装出一副迟疑的样子，因为在家里看过一本书，上面说对待人类的邀约时，要稍微拒绝一下表示礼貌。

"不行，你一定得去！""好人"听到我的拒绝后，突然有点儿着急，抓着我的手就想拉着我走。

"哎呀，不要这么客气啦……"嘴上拒绝着，我心里却暗自高兴，"好人"大叔真是太热情了，热情得让我没办法拒绝了。

"小红，你不是说去上厕所吗？怎么这么久还没回来？大家都在找你呢！"

就在我半推半就地被"好人"大叔拉着走的时候，一个身影突然拦在了我们中间。

原本被"好人"大叔拉着的手被一个从中间插入的人扯开了，包子的香味似乎也因为他的加入消散了不少。

这人是谁啊？真讨厌！

我不满地抬起头，刚想开口说话，但是在看到来人的一瞬间，所有的话都咽下了。

拦住我的人虽然有着严肃的表情，但是这个表情丝毫没有破坏他的气质。他的眼睛如同浩瀚的星空一样，深邃而有神；眼角微微上挑，明明是不带一丝情绪的样子，但是眼睛里又好像包含了很多东西，让人忍不住一看再看；高挺的鼻梁像被雕刻出来的一样，薄薄的嘴唇微微抿着，虽然看上去一副不开心的样子，却让人忍不住想象，这样好看的嘴唇在笑起来的时候会是什么样子；柔软的头发在阳光的照射下泛着光泽，几缕较长的落到了衣领里，衬得脖颈如同上好的瓷器一般精致。

"你……你是她什么人啊？"

就在我还沉迷在这个人的美色之中无法自拔的时候，耳边响起的说话声拉回了我早已飞到外太空的思绪。

我稍稍转过头，发现"好人"大叔不知道什么时候被刚出现的这个人挤到了一旁，此时正不满地看着我们。

"我……唔……"我刚想开口和"好人"大叔说我跟这个人不认识，我可以去他家做包子的时候，嘴巴却被这个突然冒出来的漂亮人类捂住了。

那个人冷冷地看了一眼"好人"大叔，没有说话，而是装作一副跟我很熟的样子，一只手搭上了我的肩膀，稍微用力把我往他身边揽。

"喂，你说话啊！""好人"大叔想要抓住他的衣袖。

01 第一章

"我来找我的朋友。"漂亮男生躲开了"好人"大叔的手，挑着眉说道。

我的心突然"扑通扑通"地跳了起来。

这种感觉……难道说……

难道我遇上了传说中的坏人？妈妈说过在人类世界不能以貌取人，长得越漂亮的人类说不定越阴险狡猾。

这个突然冒出来的男生长得这么漂亮，还撒谎说我是他的朋友……

哼，没错，我遇到的肯定是坏人！

不过，妈妈还说，遇到了坏人要冷静，而且一定要揭穿坏人的真面目。

我斜着眼睛看了一眼身边的这个人，长得这么好看，居然是个坏人。难怪龙之谷的书上说——最好看的苹果的心一定是被虫从里面啃坏的。

我一个转身就从"坏人"的身边逃开，然后跟"好人"大叔站在了一起。

"你……"

像是没有预料到我的动作，还不知道已经被我看穿了真面目的"坏人"明显愣了一下，好看的脸上浮现出一丝焦急的神色。

"你是谁啊？我又不认识你！"在他还没有说话之前，我率先堵住了他接下来要说的话。

啊！真是堵得干脆利落啊！

我不禁在心里表扬了自己一下。

"你是白痴吗？""坏人"的脸上露出一个复杂的表情，他皱了皱眉，又向我走近了一步，把手搭在我的肩上。

"什么！你这个半路冒出来装熟人的坏蛋，还敢说我是白痴？"我推开他搭在我肩膀上的手，愤怒地看着他。

太过分了！我们龙族可是公认的高智商，无知的人类居然敢……

我卷起袖子，想给他一个教训。

"喂喂喂——"一直在一旁没有说话的"好人"大叔终于开口了。

他把包子放在我的手上，并不是很强壮的身体拦在了我和"坏人"的中间。虽然他长得比"坏人"还要像坏人，但是我知道，评判一个人的好坏，并不能凭外表来判断。因为我们的祖先就是觉得勇士很英俊，所以上了他的当。

不过，"好人"大叔居然这么放心把他家十几口人的食物交给我，这是不是说我们成为了战友？

妈妈，我这次来人类世界的收获很大呢……

"你这个人怎么回事啊？人家小姑娘都说不认识你了，你怎么还死皮赖脸地纠缠她呢？"

"好人"大叔输人不输阵，踮着脚抬起头，推了"坏人"一下。

"干得漂亮！"我站在"好人"大叔身后轻声喝彩。

"我为什么会这样，你应该很清楚吧。""坏人"稍微后退一步，目光却越过"好人"大叔的头顶看向我，那种目光……如果我没看错的话，就好像每次我考完试被长老用看笨蛋的目光看着一样，"那边的笨蛋，你要是不相信我的话，一定会后悔的！"

什么？我后悔？

一口一个笨蛋，就算你是好人，我也不会相信你！

我飞快地冲他做了个鬼脸。

"我说小伙子，最近听说这附近有人贩子拐卖外地妇女做廉价劳动力，你不会是……""好人"大叔一边说着，一边往后退一步，上下打量着"坏人"。

听了"好人"大叔的话，我也警觉起来，学着"好人"大叔的样子上下打量着这个看上去一脸正气的"坏人"。

真是看不出来，这样一个人居然做这种欺负弱小的事情。

原本还只是对他有一点儿鄙夷，听到"好人"大叔的话以后，这一点点的鄙夷已经变成了厌恶。

"我原本以为你只是迷失了人生方向而已，现在看来，你简直连心都腐蚀了

01 第一章

"啊……"我摇了摇头，往后退了好几步，跟"坏人"靠得太近，我觉得连空气都变得不太好了。

"你的脑子里装的是核桃吗？"即便被人揭穿，"坏人"还是嘴硬地说道，"谁是骗子，我们去一趟警察局就知道了！"

他一边说，一边想要拉着我的手往前走。

"啊——你想干吗？行骗不成还想用抢的啊！""好人"大叔看到他的举动，突然大叫起来。

什么！

原来人类世界的治安已经差到了这种地步吗？

不过，阻碍我交朋友，还妨碍我去别人家吃好吃的，你以为我红竺是徒有"龙族最强"称号的龙吗？

一想到那些要冷掉的包子，还有被"坏人"骗去做苦力的无辜人，一股无法遏制的正义之火在我心中熊熊燃烧着。

"你……"我一把推开拦在我面前的"好人"大叔，一步步朝着"坏人"靠近，"你知道那些被你骗去做苦力的人，得知这辈子都不可能吃到热腾腾的包子后的心情吗？在看不到太阳的地方进行辛苦劳作是一种什么样的心情，你知道吗……"

"并没有看不到太阳那么惨吧？"被我推到一旁的"好人"大叔怯怯地插嘴，"而且为什么是没有包子吃啊？"

"这并不重要！"我回头看了"好人"大叔一眼，然后继续鄙夷地看着眼前这个长得过分好看的"坏人"。

"明明长了一张那么好看的脸，居然出来干坏事，真是暴殄天物！"

"我……不是……""坏人"后退一步，无奈地辩解道。

"你真是无可救药了！"听到他的辩解，一股无法抑制的怒火在我的心头燃烧着，手里一直拎着的东西也被我甩了出去。

那袋东西飞快地在天空中画出一道弧线，直直地朝"坏人"飞了过去。"坏人"灵巧地一闪，躲过了我的攻击，可袋子里的东西像天女散花一样滚落在地上，那个颜色，还有那个形状……好像是包子……

等等……我做了什么？

我居然把包子丢出去了？

我只吃了一个的超级好吃的包子？

一股力量在我的身体里不停地流窜，想要发泄出来。

我恶狠狠地看着眼前这个不肯悔改的"坏人"，还有那一地无辜的包子。

"你还我包子，啊啊啊——吼——"

一股抑制不住的热流从我心底升起，胸前一团光芒越来越亮，然后一股冲击力从我的嘴里喷涌而出。

"好人"大叔和"坏人"的脸上突然同时出现了难受的表情，然后眼皮一翻，晕倒在地上，小巷两边的墙壁似乎都出现了一道道音波形状的裂缝。

糟糕！

呆愣10秒钟后，我痛苦地蹲下身，抱着头。

妈妈，我刚刚好像一不小心使出"龙吼"了，怎么办啊？啊啊啊——不如就这样走掉好了……但是他们遇到危险怎么办？我还把"好人"大叔给我的包子丢了……

我微微抬起头，犹豫地看了一眼躺在地上的两个人。

"快……声音在这边……"

正当我蹲在地上纠结的时候，从不远的地方传来一阵嘈杂的脚步声和说话的声音。

被人看到了怎么办？

我焦急地站起来，在倒下的两人身边不停地转着圈。

果然应该丢下他们逃走，要是我的身份暴露了，只会让事情变得更加糟糕

第一章 人类世界太可怕！

吧。

就在我焦急得不知道该怎么办的时候，之前还只能听到声音的那群人转眼已经来到我的面前了。

"这是怎么回事？"两个巡警看了看倒在地上的两人，然后疑惑地望着我。

"那个……"我眨了眨眼睛，装作一副什么都不知道的样子看着巡警，"我刚刚走过来的时候，看见这两个人不知道因为什么问题吵了起来，然后又打了起来，最后就这样了……"

为了增加可信度，我夸张地拍了拍胸口，努力学着之前在一个叫电视机的东西里看到的一个女人受到惊吓时的表情："哎呀，真是吓死我了。"

"是吗？"

其中一个巡警用怀疑的目光看着我。

我点了点头，努力表现出"我真的不认识他们，我只是一个柔弱的路人"的样子。

"既然这样，作为唯一的目击证人，请你跟我们去一趟警察局好吗？"另一个巡警掏出笔记本，在上面记录了一些什么，然后对我说道。

这……我才不愿意去呢。

听到这句话，我的第一反应就是拒绝，不过，应该不行吧。

来人类世界之前，就看到《人类世界常识》里说，警察是一种超级厉害的存在，弱小的人类不管发生什么事情都能找警察解决，其战斗力之高可想而知，所以我要尽量躲避警察。实在不行，就只能配合他们，千万不要跟他们发生冲突，更加不要暴露身份。

于是，我红竺——"龙之谷最强"称号的拥有者，来到人类世界12个小时，遇到坏人之后，又要进入人类警察局了，你们羡慕吗？哈哈哈！

2.

警察局里的人来来往往，每个人都是一副很忙的样子。我趁机四处张望，看见"好人"大叔和长得很好看的"坏人"被分别安置在离我不远的沙发上。因为带我来的两个警察说，现在人手不够，所以只能等他们醒来以后再询问了。

"咦？这个人……"

就在我胡思乱想的时候，一个警察朝我走过来，经过"好人"大叔和"坏人"身边时，发出了一声不小的惊呼声。

我下意识地抬起头，定了定神，看向了他们。

"你们过来看看，这个人是不是那个喜欢装好人，欺骗外地人做苦力的骗子啊？"

警察说完，立刻围过来好几个警察，他们一下子变得严肃起来。

"是吧，果然是这样吧！"我怀着幸灾乐祸的心情，挤进了几个警察当中。

"你认识这个骗子吗？"其中一个警察问我。

为了不惹来更多的麻烦，我果断地摇了摇头。

那个警察指了指"好人"大叔，略显兴奋地对我说："我们逮捕这个骗子很久了，但是他实在太狡猾了，每次行骗之后都会先我们一步离开，这次终于被我们逮着了！"

"啊？你说的骗子是他吗？"看到警察指着"好人"大叔，我不敢相信自己的眼睛，急忙问道。

警察点了点头："说起来这次能抓到这个骗子，还真亏了这个小伙子帮忙！"

警察这一次指的是那个被我认定是坏人的漂亮男生。

第一章

"长得就不像好人,为什么会有那么多笨蛋相信他呢?"

一个警察经过我身边,嫌弃地看了一眼还躺在沙发上昏迷不醒的"好人"大叔……不,骗子!

笨蛋,笨蛋,笨蛋……

警察的话像一道闷雷劈在我头上,我现在满脑子只剩下"笨蛋"两个字。

"怎么会这样……"我小声说道。

那个给我好吃的肉包子的人居然是个大骗子!

我咬了咬嘴唇,看了看那个为了帮我却被我误会,至今还晕倒在沙发上的男生。原来他早就知道,那个坏人接近我是为了骗我,所以才会在被我误会的情况下也要跟坏人纠缠到底,反观我……

因为一个肉包子,就相信了对方是好人,要不是因为那个男生的出现,我现在早就被骗进了骗子大本营吧。

我向前走了几步,穿过站在前面围观的警察,来到这个被我误会的人面前。

身边喧闹的声音似乎都成了背景,我看着那个从被放到沙发上开始就没有换过姿势的人。他的眼睛紧紧地闭着,浓黑的眉毛之间皱成一个"川"字,原本乖巧服帖的头发此时混合着一些汗水,贴在了脸上,脸色显出一丝病态的苍白,好看的嘴唇无意识地微微张开,偶尔发出一声微弱的呻吟。

"对……"我想道歉,但是话还没说出口,就被我咽了下去。

红竺,你在做什么?你居然要对人类道歉?这样的你还有没有身为龙族的尊严啊?

但是人家毕竟帮助过你啊,因为你的"龙吼"把人震晕了,现在还躺在沙发上呢。

我的脑海里似乎有两个小人在打架。

"你没事吧?脸色不太好,要休息一下吗?"我还在纠结的时候,一个警察走过来对我说道。

我摇了摇头，视线却没有离开躺在沙发上的人，问道："他什么时候会醒过来啊？"

"医生来看过了，说身体没有问题，很快就会醒过来。"警察笑着对我说道。

"嗯……"我勉强笑了笑，然后坐回椅子上。

向人类道歉不是龙族的风格，但是有恩不报也不是我红竺的做派啊……好麻烦……

我心里想着，视线扫过桌面上的一个文件夹。

没错，其实我也可以这样……

"你好，可以借我一张纸和一支笔吗？"打定主意后，我找到了一个正在办公桌前奋笔疾书的警察，然后问道。

警察头也没抬，仍然埋头苦写，另一只手熟门熟路地从一个抽屉里摸出一张纸："你随便在哪张桌子上找笔吧！"

"谢谢。"我笑眯眯地道谢，也没管他有没有看到我的笑容。

今天的事情，我红竺大人都看在眼里，冤有头债有主，你不会白白做出牺牲的。以这张字条为凭证，要是以后你向我提出任何要求，我都会满足你的，就当是你路见不平拔腿相助的报答。

红竺

我把手中的字条从头到尾看了一遍，心里十分满意。

"不错，我好像把看电视时学到的几个词语都用上了，感觉特别有文化啊……"

我小心翼翼地将我来到人类世界后写的第一张字条叠好，然后找准机会塞进了那个男生的上衣口袋里。

第一章

"我红竺大人的亲笔信可要好好珍藏啊,并不是每个人都有机会得到龙族的亲笔信的!"我在他的耳边小声说道。

这样就好了吧,既没有降低我的龙格,又报答了这个人的恩情,我简直太聪明了!

趁周围没有人注意我,我偷偷摸摸地溜出了警察局。

虽然没什么危险,但是书上说,这种地方还是尽量少来比较好。

从警察局出来,我想到的第一件事就是要寻找一个住处。

因为我要潜伏的那所人类学院——莲华学院不是寄宿制的,我只好在学院附近给自己找个地方安身了。

在来人类世界之前,我恶补的知识里有一条是关于人类的货币的。这个可怜的种族,连金币都用不了,只能用看上去毫无价值的纸币,而我们龙族的一枚金币就能换好多人类的纸币。

不要问我为什么会知道这么多,因为我是伟大的红竺大人啊!

"小姑娘,这里的房租很便宜,但是不保证安全啊,你真的不再考虑别家了?"

一个声音打断了我的思绪,我抬起头,只见我来到人类世界遇到的"真好人"2号正一脸担忧地问我。

没错,眼前这个一头银发、手中拿着钥匙的老人,就是快速帮我熟悉人类世界,并且帮我用部分金币兑换了人类世界通用货币,还教给我各种常识的人。不仅如此,他还帮我找到了一套非常合适的房子。

这套房子有着非常独特的装饰风格,那旧得掉漆的木床、凳子和衣柜散发出一种沧桑和朴素的气息;那斑驳的红墙就好像我们龙之谷长老住的岩洞;还有天花板角落里的蜘蛛网上,可爱的小蜘蛛爬来爬去,墙壁下方绿色的青苔环绕了墙脚一周,无一不为这所房子增添了一丝生机,更不用说我只要站在这个房间里,就能听到窗户外传来的邻里之间热情的招呼声。

"欠债还钱,天经地义!不想被泼油漆就快点儿滚出来……"

"哎呀,你这个死酒鬼,居然敢拿酒瓶砸老娘。"

"浑蛋!死骗子……"

……

听着那些中气十足的声音,我感觉在这里一定会过得非常舒适。更何况这么好的房子,一个月只要300块,还包水电费。据说全城再也找不到比这里更便宜的房子了,这对于爱惜钱财的龙族来说真的再合适不过了。

我决定了,就让这里成为我红竺大人完成伟大复仇任务的第一阵地吧!

我立刻拍板,爽快地给了那个欲言又止的老人三个月的房租。

房东老人走后,我站在自己的"阵地"中央,一股斗志在我的心中熊熊燃起——

人类的勇士和公主,你们就准备接受悲惨的命运吧!我——红竺,龙族最强的龙,一定会让你们尝到失败的滋味!

3.

三天后。

经过充分的准备,我终于来到了此次征途的终点站——莲华学院。

站在莲华学院壮观的校门外,我不自在地扯了扯身上的校服。

身上这套校服是之前办入学手续的时候领到的,白色的衬衫外面是一件紧身的米色格子小马甲,小马甲的外面还有一件两排扣子的外衣。因为早上走得急,有点儿热,我干脆脱了下来,直接系在了我的书包上。裙摆在膝盖上两厘米处——唔,好讨厌!为什么校服会是超级不方便运动的裙子啊……大腿下面凉飕

01 第一章

飕的……

这么想着，我用右腿轻轻地蹭了一下左腿。

"嘻嘻嘻——你看她……"

"这么奇怪的动作……"

两个女生一边捂着嘴笑，一边从我身边走过。

我都听见了，幼稚的人类！

我看着她们远去的背影，做了个鬼脸。

呼吸有点儿困难呢……我深吸一口气，然后将脖子上的蓝色蝴蝶结稍微拉松了一点儿。

"莲华学院，我来啦！"透过敞开的雕花大门，我看着校园大道两边高耸的梧桐，大喊了一声。

凭借着族长不知道从哪里弄来的入学通知书，我红竺大人目前已经是莲华学院的一名学生了。

"下面让我们用热烈的掌声，欢迎我们的新同学红竺。"老师站在讲台上，向接下来会成为我的复仇工具、被称为"同学"的人类介绍着我，"红竺同学因为是转校生，所以有些不太习惯，我们要帮助她。"

老师说完，下面的同学纷纷鼓起掌来。

我微笑着，然后微微鞠躬："请大家多关照。"

没错，按照电视剧的剧情，这个时候我应该这样说，这样更利于我融入环境中。

"红竺同学，我是你的班主任莫莉，你也要好好跟我相处哦。"拥有银灰色长卷发的莫莉老师冲我俏皮地眨了眨眼睛，之前没注意到，原来我们班主任也是一个大美人呢！

我们龙族最喜欢金币还有美人了！

我冲她甜甜地笑了。

"好吧，既然是新来的同学，那我给你一个福利好了。"莫莉老师眼里闪烁着光芒，然后摸了摸自己的银发，"就安排你坐在班上学习成绩最好的同学身边吧！你们要好好相处哦！"

"好的。"讲台下方一个人答应着，然后慢慢地站起身来。

"同学，麻烦……"

我放眼看过去，刚想展露最亲切的微笑，但所有的话在看到那个人的时候戛然而止。

堪称完美的脸庞上，浓黑的眉毛上扬着，长长的睫毛下面，一双如同星辰一般的眼眸里不知道透露着什么样的情绪，阳光斜斜地照射着他的侧脸，在脸上勾勒出完美的轮廓，此时带着一抹让人不易察觉的微笑。

这个人……不就是那天帮助过我的好心人吗？

对了，那天我做了什么来着？

不但没有感激他帮我脱离了骗子的圈套，还诬陷他是坏人，不仅这样，还用"龙吼"震晕了他。

呜呜呜……难道这就叫"冤家路窄"吗？

这种只在电视剧里才会出现的剧情，怎么会发生在我的身上啊……

好丢脸啊！

老师，我可不可以申请换班啊？

我痛苦地扭过头，看着莫莉老师问道："老师，我……我可不可以申请换个位子啊……"

"恐怕不行……"莫莉老师一脸为难地看着我，"其实我们班的座位就只剩下圣永司同学身边的那个了，红竺，你难道不喜欢老师的安排？"

等等！刚才莫莉老师叫他什么来着？

"啊——你就是圣永司？"

我指着那个男生，惊恐地向后退了一步。

01 第一章

我想起来人类世界之前，族长给我看过的那份占卜得到的绝密情报，上面清清楚楚地写着，当年抢走公主并夺走祖先龙鳞的勇士后人的名字是圣永司。

我怎么会不记得这个名字！

我张大嘴巴，看着眼前这个人。

怎么会这样？

龙神啊，您到底跟我开了一些什么玩笑！

我，龙族最强的红竺大人，到了人类世界之后居然被自己的死敌救了……

这简直是天大的耻辱啊！

可恶的勇士后人，居然用这样卑鄙的手段来迫害我堂堂龙族！想要让我因欠人情而不追究你们的责任吗？真是太狡猾了！

可惜你遇到的是我——冷酷的红竺大人，我是绝对不会退缩的！

一想到这里，原本还有些心虚的我心里燃起了熊熊斗志。

我深吸一口气，抬头挺胸，迈着机械的步子，带着龙族的骄傲，一步一步地走向年轻的人类勇士。

"你好，圣永司同学，以后还请多关照！"我抬起头，死死地盯着圣永司，咬牙切齿地说道。

没错，我以后一定会好好"关照"你的！

圣永司上下打量着我。

我心虚地后退一步。

"啊——原来是你！"圣永司原本带着微笑的脸上突然露出一个恍然大悟的表情。

什么意思？

你这样的表情是说你之前并没有认出我来吗？

我刚想说点儿什么，圣永司却不给我机会，跟他冷静的形象不符的话噼里啪啦地说了出来："你就是那天用肉包子砸我，并且跟警察说我和别人打架斗殴，还给我留了一张全是语法错误的字条的奇怪家伙？"

　　呃……我要怎么接下去啊？

　　不管是最近恶补的电视剧也好，还是来人类世界之前的补习，都没有教过我怎么解决这种被人当场抓包，还被指责的问题啊！

第二章 02 CHAPTER

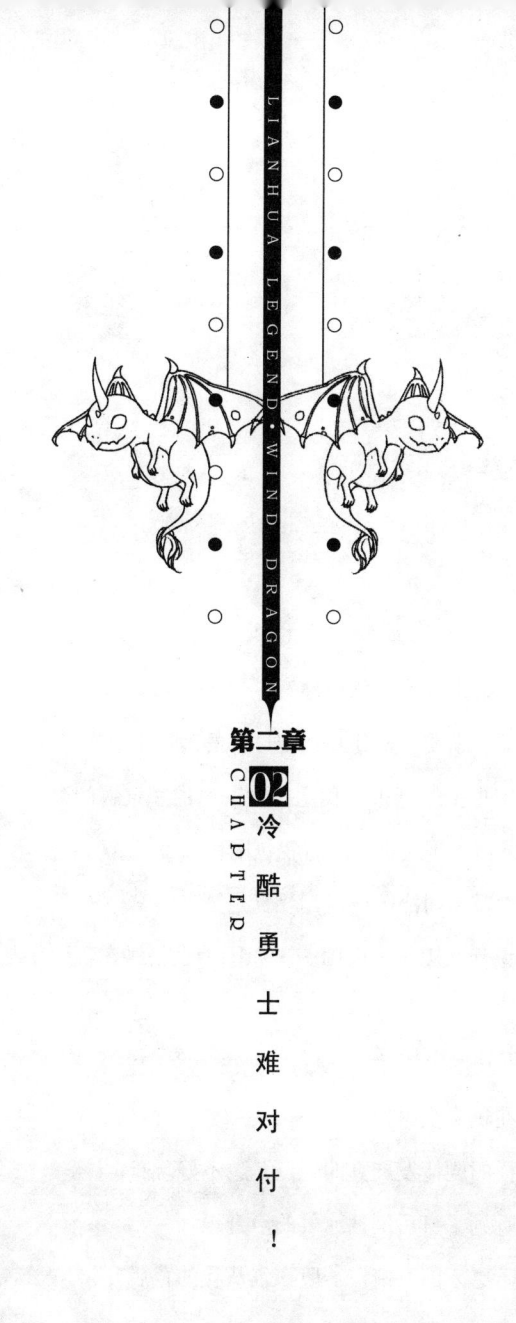

冷酷勇士难对付！

LIANHUA LEGEND · WIND DRAGON

1.

发生大麻烦了！谁来教我该怎么办？

圣永司发音吐词清晰明了，让我连混过去的理由都没有。

他的声音在教室里扩散开来，我觉得教室里的空气瞬间凝结了，打量的、好奇的、掺杂着各种感情的视线悄悄地将我包围住。

"居然是你！"圣永司冷哼一声，"真是冤家路窄……"

"你……你在说什么呢……呵呵……"因为太紧张，我咬字都有点儿不清楚了。

真是冤家路窄……

龙神啊，您是在玩弄我吗？

这种偶像剧一样的剧情发展真的一点儿也不好玩！

不出意外，我听到了身后倒抽凉气的声音。

看着圣永司暗暗磨牙的表情，一股寒气从我的背后升起。

"扑通——扑通——"

我的心脏突然不受控制地快速跳动起来。

不行，我不能被他牵着鼻子走。红竺，你要冷静！在没有摸清勇士的底细拿到鳞片之前，绝对不可以暴露自己的身份！

我大口地呼吸着，努力平复自己的情绪。

"呜呜呜，原来你就是人家的救命恩人啊。"我深吸一口气，用力掐了自己

第二章

的大腿一下，疼得眼泪都流出来了，"原来我们这么有缘，找了你整整三天，终于找到你了！"

眼泪随着我剧烈的动作从眼眶中滚落下来。

"咦，怎么回事？新来的同学跟永司同学认识吗？"

"看样子有什么误会呢。"

"哭了呢。"

身边传来其他同学的议论声。

不管发生什么事情，只要有一个开头，后面的事情就顺利多了。

我微微抬起头，从这个角度，别人会更清楚地看到我脸上的泪水，还有我精湛的演技。

"那天圣永司同学突然跑过来，很亲热地把手搭在了我的肩膀上，还要带我走，而且我根本不知道那个一直说你坏话的人是坏人。呜呜呜……对不起，你不要怪红竺好不好？人家第一次去警察局，心里超级害怕，生怕你醒不过来，就想去找医生，谁知道……谁知道迷路了，呜呜呜……"

我又偷偷地掐了自己一把，疼得我眼泪止不住地往下掉。趁着这个机会，我咬着下嘴唇，往前一步，一把抱住了圣永司的胳膊，顺便找了一个别人看不到的角度，偷偷地在他的衣服上抹了一把鼻涕。

"呜呜……我保证，以后你再怎么抓我的手、搭我的肩膀，我一定不会反抗，好不好？"

"闭嘴！"

圣永司用力拽出自己的手臂，声音中蕴含着怒气。

我偷偷地看了他一眼，发现他的脸色和我预料中的一样难看。

呵呵呵，人类的勇士，看见你不开心，我心里可开心了！

"好啦，其实也不是什么大事，既然红竺同学都解释过了，永司同学，你就谅解一下吧！"

在我一番努力的表演下，莫莉老师走过来帮我擦干了眼泪。

"原来红竺同学是无辜的啊。"

"我就说嘛，这么可爱的同学，怎么看都不像会污蔑人的。"

"一定是永司同学当时的表情不对，吓到红竺了。"

周围响起一阵善意的哄笑声，都是一些帮我解围的声音。

大家果然都被我的演技骗到了，我心里有些小小的得意。

"既然是个误会，你们就和解吧！男孩子不可以那么小气哦。"莫莉老师笑了笑，两只手分别抓起了我和圣永司的手，"来握个手吧。"

圣永司轻哼了一句："又不是小朋友……"

我笑眯眯地看着他："请多关照，圣永司同学，我有预感，我们一定能好好相处的。"

看着圣永司不情愿的表情，我的心里乐开了花。

可喜可贺，我终于潜伏在离敌人最近的地方，成为了他的同桌。

2.

"呼——"

我趴在桌子上，第32次用眼角的余光偷窥坐在我身边的圣永司同学，只见他眼神专注，一张俊脸绷得紧紧的。

从我坐下来的那一刻起，他已经保持这种状态38分钟了。

可是被抢走财宝、夺走鳞片的明明是我们龙族的祖先好吗！谁能告诉我，圣永司为什么要保持这副死人脸，好像我欠了他的钱一样？

该发火的明明应该是我，不是吗？为什么现在他做了我应该做的表情啊？

这种被人抢先一步表明态度的感觉还真让人火大啊！

第二章

我用力地拍了一下桌子,但是因为没有控制好力度,桌面发出超大的响声,使得全班同学的注意力瞬间都集中到我的身上。

糟糕,我好像又做错事了。

"对……对不起,我刚才看到了一只好大的虫子,吓了一大跳……"我急中生智,怯怯地向周围的同学道歉。

"哈哈哈,红竺同学的胆子真小啊。"

"现在这个季节虫子是有点儿多,你每次都这样大的动静,好担心你的手承受不住啊……"

同学们善意地调侃着,我摸了摸头,吐了一下舌头,用电视剧里女主角的标准动作作为这次表演的收尾。

"哼!"

圣永司用眼角的余光看了我一眼,然后冷哼一声。

哼?

就这一个字?

为什么我会觉得我身为龙的尊严受到挑衅了啊?

圣永司,你这个大浑蛋!

我深吸一口气,单手撑在了圣永司正在看的书上面。

圣永司慢慢地抬起头,面无表情地看着我。

看着他那没有一丝波澜、如同宇宙黑洞一般的眼睛,我之前有点儿发热的头脑突然清醒过来。

红竺,你到底在做什么啊?

现在根本不是生气的时候好吗!你现在要做的,难道不是用你热情的笑容和虚假的讨好迷惑勇士,然后收集有关祖先龙鳞下落的情报吗?

各种念头飞快地在我的脑海中展开,最后汇聚成一个成语——忍辱负重。

圣永司依然一句话也没有说,只是眼神渐渐变得不满了。

"圣永司同学……"我露出最甜美的笑容，然后用最温柔的声音说道，"请问你在看什么书啊？我最喜欢看书了，我们可以一起讨论吗？"

圣永司慢慢地把那本被我的手压住的书抽出来，然后将封面亮给我看。

那是一本有着黑色封面的书，上面金色的字体是我从来没见过的，写着如同咒语一样的文字。

"好厉害，我都不认识呢！可以教我吗？"我放下身为龙族的骄傲，装出一副超级崇拜他的样子。

"我觉得以你的智商，完全没必要浪费双方的时间。"

圣永司超级冷淡地说完这句话，低下头接着看那本书。

这一瞬间，我身上所有的血液仿佛都涌向了大脑。

圣永司，你居然敢用你那愚笨的人脑来揣度我们睿智的龙脑！不是连你们人类都承认我们龙族是世界上最古老、最睿智的一个种族吗？

可恶！气死我了！真的好想展露出我的真实性情和实力，把这个傲慢的家伙揍成猪头啊！

"哈哈哈，小红竺，不要在意永司同学的态度啦，他一向都是这样的。"

"是啊，永司同学的书我们从来都看不懂呢。"

"所以，千万不要认为他在针对你哦。"

像是看出了我的愤怒，周围的同学纷纷过来打圆场。

还好有同学们的安慰，让我的心情稍微平静了一些。

这一代的勇士性格冷漠、不好相处——

从刚才的接触，还有和同学们的对话，我收集到了第一条关于勇士的情报。

"永司——"

正当我默默地从周围同学的议论中收集有用的情报时，一个超级好听、超级温柔的声音传入了我的耳中。

不光是我，我感觉所有人在听到这句话的时候，都不约而同地放缓了呼吸。

第二章

我抬起头，朝声音传来的方向看过去，目光瞬间无法转移。

站在门口的是一个有着如绸缎般的浅棕色头发的女生，长而卷翘的睫毛下面是大大的棕色眼眸，清澈得如同茶色的水晶，温柔而无辜。看着这样一双眼眸，似乎连心都会变得柔软起来；光洁的皮肤上闪烁着珍珠般的光泽，玫瑰色的嘴唇微微勾起一个弧度，让人看了忍不住对她微笑。

虽然她身上穿着跟我们一样的制服，但是给人一种穿着优雅的长款礼服，站在有喷泉和玫瑰花架的花园中的错觉。

"绫小路。"

我听到身边的圣永司这样说着，声音中满含热情与亲切。

然后，我看到他从我面前经过，快步走向那个站在教室门口、气质高雅如同公主一样的女孩。

"是绫小路同学啊。"

"啊，绫小路同学气质真是太好了，像公主一样啊。"

"什么像公主，人家本来就是公主好吗！我听我爸爸说，绫小路同学的祖先就是一位公主，所以身为公主的后代，可不就是公主吗？"一个同学略带骄傲地向周围人解释着，胸脯挺得直直的，一副与有荣焉的样子。

"真的啊，好羡慕呢……听说圣永司同学也是贵族呢。他们俩又是青梅竹马，家世相貌样样相配，简直是金童玉女啊，太完美了。"

"是啊，是啊，两人站在一起就像一幅画一样。"

……

周围的人说了些什么，我已经听不进去了，我满脑子都是现在看到的画面。

不知道圣永司跟绫小路说了什么，绫小路微微低下头，掩着嘴笑着。圣永司伸出手摸了摸她的长发，原本冷淡的表情早已变成了宠溺。两人所在的地方像是和周围有一道透明的结界一样，那两人所在的世界是甜蜜的粉红色，而外面的世界则是黯淡无光的。

原来勇士和公主早就在一起了，而且感情那样好，圣永司在面对绫小路的时候居然会变得那样温柔。

我咬了咬嘴唇，心里不知道为什么涌出一股既气愤又悲凉的复杂情绪。

圣永司在面对我的时候都不会那样笑，态度要多冷淡就有多冷淡，似乎还把我当成了一个大麻烦。

我的心中突然产生了一丝小小的情绪，我发现我居然还有点儿羡慕能被人这样呵护的"公主殿下"。

呃！打住！快点儿打住！

我惊醒过来，急忙止住了心中那荒谬的想法。

红竺，你在想些什么啊？身为高贵的龙族，居然会羡慕区区人类！难道你不知道，他们现在的幸福是建立在你祖先的耻辱和痛苦之上的吗？

"不行，我不能动摇……"

我深吸一口气，看向了门口那两个气场和周围人完全不一样的人，心中暗暗下定决心。

"幸福美好的生活是需要付出代价的，而你们准备好付出代价了吗……"

"小红竺，你一个人在这里念叨什么呢？"一个我还不知道名字的同学轻轻地推了我一下，打趣道。

"当然是在看圣永司同学和绫小路同学啦，我们经常能看到都觉得惊艳，更何况是第一次看到这样唯美场景的小红竺。"另一个同学从我的身后走过来，笑眯眯地说道。

等等，我明明刚来这所学院没多久，"小红竺"的昵称是哪来的？

不对，重点不是这个！

重点是——

我发现自己前期收集的一些信息资料根本不全面，勇士和公主的感情好到我之前收集的资料要全部重新评估一遍。

第二章 冷酷勇士难对付！

既然这样，今天我就把自己当成人类，尽情搜集资料，回家再针对勇士和公主制订出完美的复仇计划吧，哈哈哈——

"这位同学，你知道以学校为中心，方圆10公里内有名的料理店在哪里吗？"我拉住离我最近的一位同学，脸上挂起笑容。

嗯，没错，要打败敌人，先从熟悉地理环境开始！而复仇大作战当然要从填饱龙肚开始啦！

3.

清晨。

太阳悬挂在空中，金灿灿的好不惹人欢喜。

"呜呜呜——哇——"

我一只手抓着书包，另一只手拎着一袋肉包子，飞快地奔跑在去学校的路上。

都怪圣永司！

昨天放学之后，我在学校周围收集了不少资料，回家整理资料的时候，一想到圣永司惨兮兮地捧着祖先的鳞片，跪倒在我的脚边的样子，就兴奋得不得了。就因为这样，我连续制订了18套完美的方案，忘记了睡觉的时间，早上醒来的时候发现已经快迟到了。

"啊啊啊——人类为什么这么麻烦呢？就这么一点儿距离，我完全能从自家的阳台上直接飞到学校啊！"

呜呜呜，热腾腾的肉包子都要冷了。

今天可是我正式上学的第一天，不能让自己的完美"龙"生因为迟到这种低级错误而沾上污点。

"既然这样，那就加速吧！"我点了点头，深吸一口气，然后把书包背在背后，系紧了装包子的袋子，"看我在包子冷掉之前赶到学校吧！"

"啊——不要追我啦！妈妈，我好怕——"

就在我打算狂奔的时候，耳边突然传来一阵稚嫩的哭声，刚抬起的一只脚在空中停了下来，然后身体不稳，差一点就摔倒在地上。

我转过头一看，一个穿着蓝色裙子的小女孩正一边哭一边向我冲过来，而她的身后紧跟着一只流着口水的恶犬。

真是太过分了！

明明拥有人类比不上的速度和尖利的牙齿，不去讨伐勇士，却在街上欺负乳臭未干的小孩，难道不觉得给自己的种族抹黑吗？

明知道此时自己应该不管不顾地冲去学校，但是身为龙族的尊严让我无法忽视面前这恃强凌弱的一幕。

"哇——好可怕啊——"小女孩的哭声越来越大，而那只恶犬也离她越来越近了。

不能不管！

"浑蛋！还不赶快停下，你的对手是我！"

眼看着恶犬的口水快要沾上小女孩的书包了，我大步向前，抱起了已经跑得有些虚脱的小女孩，然后放在了身后。

"汪汪——"

恶犬在离我不远的地方停了下来，然后抬起头狠狠地朝我叫着，从这个角度，我甚至可以看见它鲜红的舌头，还有那闪着寒光的尖利牙齿。

"走——快走开——"我一边保护着小女孩，一边使劲挥着手，发出驱赶的声音。

"吼——吼——"

恶犬的声音已经由之前的大叫变成了攻击性的低吼，它前身伏地，做出一副

第二章

准备攻击的姿势。

因为要一只手护着身后的小女孩，不太方便行动的我只好用另一只手将身上带的什么东西狠狠地砸向恶犬，在它分散注意力时，我释放了身上的龙威。

龙威释放出来的一瞬间，我感觉我的头发和裙摆无风自动，简直霸气极了！

"汪汪汪！呜呜——"

我心情愉快地看着那只原本凶神恶煞的恶犬突然夹起了尾巴，悲鸣着跑远了。

哈哈哈，见识到本龙威武的一面了吧！还不赶快跪在地上谢恩？

我一脸得意地转过身，俯视着小女孩。

小女孩大概已经折服在我的气势之下，抽噎着，小小的拳头放在嘴边，瞪大水汪汪的眼睛望着我，一副看到了怪物的样子。

"啊啊啊——妈妈，好可怕啊……我要妈妈啊……"

之前还好好的小女孩，突然发出震天响的魔音。

哎呀，人类就是麻烦！

我不耐烦地看向那个正在哭泣的小女孩，粗声粗气地安慰道："好啦，狗都被我赶跑了，你不要哭啦！"

"我看你这个小姑娘挺可爱的，怎么在这里欺负一个孩子啊……"

我还在头疼怎么安慰眼前这个哭个不停的麻烦小孩时，耳边突然传来指责的声音。

我抬起头，看见一个提着菜篮子的卷发大妈正指着我。

"我……"我刚想开口解释，但拜她的高音所赐，更多的人加入了指责我的行列。

"就是啊……"

"小孩别哭了，来大妈这里……"

我才不会欺负弱小呢！

但是众人纷纷议论着，完全不给我解释的机会。

我就知道，果然不该多管闲事的。

挤出了包围圈，我垂头丧气地走在路上。

就在我沮丧不已的时候，身边不知道什么时候开来一辆车子。车子经过我身边的时候放慢了速度，保持着跟我同步的速度，打开的车窗内传来一阵轻笑声。

我下意识地转过头，看到了一张我现在最不想看见的脸——

墨蓝色的头发，如刀削般的脸庞透露出一种凌厉的气势，琥珀色的眼睛就好像最深的湖泊，让直视他双眸的人忍不住屏住呼吸。

"圣永司！"我诧异地喊出声，"你到这里多久了？"

我有点儿紧张，不知道为什么，就是不想让他看见我刚才沮丧的样子。

圣永司侧过脸，嘴角微微上扬，目光笔直地落在我的身上："从你挺身而出，用包子勇斗恶犬的时候……"

经过他的提醒，我突然发现自己的手上空荡荡的。

我的包子！

"啊啊啊，我……我刚刚丢的东西是我的包子吗？呜呜呜……"我懊悔得想抱头痛哭了。

"呵呵。"

就在我无比悲伤的时候，却又听到旁边的车窗里传来一个清晰的嘲笑声。我立刻抬起头，鼓着腮帮子怒视他，结果圣永司似乎看到了什么好笑的事情，居然又发出了一连串的笑声。

"呵呵呵，红竺同学，你也太好笑了！"

什么？

还敢说我好笑！

看着圣永司脸上那明晃晃的嘲笑，我感觉我的肺要气炸了。

人类的勇士果然卑鄙无耻啊！

第二章

  刚刚看到那个小女孩遇到危险不出手，从一开始就默默看着，到最后发现我被人类诬陷，又果断出来嘲笑我。

  可恶！

  "有什么好笑的！哼！"我怒视着他，不满地发出抗议。

  "呵呵，明明做了好事，居然会被人当成坏人……这下你知道我那天的感受了吧？"圣永司说着风凉话。

  勇士真是可恶！他根本不放过任何一个挖苦我的机会！

  可恨的是，为了伟大的家族任务，我不得不与这个阴险的勇士虚与委蛇。

  "上次是……我红竺大……呃，对不起你啦！"我忍住怒火，脸上堆满假笑，朝他说道。

  "上次以为你是笨蛋，不过今天这件事总算让我对你改观了。因为我发现，你其实是一个好心的笨蛋呢！"圣永司的语气中带着一丝赞赏的意味，那双平时视我如空气的眸子里此刻竟然清晰地映出我的样子——火焰般红色的长发，气鼓鼓、红扑扑的苹果脸，还有僵硬的表情。

  不知道为什么，被他这样专注地看着，我的心跳陡然漏了一拍。

  扑通……扑通……

  心跳此时剧烈得如同战场上的擂鼓声……天啊！难道这是因为宿敌隐含讽刺的话让我做出了不自觉的反应吗？

  "哼，谁要你改观啊，我们本来就是敌人，敌人你懂不懂！"我强迫自己不去在意那种紧张又不自在的感觉，用力把书包往后一甩，潇洒地搭在肩膀上，转过头小声嘀咕了一句。

  "敌人？"圣永司似乎听到了我的话，有些疑惑，"我怎么不记得我得罪过你？如果非要说谁得罪了谁，我记得某个人还……"

  "停！"听出了他的言外之意，我立刻打断了他接下来要说的话，"圣永司，过去的事情就让它过去吧，人不能只停留在过去，要向前看，你懂吗？"

我大义凛然地把昨天下午在电视上学到的话讲了出来。

"呵——"圣永司低声笑了。

咦？不会是他昨天也凑巧看了电视，所以嘲笑我现学现卖吧？

"笑……笑什么啊……"我心虚地看了他一眼。

圣永司摇了摇头，又恢复了面无表情的样子。

"虽然你有救人之心是很好的，但是你的举动也太不明智了。"圣永司接着说道，"面对一只失去理智的狗，你这样贸然冲上去是很危险的。"

呃，这个家伙是在质疑我们龙族的能力吗？

"才不会发生这样的问题呢！"被看低的我狠狠地瞪了他一眼，"如果等我做好作战计划，小女孩早就被狗咬了吧？而且你明明看见了，为什么不去救她啊？"

真讨厌……

最讨厌这种事前干看着，事后作总结的人了！

"因为已经有一个头脑发热的人冲上去了啊！"圣永司勾了勾嘴角说道，"只要你当时往右手边看看，就会发现那里有一根木棍可以帮助你驱赶狗，而且……"

圣永司停顿了一下，眼含深意地看着我，继续说道："而且，小女孩会被狗追，是因为她手上拿的烧鸡……我觉得，只要让她把鸡块丢掉，就一点儿问题也没有了……"

"鸡？"

我眨了眨眼睛，努力回想，结果发现我根本不是那种在意细节的人，当然什么都想不起来了！

"不对，那个时候谁会注意到这些啊？"我挥了挥手，反驳道。

他简直是在强词夺理！

勇士的大脑果然和我们龙族的不一样，他们遇到危险的时候不是正面迎战，

第二章 冷酷勇士难对付！

而是舍弃食物。

我嫌弃地看了他一眼。

圣永司的身体突然僵硬了一下，然后皱起了眉头，像是在思考什么。

我向前小跑了两步，开车的司机像是在故意气我一样，也加快了速度，让我和圣永司保持在同一条水平线上。

啊啊啊，勇士的仆人也和勇士一样讨厌啊！

"对了，就以今天发生的案例为背景，我们可以组织学校的学生展开一次安全培训活动……"圣永司低声嘀咕着。

我听到了！

就算路上这么嘈杂，还有汽车发动机的声音，我也毫不费力地听到了。

他这是从侧面讽刺我反应迟钝吧！

这种赤裸裸羞辱龙族的举动实在是太可恶了！

"红竺同学，我身为莲华学院的风纪委员，并不鼓励你舍身救人，但是从我个人的角度，还是非常欣赏你勇敢的举动。"圣永司稍稍将头探出车窗，诚恳地说道。

我居然因为救了一个人类的小女孩而被敌人夸奖……

我忍不住在心里流下伤心的眼泪。

一大袋的包子为了救一个人类的小女孩而牺牲了，然而我却被人指责欺负小孩，然后我愚蠢的举动被自己的仇人看见了，仇人还想要大肆宣扬……

好暴躁……

不如我现在就一拳打爆圣永司坐的车，然后绑架他，威胁他的家人交出龙鳞，顺便暴揍他一顿，最后完成任务回龙族吧。

没有包子吃，还要被人拐弯抹角地讽刺，这种生活我真是受够了！

我握紧了拳头，加快了脚步。

"红竺同学，你现在走再快都会迟到，不如上车跟我一起去学校吧……"圣永司看了看手表，然后平静地向我发出邀请。

我看了他一眼，各种情绪汇成一个字："哼——"

昨天还对我不理不睬的人，今天却对我微笑，还主动邀请我坐上他的车一起去学校。你当我红竺没长脑子啊，这么拙劣又浮夸的演技，还有简单得用脚指头就能看破的陷阱，你以为我会上当吗？

"红竺同学？"圣永司继续叫着我的名字。

对于他的呼唤，我充耳不闻，只是加快了速度，朝一条昨天收集情报时找到的小道冲了进去。

哼哼，有本事一直开着车跟我进来啊！

圣永司坐在车上，用一种"你一定会后悔"的眼神看了我一眼后，命令司机继续开车，然后关上了车窗。

我站在铺满碎石的狭窄小路上，看着载着圣永司绝尘而去的车子，得意地做了个鬼脸。

哈哈，我红竺果然机智，不费吹灰之力就气走了勇士！

4.

等车子完全没影了，我突然想起一件很重要的事情——

我在这里目送别人远去是怎么回事啊？我要迟到了！

虽然小道不太好走，但是距离比大道近了一半。

当我赶到学校门口的时候，刚好看见圣永司家黑色的小车缓缓地驶入学校大门。

"太好了，赶上了！"我一边感叹着，一边加快了速度。

"嘀嘀——"

02 第二章

就在我离学校大门还有几步之遥的时候，突兀的铃声响了起来。接着，我看见学校那令人惊叹、高耸入云的雕花大门在我的眼前缓缓地合上。

"不要啊——我还没有进去，啊啊啊——"我绝望地摇晃着那看起来花哨无用，实际上也脆弱无比的栏杆，发出哀号。

如果不是因为不能暴露龙的身份，我早就用蛮力一把推倒它了。

"求求你让我进去啊——就算开一条小小的缝隙也好啊！我明明就差一步……"

我的手努力向大门内伸去，仿佛这样我就能将身体挤进去。

"喀喀……"刻意的咳嗽声从门内传了出来。

我抬起头一看，原来是守门的老伯，他正一脸严肃地看着我。

"呜呜呜……老伯，我就晚了一点点，您好心放我一马吧！"

我睁大眼睛，含着泪水，让自己看上去更可怜一些，好引起老伯的恻隐之心，大发慈悲放我进学校。

"老伯，您就放过我这次，我保证以后不再迟到。"我用软绵绵的声音继续哀求。

"那……就这一次……"老伯看着我，皱着眉头强调道。

"我保证！"我站直了身体，将手举到耳边笑眯眯地说道。看来我红竺大人的魅力又上升了！

老伯不太情愿地掏出了一大把钥匙，然后从中间挑出一把，将校门上巨大的锁打开了，雕花大门开了一条小缝。

"嘻嘻嘻——"

我开心地看着那道缝越开越大，眼看就能钻进去了。

"啊——"

我一抬头，意外地看到了一张无表情的脸。

"圣……圣……圣永司？"

在毫无防备的情况下看到圣永司这么笔直地站在我的面前，我吓得急忙往后退了几步。

接着，我看到看门的老伯正一脸惭愧地站在一旁搓手。

"学校有规定，在第一遍铃声响起之后必须关门，校外的人不能进入，直到第一堂课点名结束，由学校登记迟到后，统一放入。"

圣永司像背书一样，一段疑似校规的话从他口中说出。

"什么校规不校规的，既然开门了，就让我进去啊！"我不耐烦地挥了挥手。

真是的，有空在这里说上一大堆，还不如让我早点儿去教室呢！

而且，要不是为了躲你，我才不会迟到呢！

讨厌！

"哼，不行！红竺同学，你之前如果听从我的建议坐车，就不会迟到。现在的后果是你的任性造成的，你就等着接受惩罚吧！"

圣永司板着那张僵尸一般的俊脸，以一种不容置疑的语气说完，立刻要求老伯关上了校门。

"等等——"

在大门彻底合上之前，我用双手拼命撑开一丝缝隙："我还没进去呢！圣永司，你太冷血无情了！对待同桌怎么可以这么冷酷……"

圣永司回过头，淡然地看了我一眼，那眼神仿佛在说"我就是这么冷酷"，然后转过身朝教学楼走去。

门最终还是毫不留情地合上了。

呜呜呜——

该死的圣永司！他是故意不让我进去的，他肯定是利用那个什么破校规当借口报复我……

我在心里将冷血无情的圣永司骂了个遍的时候，一个冷冷的声音从校园里飘

第二章

过来。

"不可以徇私,如果每个学生都装可怜,那校规就没有存在的意义了。"

圣永司头也不回地走了,只剩下空气中飘来的一句冷冷清清的话,不知道是对我,还是对守门的老伯说的。

"圣永司!"

我死死地盯着他的背影,整个人都扑到了校门上,双手紧紧握住大门的雕花栏杆,想象着自己正抓着圣永司的脖子,用力摇晃着。

浑蛋!浑蛋!浑蛋!

勇士什么的!都给我下地狱去吧!

要不是害怕自己的身份被人发现,我现在一定要把圣永司这个浑蛋揍成猪头!

为什么我不能进去啊?明明只是比圣永司那个家伙慢了几秒钟而已!

放我进去啊——

"唉,别摇啦,这扇门你是摇不开的……"老伯摇摇头,满脸的同情,"不过圣永司同学还真是一个有责任心的人,不愧是我们学院最铁面无私的风纪委员啊!"

责任心?是在说圣永司吗?

老伯,您今天是不是忘记戴老花镜了啊?

那个冷酷无情的家伙明明是在公报私仇好吗!

我发誓,如果我现在能恢复龙的形态,我一定要把那张让人看了就厌恶的脸摁在地上。

圣永司,我们之间的梁子结下了!

"啊——居然又迟到了,真没办法!哈哈哈!不过,既然做不了第一个到学校的人,做倒数第一也很符合我的人生美学呢。哈尼,你这样会让更多的人爱上你的,这样可不好啊。"

我还在心里咒骂圣永司的时候,一个慵懒的声音突然从我的身后传来。

声音虽然很好听,但这种言论实在是太令人震撼了。

世界上怎么会有这么纯粹而又直接的人呢?

居然可以毫无掩饰,并且没有负担地说出自己想说的,而且还都是一些令人感到羞耻的话。

我一边惊叹,一边转过身。

我回过头,首先映入眼帘的是一团金灿灿的东西。

那团金灿灿的东西不紧不慢地走着,步伐轻快优雅,仿佛即使迟到了,也丝毫不会让他在意。

真是太有格调了!

虽然我们龙族很喜欢闪耀着金光的东西,但是这一刻,我居然有点儿讨厌早晨的阳光,还有那个人身上笼罩的金色光芒,因为这样让我看不清楚迎面而来的那个人的长相。

那个人不紧不慢地走着,虽然从他的位置到学校门口没有多远,但是他所有的动作在我的眼中都像是放慢了一样,每走一步,都在我心中引起了不小的震撼。

"哈哈,今天我运气不错,收获了一只同样迷糊的小猫咪。"走近了以后,对方看到"挂"在校门上的我,顿时惊喜地说道。

"啊——"我惊慌了一下。

刚才只顾着看他,居然忘记了自己用这种诡异的姿势挂在校门上,简直太丢脸了!

我手忙脚乱地站正,然后不自在地扯了扯身上的裙子,还顺便摸了一下不知道有没有乱的头发。

早知道这样,今天早上就该别个发卡在头上……

"呵呵——"

02 第二章

大概是觉得我局促的样子很好笑，对方轻轻地笑出了声。

虽然只有"呵呵"两声，但是我觉得这个声音进入了我的心里，连整个心脏都随着这个声音狂跳起来。

我偷偷地抬起头，上下打量着他。

这是怎样好看的一个人啊——

金色的瞳孔犹如名贵的宝石一样，闪耀着光芒，高挺的鼻子在脸上投下一片阴影，使得整张脸更加生动自然。明明是个男生，却有着连女生看了都会嫉妒的嘴唇，但奇怪的是，这样不但不显得娘，反而显得和谐无比。

在阳光下，他的皮肤犹如牛奶一般，透出健康的色泽，黄金一样的头发修饰着原本已经很完美的脸形。

学校要求要扣上的外套，他却敞开着，里面是一件黑底、绣着金龙的衬衫，裤子也不是学校要求穿的红黑格子裤，而是一条红底、上面绣着各色鲜花的夏威夷风格长裤。

"好看吗？"头顶突然传来一个声音。

我盯着他风格独特的裤子，愣愣地点了点头。

"哈哈哈——很好，很有眼光啊！我金闪闪就喜欢有眼光的人啊！"他说完这句话的时候，刚好第一节课的下课铃声响了，老伯一脸不情愿地把大门拉开一条缝，让我们进去。

金闪闪率先走进去，在他的校服后面，我看见了用金线绣的一堆金条。

哇，这个男生真是太有品味了！

我满脑子都是他说的那句"喜欢"。

喜欢……

喜欢……

哎呀，好害羞！而且这个人的名字"金闪闪"也取得多么好啊！

在这一瞬间，我的心仿佛被学校大门上雕刻的小天使用粉红色的箭射中了，

"扑通扑通"跳个不停。

　　怎么办……

　　妈妈,我好像对一个男生一见钟情了。

第三章 03 求爱之路 多挫折！

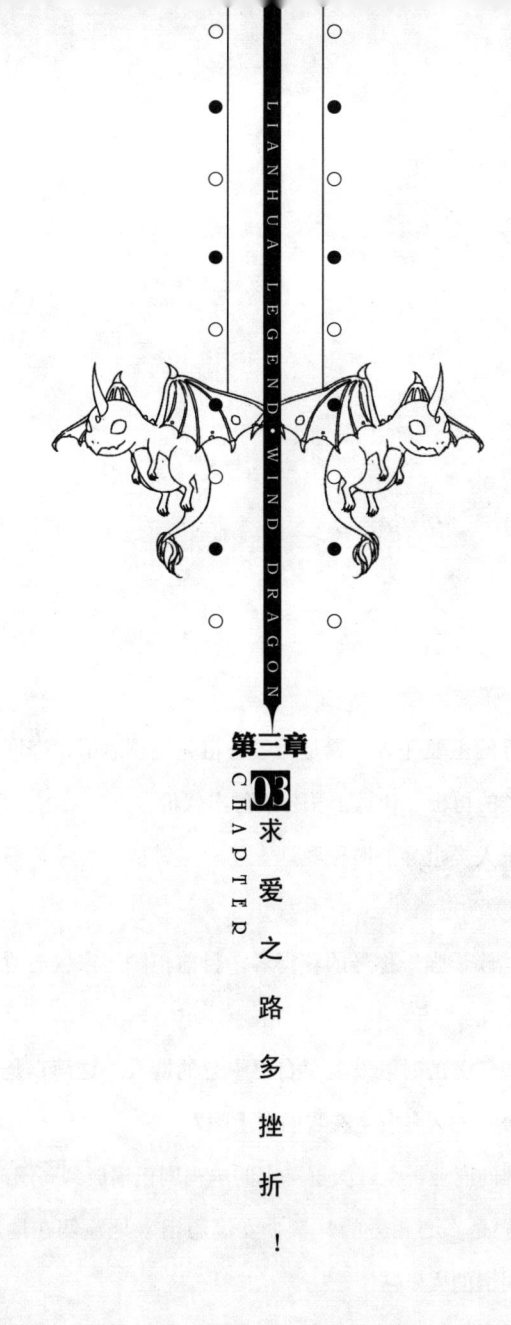

LIANHUA LEGEND · WIND DRAGON

CHAPTER

1.

我是红竺，是一条龙。

这次来人类世界的主要任务，就是为了替祖先洗刷耻辱，夺回之前被勇士夺走的龙鳞，打败人类的勇士，让勇士和公主付出代价。

万万没想到，来人类世界的时候我遇上了一见钟情的对象，而且那个对象还是人类……

我，红竺，"龙族最强"称号的获得者，目前正陷入家族与爱情二选一的艰难抉择中。

"呃……做家族任务的时候发现了自己中意的情人，这简直是小说里才会出现的情节啊！这种事情怎么会发生在我的身上呢？"

我走在学院内部的商业街上，大屏幕上的电视剧正播放到高潮部分。

"为什么？我们是真心相爱的！"少女满脸泪水地跪倒在地上，在她的前面，站着几个面无表情的人。

"那是因为你爱上了不该爱的人，你们原本就是两个世界的人……"

其中一个人说完，带领着所有人转身走了，这时我才看到他们所在的地方是一间牢房。

少女哭得晕倒在地上，但是冰冷的铁锁怎么可能因为她的哭泣而自动打开呢？

此时，一个年轻的男人站在牢房外的墙边，痛苦地吐出一口鲜血……

第三章 求爱之路多曲折！

我简直要被吓坏了好吗！

原来跨越种族的恋情这么不受待见！

我仿佛看见牢房里的少女变成了我，而金闪闪因为见不到我，在牢房外面日日对日叹息，夜夜对月吐血⋯⋯

真是凄惨到不能忍受啊。

我趴在玻璃橱窗上，眼泪汪汪地看着电视。

我们之间隔着龙族和人类的血统，要在一起一定会受尽各种磨难，但是要我放弃金闪闪，看他投入别人的怀抱，我也做不到啊！

难道我要在任务结束的同时，还要哀悼我逝去的爱情吗？

不要啊！

不知道什么时候开始，电视已经播放到男主角救出了女主角，两人得到家族的祝福，幸福地生活在一起了。

咦？

结局什么时候这样展开了？我中间是不是错过了什么？

不过他们能在一起真好。

之前郁闷的心情似乎也因为他们的结局而一扫而光。

就说嘛，没有什么困难是过不去的！身为"龙族最强"称号的获得者，我红竺决定，仇是一定要报的，勇士是一定要斗的，至于金闪闪嘛⋯⋯我也一定会追求的！

我的脸离开橱窗玻璃，从压缩平面状恢复到立体状，因为想通了这件大事，我的心情立刻变好了。

"金闪闪⋯⋯圣永司⋯⋯"

我还在为这个双管齐下的好主意得意不已的时候，突然听到了两个熟悉的名字。

我竖起耳朵，四下打量着。

身后几个女生一边聊着天，一边从我身边经过。

"你知道吗？据说明天我们学院的游泳社会招新社员呢。"

"啊啊啊——这样说来，我们就能在游泳馆看到圣永司和金闪闪的泳装造型了。"

咦？

金闪闪和圣永司明天会出现在游泳馆？

眼看着几个女生越走越远，我能听到的消息也越来越少，我忍不住跟了上去。

"少来了，就算你去了游泳馆，也不一定进得去啊。你不知道，游泳馆的大门会被他们的粉丝守住的，她们的原话是'不要以为什么花痴都能看到我们永司（闪闪）的身体'。"

"好失望啊！"

两个女生异口同声地发出失望的叹息。

我跟在她们身后，也失望地撇了撇嘴。

等等！

不要误会，我才不是因为看不到金闪闪的泳装造型而失望，我的意思是，身为一条有责任感的龙，有勇士在的地方，怎么能没有我呢？

顿时，十几条破坏计划在我的脑海中浮现。

嘿嘿！圣永司，你就等着接招吧！

2.

时间：第二天中午12:30。

地点：莲华学院游泳馆门口。

03 第三章

金灿灿的阳光如同金闪闪的发丝一样耀眼。

"永司！我们永远支持你！BY：爱你的粉丝"

"闪闪！我要和你在一起！BY：爱你的小金币"

……

还没走进游泳馆，我就已经看到沿途摆放的各种花篮和彩色气球，更不用说那些举着大大的牌子和海报的人类女性大军了。

一个个红着脸，眼睛亮得和我抚摸小金币时一样，真是超级可怕！

"太……太夸张了吧……"

我忍不住倒抽一口凉气。

糟糕，敌人有太多援军了，我能不能请求支援啊？

"你是新来的吗？这种架势还只是练习，要是遇上闪闪和永司游泳比赛，那才叫热闹呢！"

听到我的话，身边一个女生拿着印有圣永司头像的扇子，用一副看乡巴佬的神情看着我。

"我就是新来的啊！"我一边点头，一边敷衍道，心思早就飘到了游泳馆里。

游泳馆的门口，果然像那几个女生说的那样站着几个体格庞大的女生，似乎只有游泳社的社员，还有一些她们认定的人才能进去，看来从门口进去不太可能呢……

真伤脑筋，我又不能在这么多人面前使用武力。

"请你们不要守在游泳馆的门口好吗？这样会让其他想进馆游泳的同学很不方便！"

就在我想着对策的时候，一个超级温柔，但是语气十分坚定的声音传入我的耳中。

这个声音如同夏天里的一抹绿荫，让人打心底里感觉舒服。

我抬起头张望着，在游泳馆的门口看到了一个熟悉的身影。

高贵的气质，窈窕的背影，还有那一头如丝绢般顺滑的长发——不是圣永司的青梅竹马小公主绫小路吗？

公主殿下似乎觉得粉丝不该堵门，正耐心又温和地跟她们讲道理。

嗯，不愧是公主殿下啊，就算是在严肃的状态下，气质还是这么高贵。

不对，现在不是夸奖敌人的时候呢！

公主殿下是圣永司公认的女朋友，那一定拥有探视权了，既然这样，如果我跟她说"你好，我是圣永司同学的新同桌"，不知道能不能拜托她让我进去呢。

不管怎么样，我先过去吧……

这么想着，我几步来到了公主殿下身边。

"你……"

我开口准备向她作自我介绍。

"你以为你是谁啊？不就是仗着你是圣永司的青梅竹马才能待在他身边吗？"

看守大门之一的女生打断了我的话，恶狠狠地看着公主殿下。

"绫……"我不甘心一句话都没说出口，于是等她说完以后继续说道。

"绫小路，我们早就看不惯你仗着家世好跟圣永司同学在一起了！"另一个女生在我的话刚说出口时大吼道。

"我……"

我再次开口，但是声音淹没在更多的讨伐声中。

"我告诉你，圣永司同学是我们大家的，你不要想着可以一个人独占！"

"就是，绫小路太自私了！"

……

真是太过分了！

可不可以不要在我说话的时候插嘴啊！人类真是一群没有礼貌的生物。

第三章 求圈之路多挫折！

　　在几个女生的大嗓门下，周围很快聚集了很多人，而从她们手中的物品来看，几乎都是圣永司的粉丝。

　　圣永司，你的女朋友在游泳馆门口被围攻了，你还不出来救她！

　　我一边分析着，看能不能趁乱从门口溜进去，一边在心里幸灾乐祸。

　　"原来她就是绫小路啊……"

　　"最讨厌她了！"

　　"凭什么不让我们在门口站着啊？你以为学校是你家的吗？"

　　越来越多的粉丝七嘴八舌地说着，绫小路却因为别人的语言攻击，眼圈开始泛红。

　　要哭了吗？

　　我调整了一个姿势，继续观察。

　　"你们这样做是不对的！"绫小路的声音有些颤抖，但是依然交握着双手，身体笔直地站立着。

　　"谁理你啊……"

　　"你以为你是谁啊！"

　　吵吧吵吧，你们混乱了，我才能混进游泳馆啊！

　　我有些阴暗地想着。

　　不知道是谁起的头，人群中突然伸出一双手，用力推了绫小路一把。绫小路没站稳，倒在了我的身上。

　　"喂！你们说说也就算了，干吗出手伤人啊？"

　　我扶住了绫小路，忍不住帮她说话了。

　　有时候我也很讨厌自己这种喜欢多管闲事的性格，虽然我不喜欢公主殿下，但是这种以多欺少的场面，我真的看不下去。

　　听到我的话，整个场面诡异地安静了，连绫小路都诧异地看了我一眼。

　　"绫小路离开圣永司！"

"绫小路滚出莲华学院！"

"……"

接着，又有人开始喊这种幼稚的口号。

真是的，你们有点儿技术含量好吗？都是小学生吗？

我还在腹诽的时候，天空中突然飞过来很多黑影，我一时没有多想，条件反射地把绫小路护在了身下。

"噼噼啪啪……"

扇子、充气锤之类的应援物品像雨点一样打在了我的背上，虽然不是很疼，但是我心里陡然冒出了一股怒气。

"我说……你们这些人有完没完啊？没本事成为绫小路这样的人，就连仅存的一点儿尊严都不留给自己吗？你们这样还想吸引圣永司，简直笑死人了！"

等攻击停止以后，我转过身，一一扫过这些仗势欺人的女生。

"没有了绫小路，还有绫中路、绫大路……到时候你们也要用这样的方式打压她们吗？圣永司知道了，会感谢你们吗？"

"要……要你管！"

人群中突然有人说了这么一句。

"小心——"我身后的绫小路突然惊慌地大喊一声。

我下意识地抬头，一个黑色的物体急速朝我飞过来。

真是没完没了……

还没等我想完，头上突然挨了重重一击，击中我的东西在我的头上发出一声闷响，然后碎裂开来。

我摸了摸额头，完好无损。

再低下头，发现地上散落了一地的白色陶瓷。

太过分了！

用充气玩具打也就算了，用这种花瓶打人，完全算得上是谋杀吧！

03 第三章

"玩笑开得有点儿过了啊……"

一股怒气在我的心中弥漫开来。

我扭了扭脖子,然后捏了捏手指,扫视着前方的人群。

"这里人真多啊……"

我面带笑容地说着,右手挥出一拳,游泳馆的门口,一个墨绿色的铁皮垃圾桶被我打得深深地凹进去了。

"哎呀,我看见人多就容易害怕,一害怕起来,就不知道会做出什么样的事情来……"

我装作苦恼的样子,一边摇头,一边用所有人都能听到的声音抱怨着。

"哗——"

这句话刚出口,我的左右两边立刻空出了一块空地。

我的目光所扫过的地方,所有人都忍不住开始瑟瑟发抖,因为承受不了龙威的压力,之前还无比嚣张的小团体,一瞬间跑得无影无踪了。

"你……你给我等着!"

欺负绫小路的那几个强壮的女孩,留下一句和电视剧里反派的台词一样的话之后,也快速跑掉了。

哈哈!真是太棒了!早知道龙威可以把人吓跑,那我一开始还向公主殿下作什么自我介绍啊!

我一边偷着乐,一边朝游泳馆内走去。

咦?怎么走不动?

我疑惑地低下头,发现自己的胳膊被一双纤细修长的手紧紧抓着。

"谢谢你帮我解围……"

是绫小路抓着我的手。

"没关系,我顺便啦……"

我心不在焉地回答她。

没错，其实我的本意是想看她的笑话，救她纯粹是潜意识的，谁让我是一条热血龙呢……

"你刚才被花瓶砸了，没关系吗？要不要我送你去医务室……"

绫小路担忧地望着我，那双漂亮的棕色眼眸里似乎漾出了水光。

"没关系啦，反正我皮厚嘛……"看着绫小路关切的眼神，我的心一下子变得温暖起来，好像很久没有被人这样关心过了。就算在龙族，家人也只会关心我的食量问题。

"我叫绫小路……"绫小路白皙的脸上陡然浮现出一抹红晕，望着我小声地说道。

"我知道啊……"

我疑惑地看了她一眼。

这个公主殿下真烦人啊，干吗一直抓着我不放啊？

"我……我可以跟你做朋友吗？"绫小路眼睛发亮地看着我，"你今天在这么多人面前救了我，我觉得你才是我一直寻找的善良又勇敢，还很有实力的朋友。"

咔……

我的脑子一下子短路了。

"我真的很想认识你，拜托你答应吧。"

绫小路一直很努力地向我表达着她的希望，眼睛睁得大大的，让我无法把拒绝的话说出口。

原来只要帮他们挡挡充气玩具和花瓶，就能收获他们的友谊，这样是不是太简单了？

等等！我好像又有一个主意了！

成为公主的好朋友，成为圣永司的好朋友，借机拿到鳞片，从中破坏他们的感情，最后一举击溃他们。

03 第三章 求爱之路多挫折！

这真是一个完美的计划啊！

能在这么短的时间内想到这样一个完美的计划，我简直太佩服我自己了。

"我叫红竺，是圣永司的新同桌，我上周刚转到这所学院，立志成为游泳社的社员，很高兴交到你这个朋友！"主意已定，我迅速摆出一副高兴的样子，回握住绫小路的手。

"是这样啊，我们真是太有缘了！如果你想进游泳社，我可以帮你申请，我也是游泳社的……"

"高中部五班的红竺同学！"

我还在跟绫小路套近乎，顺便提出我的入社愿望，一个一听就让人觉得讨厌的声音打断了绫小路的话。

谁啊？

我暴躁地转过头，但是看到那个人的时候，整个人都呆住了。

"刚才有同学给身为风纪委员的我打电话举报，说你毁坏了校园的公共设施，请问你有什么要解释的吗？"

圣永司上身赤裸，双手环抱在胸前，深色的头发上不停地滴水下来，顺着完美的脸部流下，从下巴滴落，滑过天鹅一般的修长脖颈，流向结实的腹肌，有种让人移不开视线的魔力。

不知道是不是刚游完泳的关系，他平时毫无表情的脸上，此时却有了一丝红晕。连略显严肃的双眼此时也水汪汪的，就像是刚从水中捞出的水晶石一样，红润的嘴唇泛出诱惑的光泽。

看着这样的圣永司，我突然忘记了说话，只是目瞪口呆地望着他。

这个勇士平时穿衣服的时候就很帅了，没想到不穿衣服的样子更帅！

呃……等等，红竺，你脑子里想什么呢……

我希望自己的理智掌控住大脑，让我做出移开视线的动作，可怕的是，我的理智在圣永司泳装造型的刺激下被抛到了九霄云外。

"你有什么想说的吗，红竺同学？"

圣永司皱着眉头，手指不自觉地敲着手臂，态度似乎有些不耐烦。

"说……说什么啊？"我呆呆地看着他，舔了舔嘴唇，无意识地问道。

"说你对于举报的内容有什么看法！"

圣永司略带讽刺的声音传进我的耳中，瞬间把我已经飘得很远的理智拉了回来。

啊啊啊，妈妈，我刚刚居然对着仇人的身体发呆了！

呜呜呜，可恶！穿泳装了不起啊！

居然就这么出现在两个女孩子面前，你是在耍流氓吗？

"什……什么破坏公共设施啊？你看见我动手了吗？学校这么多人，你怎么就认定是我啊？"

为了挽回刚刚丢脸的局面，我嘴硬地辩解。

"接连有十几个同学打电话、发短信过来跟我投诉，说长着一张低智商的脸，还有一头红发，说话不经大脑的五班的红竺同学，不但故意挑衅同学，还在游泳馆门口大发神威，还将一个铁皮垃圾桶打成了铁饼。你说，我会怎么想？"

圣永司扫了我一眼，说道。

你说什么？

人类居然敢说我蠢！我可是拥有智慧的龙族啊，在我开始背诵《龙族史》的时候，你连"智慧"二字怎么写的都不知道呢！

"不是这样的。"

就在我快要暴走的时候，绫小路从我的身后走了出来，声音轻柔地替我解释。

"不要怪她，永司，红竺是为了保护我，才做出那样的事情。但不是红竺先动手的，是那些人……"

"那就是说，所有人不约而同地冤枉她了？"圣永司挑着眉，冷着脸不客气

第三章 求爱之路多挫折!

地打断了绫小路的话。

"是啊!是那些人用东西砸我,我忍不住才出手打了一下垃圾桶,想震慑她们……反正不是我的错!"

我用同样阴沉的脸色面对着他。

"我可以作证!红竺还被她们用花瓶砸了脑袋呢!"绫小路握紧了我的手,跟我站在同一条战线上。

呜呜呜——公主殿下,为什么你是公主殿下呢?如果你不是公主殿下,我们就可以成为真正的好朋友啊!

手中的温度让我的心似乎都跟着温暖起来了。

但是,那个讨厌的圣永司只会往我身上泼冷水。

"你被花瓶砸了脑袋?但是就我对现场的观察来看,你好像一点儿事都没有,但是花瓶碎了,垃圾桶也被你弄坏了。"

圣永司上下打量了我一番,似乎没有发现我有任何地方受伤,然后用怀疑的眼神望着我,就好像我是个说谎精。

不等我开口,他就立刻做出了严肃的决定。

"既然这样,红竺同学,跟同学起冲突的事情先不说,但是你破坏学院公共设施这件事做错了吧?你先写一篇检讨交上来吧!如果你真的没有任何问题的话,也不会被那么多人投诉。"圣永司低下头,考虑了一会儿,在我看来,完全是一副"我为你考虑,还不快谢恩"的表情。

什么!不相信我就算了,居然还让我写检讨?

可恶!我才不要!

我愤怒地瞪着圣永司,想要发飙,可是我的手突然被用力地握了一下。我回过头,只见绫小路正一脸担忧地看着我。

我对她摇了摇头,忍住怒火,然后看向圣永司:"我是不会写检讨的!而且挑起事端的人又不是我。如果你把那些污蔑人的女生抓到,让她们写检讨的话,那么我也写。现在能让我有写字欲望的，只有游泳社的入社申请书。"

圣永司嘴唇一抿，表情瞬间变得严肃："没有检讨书，你这辈子都不要指望能递上入社申请书！"

像是在向我炫耀一样，圣永司微微侧着头，补充了一句："你可以试试看。"

"你……你这是在威胁我！以权谋私，滥用职权！风纪委员了不起啊！"看见他那欠揍的样子，我忍不住冲他吼了起来。

"永司，这样是不是太过分了……"

连绫小路都忍不住为我打抱不平。

"没有什么过分，在我没看到检讨书之前，就算校长给你写了入社许可都不会生效！"圣永司严肃地说道。

"你……"

我瞪着他，气得浑身都在颤抖。

冷静……红竺，快点儿深呼吸，冷静下来，现在可不是你生气的时候……

"拜托你，人家真的很想入社啊。"

我转变了态度，打算用怀柔政策。身为新时代的龙族，一味靠蛮力是不可取的，要善于运用龙的智慧。

"人家一生下来就超级喜欢水的，连做梦都想着加入游泳社，成为游泳健将，有一天能为国争光。"我双手抱拳，放在下巴下，用我自己都觉得诡异的声音对圣永司说道。

"可以啊。"圣永司点点头，看向我的眼神犀利得像是马上就能看穿我的目的一样。

我忍住心虚，不敢移开视线，努力眨着眼睛望着他。听到他说"可以"，我差点儿开心得跳起来比画一个"胜利"的手势，但是这种冲动不到一秒钟就被他压下了。

03 第三章 求爱之路多曲折！

"先写检讨！"圣永司毫不留情地说道。

冷血、顽固、刻薄、恶毒、没人缘……

一瞬间，随着我的吐槽，圣永司的头上似乎飘过很多贬义词。

"其实……我得了一种不游泳就会死的病，你就忍心这样为难我吗？"我忍辱负重，深吸一口气后，认真地看着圣永司说道。

"啊，真的吗？永司，你就让红竺入社吧！"连绫小路都眼泪汪汪地帮我求情了。

可是，世界上就是有这么一种人，任你撒泼打滚，任你装可怜、恳求，都无动于衷。

这个人就是你的克星，是你的宿敌。

我红竺160年无敌的"龙"生里，头一次出现了这么一个人！

"那就写检讨吧，写完以后，半个小时之内接受你的入社申请。"面对我的真情表演，圣永司丝毫没有受到影响，反而更加认真地点了点头。

"你赢了。"我低下头，咬牙切齿地说道。

"我……我帮你……"绫小路摇了摇我的手，善解人意地说道。

"绫小路，你必须过来跟我把今天的事情解释清楚。"圣永司说完，朝她伸出了手。

"这……"绫小路犹豫地看了看我，又看了看圣永司，最终还是松开了我的手。

"红竺……"

绫小路被圣永司拉着，朝教学楼的方向走去，她一边走，一边还忍不住回头看着我。

啊啊啊——所以说勇士是最讨厌的！

圣永司，这笔账我记下了，永远都不会忘记的！

3.

"给你！"

放学之前，我没好气地将写了一下午的检讨书递给圣永司。

圣永司慢吞吞地接过去，然后挑了挑眉。

"挺快的啊，我以为至少要过一个星期才能收到你的检讨书呢，原来你还真得了不游泳就会死的病啊。"

"少废话！快给我入社申请书！"

我皱着眉头，恶狠狠地看着他。

真是太讨厌了！我为什么要和这样一个人成为同桌啊？为什么每次看见他，都有一种忍不住变回龙形，然后在他那张脸上踩上十几脚的冲动啊？

圣永司没有理会我，而是打开了我绞尽脑汁、集合了我所有智慧才写出来的检讨书。

1分钟过去了……

5分钟过去了……

10分钟过去了……

随着时间的流逝，圣永司一直保持着那个打开检讨书的动作，要不是他的脸色一会儿黑一会儿白，我还以为他中了什么魔法。

良久，仿佛石化的圣永司从僵硬状态中恢复过来，皱着眉头望着我："红竺，你的检讨……"

怎么样？被我不俗的文笔震撼了吧？哈哈……

"你的语文是体育老师教的吗？"

"什么？"

第三章

我不解地看着他。

"一篇600字的检讨书，里面有40个错别字，12处语病，还有乱用的成语和乱七八糟的内容。我发誓，我从出生到现在，从没见过这么糟糕的东西。"圣永司严肃地说道。

呃……等等，他说什么？

"错误？怎么可能？我可是……"

我刚想说我是龙族的精英，但是随即又想起绝对不能暴露身份，于是说道："我可是高年级学生！"

"就因为你是高年级学生，我才觉得惊讶啊，你的智商为零吧？这种连小学生都知道怎么写的东西，怎么会被你写成这样？"圣永司一边摇头，一边把检讨书放在桌子上，"这样的检讨书，我是不会让你通过的。"

什么？居然被嫌弃了？

我花了那么长的时间，引经据典地查了那么多资料，以求能写出一篇让圣永司看了之后感动得拜倒在我脚下的检讨书，居然被否定了？

"你一定没有仔细看，我这里面的内容可是有含义的！"我不服气地拿过检讨书，小心地收进了自己的书包里。

没错，一定是圣永司嫉妒我，所以这样贬低我。

真是不可理喻的人类啊……

"呵呵，含义？含义是在你的错别字里，还是在你乱七八糟的句子里？'亲爱的领导，请你相信我的心灵如同金币一样闪闪放光''其实损坏学院公共设施这件事不能算我的错，是因为学院的垃圾桶材质真的不怎么好，如果使用特殊的硫矿石和银子来制作的话，那么它一定能够承受得起巨龙的一击'……你确定这是检讨，而不是奇幻小说？"

圣永司连动作都没换，微微歪着头，扫了我一眼。

我居然被嘲笑了，还是被敌人嘲笑！

"哼！反正我答应给你的检讨书已经给你了，游泳社的入社申请我也不会放弃的！"

我站起身，抬起下巴，努力模仿着他不经意间流露出来的那种鄙夷的神态，企图给他一点儿震慑。

"丁零零——"

放学铃声刚好在这个时候响起，我拿起书包，抬头挺胸地从他面前走过。

哼，装冷艳高贵这一套我也会啊！

风纪委员很闲吗？除了抓人迟到，就是扣留人家的社团申请书，他就是看我不顺眼，处处跟我作对呢！

我一边想着，一边大步往家里赶去。

我在心里默默诅咒着圣永司的时候，身边一条阴暗的巷子里突然传来奇怪的声音。

"快点儿，把钱都拿出来！"一个超级难听的声音这样说道。

哇，世界上怎么会有这么难听的声音？

我一边想着，一边忍不住好奇地靠过去，打算看看这个人长什么样。

"嗯，没问题！你们想要多少啊？"一个有些熟悉的声音说道。

咦？

这个声音……

我微微眯起眼睛，那个地方与其说是条巷子，还不如说是两栋楼之间的死角，里面堆满了杂物。在稍微空旷一点儿的地方站着五个人，其中四个好像电视剧里的混混，围着一个戴着帽子的人。

戴帽子的人一边说着，一边从口袋里摸出一个钱包。

"好啦，好啦！既然有缘相遇，我肯定会友好的啦！给你们1000块够不够啊？"

因为他是背对着我，我只能听到他的声音，根据他肩膀的动作，我猜测他是

03 第三章 求爱之路多曲折

在掏钱给那几个混混。

"你以为是买东西呢，还够不够，有多少通通拿出来！"其中一个混混抢过了那个人手上的东西，恶狠狠地说道。

"不是因为这个啦！"戴帽子的人摸了摸自己的头，解释道，"因为你们有四个人啊！我怕你们不太好分……"

"这个人脑子还好吧？"我一边听着，一边为那个戴帽子的人的智商感到担忧。

果然不出我所料，那四个混混开始只是愣了愣神，突然翻脸了："你小子是在嘲笑我们吗？"

"对啊！大哥，他在讽刺我们是二百五！"

"给你个教训，看你敢不敢嘲笑我们！"

离他最近的混混一伸手就掀掉了他头上的帽子。

一头如同黄金一般闪亮的头发赫然出现在我的眼前，而之前只是感到熟悉的声音，此刻却因为这头金发让我认出了它的主人。

果然，那个金发人一转身，我就看到了那张令我心跳加速的脸。

金色的头发因为小混混的动作略微显得有些乱，几根不听话的头发高高地翘起，随着金闪闪的动作摇晃着。他金色的瞳孔，此时却露出跟他气质不符的恐慌。

"快给我住手！"

岂有此理！

这些浑蛋居然敢欺负我的男神！

身体的反应快过了我的大脑，我以百米冲刺的速度飞快地上前接住了那只离金闪闪的脑门只有10厘米的拳头，然后一用力，将那只手的主人甩到了他们身后的垃圾堆里。

"垃圾就应该在垃圾堆里待着，出来做什么？"

我挡在金闪闪的身前，活动了一下身体，然后轻蔑地看着眼前剩下的三个混混。

呃……

又忍不住说出电视剧里的台词了，不过这次感觉还真不错！

"你……简直……啊！"

又一个混混不识好歹地朝我出拳，轻松躲过之后，我一把抓起他，丢进了之前那个混混所在的垃圾堆里。

"你……你等着，不要跑！我们去……去叫人过来……"

剩下的两个混混看我主动转向了他们，双腿抖得像筛子一样，然后丢下这句话，狼狈地逃跑了。

哼，就你们这样还学人出来打劫？先好好练习练习吧！

我冲着他们离去的背影做了一个鬼脸。

啊，刚才光顾着打架，忘记看金闪闪有没有受伤了。

"你没事吧？"

我蹲下来，伸出手想扶金闪闪起来，看向他的时候，眼中闪过一丝惊诧。

金闪闪在我伸手的一瞬间，身体突然往后缩了一下，但随即又像是想通了，马上抓住了我要缩回去的手："谢谢你啊，你是……"

轰隆隆……

看见他一闪而逝的躲闪动作，我觉得有一道雷劈向了我。

电视剧里不是说英雄救美之后，对方都会以身相许吗？编剧，你这个大骗子！

金闪闪在还没有知道我的名字的情况下躲开了我……

他是讨厌我吗？

我明明什么都没做啊……

等等，我刚刚好像做了什么。

068

03 第三章
求爱之路多挫折!

"不是所有男人都能接受比他强悍的女生的,傻丫头!"

不知道是哪部剧里的某一个大妈说的话,突然在我的脑海中一闪而过,而那部戏的剧情,就跟现在我遇到的一模一样。

我做了一件蠢事。

要知道人类的审美和龙族以强为美的观点完全不同啊!我刚刚那么彪悍地打倒了那一群混混,金闪闪一定被我吓到了。

呜呜呜,可不可以时光倒流,我们重来一遍啊!

我无力地跪倒在地上,眼神呆滞地看着金闪闪,悲伤的乌云笼罩在我的头顶。

"同学,你怎么了?"金闪闪英俊的脸上浮现出明显的担忧,"你是不是哪里受伤了?"

一个念头突然从我的脑海里闪过。

金闪闪的话给了我很大的灵感。

没错,我受伤了,而且受了很重的伤!

随着金闪闪的话,我突然一下子倒在了他的身上。

"我,我好像用力过度……现在超级虚弱……我觉得自己好像要晕倒了……"

我努力回想着电视剧里那些柔弱的女主角的语气,似乎只要这样一说,那么男主角立刻就会心动。

"啊——那我帮你叫救护车吧,同学!"

金闪闪听了我的话,果然变得惊慌起来,他两只手环抱着我,一脸的不知所措。

我虚弱地对他笑了笑,然后双眼一闭,幸福地倒在他的怀中。

呜呜呜——好感动!

我居然和金闪闪这样近距离地接触了,龙神啊,请把这幸福的时光封存下来，我要永久保存！

我闭上了双眼，能感觉到金闪闪一只手搂着我，另一只手在他的身上摸索着什么，然后我听到他拨打了电话。

无所谓，只要能跟金闪闪在一起……

时间啊，请慢点儿走……

我静静地倚靠在金闪闪的怀中，心中无比喜悦。

红竺，你真是太机智了！你一定是龙族中最聪明的龙，这种急中生智的补救办法也只有你能想得到。

我在心中给自己赞了无数次。

"你终于来啦！"

不知道过了多久，金闪闪像看到救星一样，突然激动地大喊了一声。

"怎么回事？"

一个熟悉的声音毫不客气地问金闪闪。

这是谁啊？居然用这样冷漠的态度和人见人爱的金闪闪说话！

不管这个人的声音有多么好听，因为他说话的态度，我就已经决定给他一个差评。

"你来了真是太好了！刚才我遇上了抢劫，多亏她挺身而出，不然我英俊的脸就要遭殃了。"金闪闪没有在意来人说话的口气，而是晃动着身体，想把我抱起来。

随即我的身体也动了一下，接着，一双有力的手臂从我的背后穿过，然后稳稳地站了起来。

公主抱！

这就是传说中的"公主抱"！

虽然不能亲眼看到我小鸟依人地靠在金闪闪胸前，但是只要能被金闪闪这样抱在怀中，我觉得来人类世界这一趟也值了。

03 第三章　求爱之路多挫折！

我在心中狂笑着，然后有些不好意思地将头靠在他的胸前，悄悄地听着他的心跳声。

"怦怦……怦怦……"

原来，金闪闪的声音在不同的角度感觉都不同……

原来，金闪闪的胸有这么宽阔……

原来，金闪闪的胳膊这么有力……

"我们要赶紧去医院！就你那么一点儿力气，还是我来吧！"

我还没有感动完，头顶传来一个声音，那个声音离我很近，而我能感受到他说话的时候胸腔发出的震动。

什么！这不是金闪闪的怀抱？

这到底是谁？居然夺走了我被金闪闪"公主抱"的权利！

不行，我一定要看看到底是谁！

就在我想偷偷睁开眼睛的时候，金闪闪的一句话把我打入了深渊。

他说："幸好你在附近，永司。"

"幸好你在附近，永司。"

"幸好你在附近，永司。"

……

我的脑海里仿佛有复读机一样，将那句话重播了一遍又一遍。

为什么圣永司会出现在这里？

为什么他要抱着我啊？

可不可以离我远一点儿啊？

圣永司的怀抱很温暖，但是，我觉得自己已经浑身僵硬、血液都不流通了。

这就是说谎付出的代价吗？

呜呜呜……

早知道我就早点儿醒过来了。

要是现在醒来，会不会显得不自然啊？

呜呜呜……

不管谁都好，请来救救我啊！

第四章 04 暧昧让我心慌慌！

CHAPTER

LIANHUA LEGEND·WIND DRAGON

1.

我躺在学院的医院里，无聊地看着天花板，鼻间满是医院里特殊药水的味道。

从被圣永司送到医院那天开始，我已经这样无聊地躺了三天。

"小红竺，刚来学校就发生了这样的事情，你的心里一定很难受吧……"莫莉老师一边说话，一边将手中的百合花插在床头的空花瓶里，褐色的眼眸里盛满对我的关心，还有怜悯，"你放心，不会让你落下功课的，老师一定会找学习成绩最好的同学帮你补课。而且因为圣永司同学的报告，校长对你这种见义勇为的行为十分赞赏，特别准许你养好了身体再回去上课。"

"可是老师，我想回到同学们当中去……"

我眨了眨眼睛，稍稍挪动了一下因为在床上躺了太久而有些麻木的身体，期间为了配合我"虚弱"的身体，还喘了一口气。

唉，真是失策啊……

原本只是想接近金闪闪，却没想到被圣永司那个多管闲事的人送到了医院。虽然我一点儿事也没有，但是因为不好开口反驳，所以被医生留下来住院观察。

"身为病人却没有病人的自觉，明明不想麻烦别人，却因为讳疾忌医，反而给别人添加更多麻烦的事也不是没有发生过……"圣永司当时按住了挣扎着要回家的我，说了这么一句话。

因为他说的这句话，我在病床上乖乖躺到了现在。

回忆完毕，我暴躁地看了一眼正无所事事地站在床边晒太阳的某人，心里怨

第四章

恨到了极点。

"为什么圣永司也在这里？"我没好气地问道。

真是的，还好我没有真的生病，不然躺在病床上哪里都不能去，还得被迫看到自己的敌人，简直太凄惨了！

"身为五班的班长和学院的风纪委员，我来探望一下莲华学院的女英雄，难道不应该吗？"圣永司淡淡地看了我一眼，不知道是不是错觉，我总觉得他的话里带着讽刺。

"托某人的福，我得不停地向同学们宣传，遇到危险，报警才是正确的选择，而不是头脑发热地冲上去找人打架……"

关我什么事？我又没让大家去打架！

我瞪大了眼睛看着圣永司，不明白他是如何用这样正气凛然的态度说出这颠倒是非的话来的。

"我谢谢你来探望啊！你要是不来，我每天不知道要多吃多少碗饭！"

我两只手死死地抓着盖在腿上的被子，因为如果不这样做，我真怕自己冲上去，把圣永司打进墙壁里，然后用水泥糊个十遍八遍的，永远都不用看见这个浑蛋。

"小红竺这一下可厉害了，简直是我们学校的英雄呢！"不知道是不是感受到了我和圣永司之间的低气压，为了缓和紧张的气氛，莫莉老师上前摸了摸我的头，眼睛笑得弯弯的。

"哎呀……其实也没那么厉害啦……"我不爽地瞥了一眼圣永司，然后换上诚挚的表情看着莫莉老师，"在那样的情况下，如果换成其他的同学，他们也一定会做出和我一样的选择吧！"

我犹如影后附体一般，拿出了"红竺得奖专用表情"，说着官方的话。

人类的赞美犹如拌在蜂蜜里的毒药，会慢慢腐蚀龙心。

哼，我红竺大人是谁，怎么会因为人类的表彰而得意忘形呢？

但是不知道为什么，我的嘴角忍不住微微勾起。我想，一定是我看见莫莉老师这位大美人太开心的缘故，而不是因为她夸奖我。

圣永司，你看到了吧！

这才是正常人的反应，你一定是嫉妒我受到了人类的尊敬，所以故意责怪我！

我一边想着，一边挑衅地看着圣永司。

"哼！"圣永司不屑地冷哼一声。

哎呀，人类的嫉妒真是太不可思议了！

"真是太感人了，我一定要把这段话记录下来，让所有人都知道，红竺同学有这样崇高的精神！"莫莉老师双手抱拳举在胸前，感动地说道。

嗯，我准许你这样做。

愉悦的情绪让我的嘴角止不住地往两边咧开，我低下头，不让她看见我此时的表情。

"哎呀，我说了这么久，小红竺一定累了吧。"莫莉老师稍微顿了顿，像是突然想起了什么，转过身朝门外跑去。

过了一会儿，我又听见她"噔噔"的脚步声。她从门外进来，这一次，怀里依然抱了一大堆的东西。

"我说过了，同学们都很关心你，这些都是他们拜托我转交给你的礼物。"莫莉老师一边说着，一边将手上的一大堆东西放在我的床上。

"你看这个巧克力，超级贵的，是国外进口的！这种甜滋滋的味道，你一定会喜欢的……"她拿起一个花花绿绿的长条状物品，感叹道。

看着床上散落的礼物，不知道为什么，我的心里好像塞进了一个小太阳，暖暖的……

人类也许没有想象中的那么坏呢。

就在我的心里翻涌着一股奇怪的情绪时，"泼冷水专业户"圣永司开口了：

"嗯，他们只是在同情一个连自己都保护不好，还想保护别人的傻瓜。所以请你不要误会，这些只是大家看在是同学的分上不得不给你的。"

第四章

圣永司走过来，拿起我手边一个鸡蛋形状、上面画着精致图案的东西。

"圣永司……"我刚想学着他的口气讽刺回去，莫莉老师突然从床边拎起一个金灿灿的大袋子。

"哇，这个礼物好夸张……"莫莉老师发出一声惊呼，打断了我要说的话。

我下意识地朝她看了一眼，注意力一下子被她手中的东西吸引住了。

我的心不由得怦怦跳起来。

璀璨又霸气的颜色，还有那让人忍不住一看再看的气质……

"莫莉老师，这个……"我忍不住开口询问。

"哦，这个啊！"莫莉老师用力将那个金色的袋子拎了起来，然后抱怨道，"这个是隔壁班的金闪闪拜托我无论如何要带给你的东西……真是的，明明不是我们班的……"

一听到"金闪闪"三个字，莫莉老师的抱怨都被我当成了背景音乐。

付出果然是有回报的！

金闪闪果然拜倒在我飒爽的英姿下了。

他一定是看到那天我不畏强敌，挺身挡在他面前，所以被打动，今天送来的东西难道就是传说中的定情信物？

人类这种以身相许的桥段真是太赞了！

我激动得捂住了胸口，感觉自己的灵魂都愉快地飞起来了。

金闪闪……

"你现在表情狰狞地在想什么呢？"

就在我陶醉于自己的想象中时，一个让我从灵魂深处感到厌恶的声音在我的耳边响起。

我睁开眼睛一看，圣永司正一脸奇怪地看着我，眉头微皱。

"你……"

真是一个让人讨厌到极点的家伙啊！

"跟你有关系吗？"我狠狠地瞪了他一眼。

"没有，我只是担心校园英雄不小心伤到了脑子，那就太可悲了。"圣永司耸了耸肩，一副无所谓的样子。

好暴躁！

这一瞬间，我突然有点儿恨自己的祖先，为什么要去招惹勇士啊？如果不这样，我就不用遇上圣永司这个讨厌鬼了。

"呵呵，看见你们感情这么好，我也放心了。圣永司同学，小红竺就拜托你照顾了！"

莫莉老师不知道是不是故意的，拍了拍圣永司的肩膀，转过头对我眨了眨眼睛，然后一溜烟地离开了病房。

我看着那扇被关上的门，一时没有回过神来。

等等，莫莉老师，什么叫我们的感情这么好啊？

完全没有好过好吗！

莫莉老师走后，病房里的气氛陡然变得很紧张。

我全身绷得紧紧的，准备应付圣永司随时而来的攻击。

哼，以我对他平日冷酷行为的判断，他绝对会趁我虚弱的时候出手。

"哼，你不用那么紧张地盯着我……"圣永司微微皱了皱眉头，一只手朝裤兜里伸去。

果然！

他这是打算一边分散我的注意力，一边拿武器吗？

对付一个病人，居然还要用武器，简直太无耻了！

我的眼睛死死地盯着他的动作，看到他肩膀一动，手要伸出来的时候，我下意识地抱住了头。

"你在做什么？"

看不到圣永司的表情，但是他的声音从我的头顶传来。

真是的，要打架就快点儿打啊，最讨厌这种磨磨叽叽，决战之前还要说一段自己悲惨经历的剧情了。

04 第四章

我稍稍放低了遮住脸的手臂，露出眼睛看着他。

窗外的阳光斜斜地照在圣永司的身上，给他镀了一层金边，深色的头发没有了在学校时的整齐，但是并不显得凌乱，闪烁着金色的光芒，反而让他看起来更加有魅力。

脱掉校服外套，只穿着衬衫的圣永司，脸部的线条像是被这种颜色融合了一样，一瞬间显得有点儿模糊不清。印象中那双很好看的眼睛，此时却掩盖在稍稍倾斜的阴影中。

平时不苟言笑的圣永司已经足以引起女生们尖叫了，但是这样有些不羁的圣永司，一定会让女生们的嗓子都喊破。

看着这样的圣永司，我居然有一瞬间的失神。

突然，我看见一个白色的东西从他的手中朝我飘过来。

不好！他居然使用暗器！

我在心中暗暗责备自己轻敌，立刻抬手挡住。

"这是你的入社申请书。"圣永司这样说道。

咦……

我刚才听到什么了？

我收回挡住脸的手臂，之前看到的"暗器"晃悠悠地落在了我的被子上。

还没等我伸手去拿，就已经看到纸上写着大大的"入社申请书"五个字，申请人写的是我的名字，下面的社团意见栏里写着"同意"，不仅这样，还盖有游泳社海豚形状的印章。

"我……通过了？"

我拿着那张纸，有点儿不敢相信自己的眼睛。

"虽然你的检讨写得很烂，但是因为你勇敢的表现，我决定网开一面，帮你递交了申请书……"

"就这么简单？"我眨了眨眼睛，怀疑地问道。

这不正常啊……

电视上说，坏人会帮助你，一定会有别的附加条件啊……

"我没有帮你说话，同意你加入游泳社的是社团那帮家伙，跟我没有关系！"圣永司的表情不知道为什么突然变得有些不自然，"我来找你就是要告诉你这个消息的。现在没事了，我先走了。"

说完这句话，他急匆匆地走出了病房。

"真是的！来探望病人居然不带礼物啊……"看着被关上的门，我撇了撇嘴。

不过……

我还是接受了敌人的馈赠。

唉……

这种不得不屈服在敌人淫威之下的憋屈感……谁能懂我啊？

我看了看手中的入社申请书，加入的话，那么我离敌人、离意中人都近了一步，但问题是，这个入社申请还是靠敌人得到的。

龙神啊！难道这就是您给我的试炼吗？

如果是这样……

"那真是太棒了，哈哈哈！"

我拿着这张承载了我的心酸与希望的申请书，忍不住掀开被子在病床上跳了起来。

我不愧是红竺大人啊！从敌人手中拿到申请书，在敌人的眼皮底下进入了他所在的社团，从此以后他的弱点还不尽在我手？

以后就要过上圣永司跪在我脚边给我按摩，金闪闪在一旁陪我晒太阳的幸福生活了。

哈哈哈……

等等！

如果我没记错……

游泳社顾名思义就是游泳的吧？

第四章

那么我会游泳吗？

虽然我会飞，但是游泳……我好像从来没试过呢！谁叫我的魔法属性是风呢？从来只在空中飞，没有在水中扑腾过……

我眨了眨眼睛，努力在脑海中搜索着类似"风龙、游泳"之类的关键词。

虽然从来没游过，但是身为天才龙，游泳应该不是什么大问题吧。

哎呀，还没战斗就开始怯场，才不是我红竺的风格呢！

圣永司，你等着接招吧！

金闪闪，准备接受我满满的爱意吧！

2.

在医生再三的检查下，已经确认身体无碍的我终于可以出院了，现在正身处活力无限的游泳馆中。

在医院待久了，原本健康活泼的我都忍不住怀疑自己是不是真的生病了。

所以，年轻就是要释放自己的青春与活力！

虽然已经放学了，但是游泳馆作为游泳社的专属场地，能在这个时候使用游泳馆的就只有社员了。

通过一段长长的过道，我来到了游泳池边。

之前虽然看过一眼游泳池，但是不得不说，从观众的角度和一个运动员的角度看整个场地的感觉完全不同啊！

游泳池要低于两边的观众席很多，站在泳池边，只能看到周围被刷成绿色的墙壁，完全看不到上面白色的座椅。游泳池清澈的水在灯光的照耀下泛起粼粼波光，使周围的地板还有墙壁也笼上了一抹朦胧的水光。

这时候，游泳池边已经有不少社员在做着热身运动。

我得意地看了看自己身上的绿色泳衣，根据店家的介绍，这件款式新颖的泳衣是从毛毛虫身上得到的灵感。绿色的衣服上，不仅有毛毛虫身上作为掩护的斑纹，连形状都是按照毛毛虫的身体构造设计的。最重要的是，这样一件高端大气上档次的泳衣，竟然便宜得令人不敢相信。

我学着周围人的样子，把毛巾挂在脖子上，自信地走向泳池。

一道道视线有意无意地扫向我，等我抬起头的时候，那些视线又消失得无影无踪。

几个人说着话与我擦肩而过，而他们的视线在我身上转了一圈之后，居然睁大眼睛，连话都说不出来，而且都是同一种表情。

呃……难道这群人已经开始注意到我努力收敛的龙威了？

或者是因为我这件与众不同的泳衣？

不管是哪个原因，都代表着他们的眼光不一般。

这样想着，我昂首挺胸地在泳池边上绕着圈。

你们这些人类，还不赶快睁大你们的眼睛，要知道能这样近距离观察我红竺大人，可是你们的荣幸！

"啊啊啊——金闪闪请往这边看一眼！"

"金闪闪，我喜欢你！"

"你今天的造型简直能把人的眼睛闪瞎！"

……

一阵尖叫声打破了游泳馆原本有些单调的气氛。

呃？金闪闪？

在乱七八糟的尖叫声中，我的耳朵灵敏地捕捉到了我在意的关键词。

"金闪闪在哪里？"

我四下张望着，循着声音，终于发现在泳池的西南角站着一群女生，她们有的手中端着茶杯，有的手中拿着毛巾，还有的则拿着相机不停地拍照。

而她们的中间则是那个让我魂不守舍的人——金闪闪！

金闪闪赤裸着上身，一边拨弄着像金币一样闪耀的头发，一边摆出各种造

第四章

型，供那些女生拍照，而他每换一个姿势，就会惹来一群人的尖叫声。

不愧是我看上的人啊，就是这么有魅力！

我痴痴地看着金闪闪——完美精致的容颜，还有身上线条均匀的肌肉，都在水光的映照下闪烁出迷离的光。

等等！

那边那个拿相机的，你拍照就好，干吗偷摸我家金闪闪的胳膊？

还有那个扎双马尾的，你好好说话行吗？身体都快贴在金闪闪身上了！

你们能好好说话，不要动手动脚吗？

眼看着那群人越来越过分，我忍不住加快了脚步走向金闪闪。

我的王子要由我来守护！

"啊，快看，是金闪闪！金闪闪在那边！"

身后突然响起一阵尖叫声，我只觉得自己的身体被推了一下，脚下一滑，就看见清澈的池水朝我迎面扑来。

耳边响起"哗啦"一声水声，然后我感觉自己的身体像铁块一样直接朝泳池深处坠落。不仅这样，在岸上显得无比灵活的身体此刻却像是被无形的绳索束缚住了一样，丝毫不能动弹。

水争先恐后地进入我的耳朵和鼻子，我想大声呼救，但是一张嘴，就从口中吐出一连串的气泡，水全都灌了进来。

原来风龙是真的不会游泳呢……

下沉的速度越来越慢，耳边是死一样的寂静，我睁大眼睛，看着上方晃动的水波，还有游泳馆顶部的灯光。

上方突然出现了金闪闪的脸，他蹲在水池边，嘴里大声喊着什么——他是在担心我吗？

可他不是正被一群女孩子包围着吗？才不会注意到掉进游泳池里的我呢……

呵呵，原来龙缺氧也会产生幻觉呢……

不过，临死之前能看到金闪闪真是太好了。

真是好不甘心呢……

我都没有对金闪闪表白，到死他都不知道我喜欢他啊，真是好不甘心呢……

一想到这一点，我突然觉得我会死不瞑目的。

不知道哪里来的力气，我的四肢突然又受我的控制了。

我在水中大力地扑腾着，希望有人能看到我。

随着我动作加大，肺部像是要爆炸一样，超级难受。

挣扎中，我好像看到一个黑色的人影跳下了水，朝我游了过来。

是金闪闪吗？

金闪闪果然发现我了吗？

这一刻的喜悦甚至超过了我临死之前的伤感，我顺势屏息凝神，停止了挣扎。

电视剧里有这种桥段啊，英雄救美之后，美女来个以身相许，然后他们幸福地生活在一起什么的……

金闪闪，快来救我啊！

透过微微睁开的眼缝，我看到那个身影离我越来越近。

金闪闪的泳姿真好看，像书上说的美人鱼——虽然我不是王子，他也不是海的女儿……

在金闪闪还没有完全靠近我之前，我闭上了眼睛，等待着他来救我。

紧接着，一双有力的手臂揽上了我的腰，我开始感受到水流的变化，闭上的眼睛也能感受到刺眼的灯光了。

尽管是泡在冰冷的水中，但是我的身体依然能感受到金闪闪身体的温度。

如果金闪闪是我的救命恩人，这样就算我带他回到龙族，应该也不会有太多人反对吧？

不过……没办法呼吸的感觉真的好难受……我觉得自己已经忍耐到极点了……

龙神啊，如果我真的无法完成任务，打倒勇士夺回龙鳞，而是死在了金闪闪

04 第四章

的怀中，请您一定要让我的灵魂留在金闪闪的身边，时刻看着他……

就在我以为自己真的要窒息而死的时候，身体突然一轻，新鲜的空气争先恐后地从我的鼻子进入到我的肺部。

接着，我感觉自己被很多双手拖到了池边，身体下面是冰冷坚硬的地板。

我不要离开金闪闪啊！

快点儿让他抱着我，过一会儿我就会醒过来了！

我在心里狂叫着，但是根本不会有人听到我内心的呐喊。

"你们让一让，给她留点儿空间呼吸……"

一个熟悉得令人讨厌的声音在我的耳边响起。

咦？

圣永司！

为什么又是他？

救我的不是金闪闪吗？为什么是他在我身旁嚷嚷？

一定是我听错了……

也许金闪闪运动过后的声音就是这样啦……男孩子的声音说不定在某一个特殊时段都是一样的呢？

所以这个人一定是金闪闪啦……

哈哈哈……

"红竺，你还好吗？听得见我说话吗？"

丝毫不理会我内心的挣扎与痛苦，那个令我从灵魂深处感到暴躁的声音，再一次不依不饶地出现在我的耳边。

"圣永司同学，为什么红竺还没有醒过来啊？"我听到一个女生这样问道。

啊啊啊——

为什么？

我都已经自欺欺人到这种地步了，为什么还会有人来戳穿我？

这个世界简直残酷得让我绝望！

但是，我没想过这只是一个绝望的开端，因为我马上就听到了一句简直能让我魂飞魄散的话——

"这样就只能给她做人工呼吸了……"圣永司轻叹了一口气，这样说道。

"这样就只能给她做人工呼吸了……"

"这样就只能给她做人工呼吸了……"

我的脑海里全是"人工呼吸"这四个字。

人工呼吸不会是我想的那样——

圣永司，你等等，我马上醒过来啊！

一想到这里，我就马上行动起来。

先是长长地吸了一口气，然后我迷茫地睁开了眼睛。

到目前为止，我都按照电视上看到的步骤来，直到我看见圣永司那张英俊得让人讨厌的脸慢慢地朝我靠近。

他的头发湿漉漉地贴在脸上，在灯光的照射下，原本应该偏蓝的发色，此时看上去像是上好的乌木一样，黑得让人移不开视线。一滴水滑过他饱满的额头，流到了鼻尖，最后飞快地滴落在地上。这一瞬间，我居然有种喉咙干涩的感觉……

就在我分神的一瞬间，就看见圣永司缓缓地靠近我，然后我的嘴巴上覆盖了一个柔软的东西。

他温热的气息直接扑在了我的脸上，感觉痒痒的，从这个角度，我可以看到他微微颤动的如羽毛一般的睫毛，还有那连女生都嫉妒的一点儿毛孔都看不出的皮肤。

我的脑子里像是有几万道雷劈过，整个大脑都被炸成了碎渣。

谁能告诉我……

圣永司这是在做什么……

我现在居然被仇人勇士亲吻了。

谁来告诉我这是怎么一回事啊？

第四章

我茫然地眨了眨眼睛，然后看见圣永司旁若无人地站起来，跟周围的人说了些什么。环顾四周，唯一能给我心灵安慰的金闪闪，好像从一开始就没看见人影。

我居然被仇人勇士吻了！

我居然被仇人勇士吻了！

我居然被仇人勇士吻了！

现在我满脑子都是这句话，一条接着一条不断在我脑海中刷新着，而且不管怎么刷新，永远都只有这一句话。

我居然被仇人勇士吻了！

龙神啊——

我的头像是要被那些话塞爆一样，就算之前沉在水里，都没有这样难受过。

我居然被仇人勇士吻了……

我只觉得眼前一黑，耳边又响起一阵惊呼声。

我不管了……好累……我要休息……

3.

"怎么会变成这样呢……"

我瑟瑟发抖地裹着浴巾，坐在远离泳池的台阶上，看着在泳池边跟女生愉快玩耍的金闪闪。

事情怎么会变成这样啊？

这时候，金闪闪应该饱含关切、嘘寒问暖地守在我身边，而不是跟一群身材好到让人流鼻血的女生在泳池边玩泼水的游戏啊！

我的耳边似乎又响起了刚才听到的话。

"太惊险了，要不是金闪闪发现落水的她，还不知道会发生什么事情呢！"

"是啊，圣永司救人的那一幕真是太帅了！"

"跳进水里的那一刻简直是天神附体！"

"出水的样子也像美人鱼啊……"

"话说回来，要不是金闪闪叫圣永司救人，我们谁都不知道游泳社的人还会溺水呢……"

记忆到此戛然而止。

原来救我的不是金闪闪……

我在水里看到的也不是错觉，而是金闪闪发现了沉入水中的我，叫来了圣永司救我。

身为一条龙，居然连续两次被勇士救……

这简直让我没脸活下去啊！

要是时间能倒流就好了，要是知道会这样，我一定不在那个时段靠近金闪闪啊！要不然给我能消除人类记忆的药水也行，不，这样的药水给我吃也好啊！

被勇士救了这样羞耻的事情，一定不能告诉族人啊。

"唉……"

我长叹一声，把脸埋进了浴巾里。

虽然也可以说我是间接被金闪闪救了，但是不管怎么想，心里还是有一种挥不去的忧伤……

"唉，为什么会变成这样呢？"我重重地叹了一口气。

"哼，为什么会这样？我还想问你呢！"圣永司的声音在我的头顶响起。

我慢慢地抬起头，看着脸黑得能挤出墨汁的圣永司，又把视线投到了金闪闪那边。

我已经很难过了，为什么身边还有这样一个讨厌的人啊？

眼前突然出现了一个黑影，挡住了我的视线，我不耐烦地挪动了一下位置，但是还没等我坐稳，那个黑影又跟了过来。

真讨厌！

第四章

我都不能和金闪闪在一起玩了，已经很悲伤了，为什么这时候还有人阻拦我跟他的眼神交流？

"圣永司！"

我"噌"地一下站起来，虽然我踮起脚都没有他高，但我还是努力拿出我身为龙族的威严，愤怒地看着他。

"不要以为你做出这副可怜的样子我就不会说你了！"圣永司低下头，微微皱眉，冷冷地说道。

可怜？

他说我可怜？

一个勇士居然说我可怜？

"圣永司，我……"我开口想反驳他，但是还没说几个字，那些话就被堵住了。

"我以前只是觉得你智商低，现在我向你道歉。"圣永司看着我，突然说出了这句话。

咦？他说什么啊？

他居然向我道歉？

哈哈哈！是我龙族的霸气让他臣服了吗？

我不禁得意地点了点头。

再说点儿，多说点儿，然后乖乖地把龙鳞交出来，我可以让你的日子没那么难过。

"原来你不是智商低，是真的蠢。"圣永司一边说着，一边抓起我裹在身上的浴巾，然后包住我的头，用力揉搓起来。

"你……"

我被他揉得头昏脑涨，最后不得不抢回浴巾。

长得高了不起啊！

长得高就能这样玩弄别人的头啊！

我抱着浴巾，左右观望了一下，爬上了旁边的一个台阶，这样，我刚好能和圣永司平视。

"你再说一遍！"

可能是视线原因，站在高处的我突然有了底气。

"从来没见过你这么蠢的人，明明不会游泳，还非要往游泳社跑。你从最基础的开始学习也就算了，居然还敢在没有救生设备的情况下跑到深水区。你以为你是鱼，一生下来就会游泳吗？"圣永司大气不喘地说出一长串话来，脸色黑得和暴风雨就要来临时的天空一样。

"我……"

我刚想反驳，就看见圣永司狠狠地瞪了我一眼。

"我以为游泳很简单啊……"我没有底气地反驳道，"而且我也不知道那是深水区啊……"

"什么都不知道你就敢乱跑？你以为你会游？你怎么不以为你会飞，然后从高楼上跳下去呢？"圣永司听到我的话，音量提高了不少。

你怎么知道我不会飞啊，我还真从高楼上往下跳过……

我在心里嘀咕着，想到刚到人类世界的时候，从大楼顶端往下跳，然后脸着地的事情。

"总之，为了你的生命安全，以后你下水的时候，一定要待在我指定的范围内，接受我的监督！"

我还沉浸在自己的回忆中，圣永司突然拍了拍手，擅自替我做了决定。

"为什么啊？"我大喊出声。

为什么我要在勇士的监督下行动啊？这样下去，我打探情报的计划就没办法实施了。

"我不要！绝对不要！不要！"我在他面前用手比画了一个叉，态度强硬地拒绝，然后迅速和他拉开距离，朝金闪闪的方向跑去。

呜呜呜，金闪闪……

04 第四章

"我记得你的入社申请书是我帮你递交的……"圣永司的声音在我的身后响起。

说什么啊？不想理你！

"换句话说，我是你的担保人……"

我偷偷地回头看了一眼，只见圣永司一边揉着半干的头发，一边慢条斯理地说着，眼睛随意地瞟向我。

我打了一个寒战。

为什么勇士的眼神会比我这个恶龙还要邪恶啊？真讨厌！

"游泳社有条不成文的规定，那就是担保人可以随时撤掉被担保人的入社申请……"

什么！

他的意思是，我的入社申请随时会被打回来？

我停下了脚步，转过身面对他。

"你……骗人的吧？"我眨了眨眼睛，满怀希望地问道。

"你可以试试啊。"圣永司学着我的样子，微微歪着头，朝我眨着眼睛。

你眼睛坏掉啦！干吗学我眨眼睛啊？

听到圣永司的回答，我恨不得把手上的浴巾狠狠地扔到他脸上，然后一脚把他踢进游泳池。

"你到底想怎么样？"我大步走到他身边，咬牙切齿地问道。

我的手死死地攥着浴巾，生怕一不注意，就把拳头挥到他那令人讨厌的脸上。

虽然我很想这么做，但是显然还没到时候。

世界如此美好，你却如此暴躁，这样不好。

吃得苦中苦，方为龙上龙。

要心怀感恩，把每一个伤害我们的人当成亲人来对待……

我的脑海里闪过很多莫名其妙的话，但无一不是提醒自己控制情绪的。

红竺，深呼吸，不能激动！

"看你了。"圣永司对我露出一个淡淡的笑容。

"好，我答应你！"我捂着胸口，违心地承诺道。

"对了。"圣永司接着说道，"看在你一心想学游泳的分上，我决定单独给你进行游泳特训。"

说完，不等我找借口，他就转身走了。

我看着他逐渐远去的背影，直到消失在泳池的通道口。

他说什么？

他要教我游泳？

谁要他教我游泳啊！

为什么我的"龙"生已经堕落到需要勇士来教我游泳的地步了？

呜呜呜……谁来救救我？

失去保存了160年的初吻已经让人很悲伤了，为什么连游泳这种事情还要他来教啊？

"圣永司，我们换个方案好不好？换个人来教啊！换成金闪闪好不好……"

我无比悲伤地看了金闪闪一眼，然后朝圣永司离去的方向追了过去。

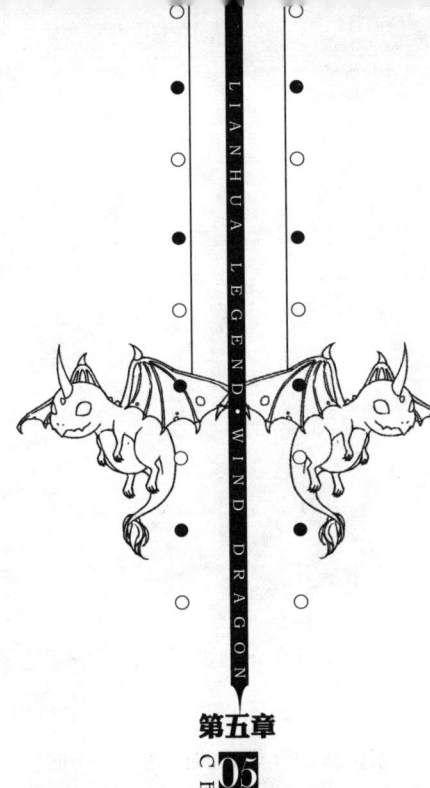

第五章 05 CHAPTER
告白无果太悲凉！

LIANHUA LEGEND · WIND DRAGON

1.

"唉……"我趴在铺着手工蕾丝桌布的桌子上，看着手边的台历，重重地叹了一口气。

来到人类世界一个多月了，按照我原定的计划，这个时候，我应该已经光荣地回到了龙族，受到群众的拥戴，到处宣扬我在人类世界如何跟勇士斗智斗勇、惊险刺激的经历，但事实上呢？

我捏了捏最近因为不停地进行游泳训练而有了肌肉的手臂，顿时悲从中来。

我可是尊贵的龙啊！

为什么我这样出身高贵的龙，却要被人类的勇士呼来喝去啊？

每天放学以后，不管我动作有多快，圣永司都会在我后脚刚离开教室的时候，拎着我的衣领，从教室门口一路拖到游泳馆。他不顾我的意愿，将我丢进水里，并且打着训练的幌子，不让任何人出手帮助我，看着我在水里扑腾。每次到了我以为要见到龙神的时候，才把我从水里捞出来，并且十分无情地嘲讽我下水时的姿势。

被勇士嘲讽的龙，我应该是有史以来的第一条吧。

真是心力交瘁，我想回家了……

"啊啊啊——讨厌！好讨厌！"一回想起那些悲惨的事，我忍不住将脸在桌子上蹭来蹭去，哀号出声。

"小红竺，你怎么了？"一个柔柔的声音在我的头顶响起。

我抬起头，看见绫小路一只手端着托盘，另一只手推开了门。

05 第五章

"我觉得你最近精神不太好，特意请你来我家做好吃的包子给你呢。"绫小路走过来坐到我旁边，然后把那个闪着光芒的托盘放在我的面前。这一系列动作优雅高贵，如同行云流水。

"包子？"听到这个词，我的口水都要流下来了。

"对了，我听永司说，你超级喜欢吃包子，所以我叫我家厨师做了一点儿……"绫小路一边笑着，一边替我掀开了那个亮晶晶的金属盖子。

盖子一打开，一股热气升腾起来，随即，一股特殊的香味飘散开来。

热气散开以后，我看见白色的盘子上装着几只像小白兔一样白白软软的小东西，火腿点缀成眼睛，樱桃肉做的三瓣唇，还有小门牙。

"好可爱！"我忍住泛滥的口水，凑近了观看。

一阵超级诱人、不像我平时吃的肉包的香味刺激着我的鼻子。

"包子怎么长这样啊……"

我伸出手轻轻地戳了一下"小兔子"。

"呵呵……"身边传来绫小路的笑声，"我家厨师用了8种海鲜调味，为了让你打起精神来，特意为你做的。"

呜呜呜……好香，受不了了……

我一只手抓起一个，狼吞虎咽地吃起来。

好吃！

我眯起眼睛，感动得都要流泪了。

这么好吃的包子，要是回到龙之谷以后吃不到怎么办？

我一边想象着自己以后吃不到好吃的包子的悲惨人生，一边伸出手摸向装包子的盘子。

指尖只接触到了还带有包子热度的盘子，上面不知道什么时候变得空荡荡的了。

咦？

我疑惑地看向绫小路。

"小红竺，你真是太厉害了，居然能在短短一分钟之内吃掉6个包子！"绫小路双眼发光地看着我，脸上满是崇拜之情。

"吃……吃个包子而已……"

看着她的神情，我忍不住离她远了一点儿。

虽然被人崇拜还被人夸了，但是心里一点儿都不觉得高兴，这是怎么回事啊？

没错，我此时正在绫小路家做客。

绫小路的房间跟我想象中的一样，一看就知道是公主殿下的房间，地上铺的是软绵绵、毛茸茸的白色地毯，舒服得让人恨不得在上面打几个滚。桌子上、沙发上，能看到的地方都用蕾丝包裹着，一张米色的大床四周挂着同色系的纱帐，隐隐约约能看到里面的床单和枕头边的玩偶。

回顾这一个多月，我不光用风龙属性的身体学会了游泳，还意外收获了公主殿下——绫小路的友情，真是可喜可贺啊！

"能看到精神焕发的小红竺真是太好了！"绫小路微微歪着头，一副放心的表情。

"我之前……难道很颓废吗？"我舔着唇边的肉汁，没有形象地瘫倒在白色地毯上。

"嗯，也没有……"绫小路努力回想着，"只是我觉得你有些心事……"

我转过头，看着这个一不小心跟我做了朋友的公主殿下。

"小红竺……"绫小路突然也学着我的样子，侧躺在我身边的地毯上，抓着我的手，眼睛亮晶晶的，"我们不是朋友吗？你有什么心事就跟我说吧，我可以为你分担！"

心事？

我最大的心事就是不但没办法打败圣永司，现在还每天被他训斥。

但是这样的事情怎么能跟和他青梅竹马的公主殿下说明呢？

咦？

第五章

为什么要说明啊？

我现在跟公主可是好朋友呢！

不如就来一个"讨厌圣永司洗脑大会"好了！

虽然不能直接对付圣永司，但是可以从他身边的人下手。

一想到这个战略，我的血液又开始沸腾起来。

我翻过身，抓紧绫小路的手，说道："既然我们是朋友，那我们就从说圣永司的坏话开始吧！"

"说永司的坏话？"

绫小路不解地看着我。

"对啊，你跟那个自大又冷漠的家伙在一起这么久，心里一定有很多怨言吧，或者说说圣永司有什么不可告人的嗜好和弱点。"我满怀期待地看着绫小路。

哈哈哈，我果然是个天才！居然能想到利用少女之间的友谊来刺探敌人的情况。

"永司……他很好啊！"

绫小路皱着眉头想了半天，说出这句话来。

"你确定？他小时候没有揪你的辫子，或者捉虫子吓你？"我进一步提示她。

"没有！"绫小路坚定地摇了摇头。

"可恶！难道圣永司只针对我？"我松开了绫小路的手，咬牙切齿地说道。

"难道永司对你不好吗？我看你们放学后经常在一起啊……"绫小路不解地问道。

"是啊，我们老是在一起，可是你知道我跟他在一起过的是什么日子吗？"我用力掐了自己的大腿一把，疼得流出了泪水，"那个家伙，居然打着训练的幌子，每天都把我往水里扔，不学会换气就不让上岸，我都要泡成馒头了！"

要不是我确定圣永司不知道我的身份，我还以为他打算"屠"龙呢。

"这样啊……"绫小路同情地看着我,"可能是因为他太担心你,所以对你格外严厉吧,因为你有溺水的经历。而且你别看永司平时对人冷冰冰的,但是对他身边的人还是很温柔的……"

什么?我都这样悲惨了,你居然还帮那个浑蛋说话!

我不要跟你做朋友了!

"我就是他的同桌啊!"我指着自己的鼻子说道,"我离他超级近啊!可他从来没有给过我好脸色,上课一分神就会攻击我呢!"

"还会踢我的凳子!"

"会在发试卷的时候看我的分数,一旦比他低,就嘲笑我!"

"早上走太急来不及梳头发,他也会讽刺我!"

"他还嫌我吃得太多!"

一旦打开了话匣子,我都不知道我哪来的这么多抱怨,不对,是我都不知道圣永司对我的态度有多恶劣。

"所以啊!"我认真地看着绫小路的眼睛,"像这种喜欢跟人作对,又严肃的男生,你千万不要喜欢,不然会超级痛苦的,看看我就知道了。"

我用自己举例子,劝慰绫小路。

虽然公主也算我的半个敌人,但是对于朋友,我还是给出了忠告。

因为公主和勇士最后幸福地生活在一起的结局真的很讨厌。

"怎么会呢?永司严肃只是因为他严谨而已,这样才能让人信任啊。一个整天笑眯眯的风纪委员,谁也不会对他信服吧?"绫小路听了我的话,笑得眼睛都眯起来了,"我已经习惯了,小红竺,你也要习惯啊!"

简直没办法继续交流下去了!

我郁闷地转过身。

看来从公主这里突破是不可能的了。

原来公主和勇士之间的羁绊已经深到了这种地步,都没办法破坏了。

怎么办?

第五章

任务的难度远远超乎了我的预料，我完成任务应该没问题吧？

2.

游泳馆。

"可恶！居然又慢了一步，被圣永司抓到了！明明马上就可以躲开他了……"

我用力拍着更衣室的墙壁，幻想着这是圣永司的脸。

这种每天上学的时候被他监视，放学后又被他拖来训练，累惨了回家倒头就睡，然后第二天继续重复的日子，我受够了啊！

我最近的任务进度简直连蜗牛的速度都比不上，准确地说，是毫无进展。

没办法对勇士展开行动，公主那边也不能进行破坏，我都要怀疑我160年的"龙"生了。

"万能的龙神啊，请您告诉我，我该怎么办？"我无力地靠在更衣室的墙壁上，想不出一点儿办法。

"速度都快点儿，不要想着偷懒！"

就在这时，隔壁突然传来男生说话的声音。

原来女更衣室的隔壁是男更衣室。

我的脑海里突然闪过金闪闪换衣服的画面——

金闪闪走进空无一人的更衣室，然后优雅地脱掉上衣，开始换泳衣……

红竺，你到底在想些什么啊？

现在可不是你胡思乱想的时候！

我摇了摇头，把脑海中那些乱七八糟的想法甩了出去。

"金闪闪，你喜欢……"

就在我调整心情的时候，隔壁突然传来那个让我心动的名字。

他们在说什么呢？

我不禁屏住呼吸，然后把耳朵紧紧地贴在墙上。

"哈哈哈……不要……金闪闪……才没有……"

因为隔着一堵墙，他们说的话我根本听不清楚，更何况期间还不时传来关门和敲打的声音。

好好换衣服，干吗吵吵闹闹啊？规规矩矩说话不好吗？

"听说金闪闪又被人告白了！"

就在我像壁虎一样紧紧贴在墙上偷听的时候，两个女生手里拿着要换的泳衣，推开了更衣室的门。

我抬起头看着她们。

她们似乎忘记了接下来要说些什么，保持着之前说话的姿势和表情愣在那里。

"金闪闪被人告白了？"

我不顾她们尴尬的表情，赶紧站直，看向她们。

两个女生似乎被我的气势吓了一跳，情不自禁地向后退了两步，然后愣愣地点了点头。

"真是太过分了，到底是谁？"我忍不住低吼出声。

"哎呀，原来你也是金闪闪的粉丝啊！"

看见我这个样子，那两个女生反而没有了约束，当着我的面讨论起来。

"听说是高年级的学姐，在中午休息的时候特意找到金闪闪。"

"我们金闪闪怎么会是随便的人呢？就算是学姐，也比不上绫小路啊！"

"绫小路不可能跟金闪闪在一起，她有圣永司了！"

"真是可惜啊！"

两个女生完全不给我插嘴的机会，一边说着一边换着衣服，然后话题朝着远方而去。

"那个……金闪闪……"

05 第五章 告白无果太悲凉！

我不死心地插嘴，希望能得到更多的情报。

"说起来，别看金闪闪平时都不训练，但是他跟圣永司一样，是我们游泳社的主力呢！"

"是啊，听说主力会有自己单独的更衣室。"

"哎呀，好想去看看啊。"

"你有胆子吗？出门右转就是他们的更衣室，你快去啊！"

两个女生嘻嘻哈哈地相互打趣着，把我当成了空气。

我才不要金闪闪被人抢走呢！

虽然现在金闪闪不会接受别的女生的告白，但是不排除哪天他突然撞坏了脑袋，喜欢上了向他告白的女生。

不要啊！

一想到金闪闪会遇上电视剧里常出现的情节，我觉得我的心都要碎了。

不行，我才不会让这种事情发生呢！

我决定了，我也要去告白！

今天是社团活动日，是规定所有人必须参加训练的日子，所以金闪闪一定会在这一天秀他的新泳衣。既然这样，他一定会在最后一个入场，好让所有人都看到他。

这么说，他现在一定不会出现在游泳馆的更衣室了。

我可以趁着这段时间潜伏进他的更衣室，然后向他表白。这样就算被拒绝了也没关系，不会像那个可怜的学姐一样被人看到。

我居然能在这样短的时间内综合各方面的情报，拟出了这样详细又完美的告白计划，简直太厉害了！不愧是龙族第一的红竺大人啊！

我一边想着，一边偷偷摸摸地从男更衣室门口经过。

呵呵，马上要告白了，好害羞……

"出门右转……出门右转……"我回忆着那个女生说的方位，向前走着。

果然像她说的，转过一个弯以后，我的眼前赫然出现了两扇门。

咦？为什么会有两扇门？

两扇门一模一样，完全分不出哪一间是金闪闪的啊……

我推开其中一扇门，是一个普通的房间，除了更衣室该有的储物柜之外，还有休憩用的沙发和摆满了水果的茶几。

金闪闪的更衣室才不会是这种毫无特色的呢！

我默默地关上了门。

"啪嗒啪嗒……"

就在我准备打开另一扇门的时候，身后突然传来一阵脚步声，而且很明显是朝我这边走来的。

我一紧张，径直钻进了这间更衣室。

"你……"

就在我关上门暗自庆幸的时候，身后突然传来一个迟疑的声音。

有人！

我瞬间惊得不知道该怎么说话了，头稍微一抬，就看见逆光的沙发上坐着一个人。

金闪闪怎么这么早就来更衣室了？

这和我的计划明显不一样啊。

我还没想好该怎么告白，机会不要来得这么快好吗！

"那个……我不是坏人，也不是变态！我……我是来向你告白的！"我稍微抬了抬头。

我居然真的做到了！

我在向金闪闪告白呢！

我的心情十分雀跃，但是又紧张得脑子一团糟。安静的空间里，除了我的呼吸声，就只能听到我心跳的声音。

我的脸上热热的，像是有一把火在炙烤着，连喉咙都变得干涩了。

"我……我是红竺，我从转校第二天就认识你了……"我低着头不敢看他，

05 第五章

声音都有些颤抖。

"从第一眼看见你，我就觉得，你是我一直要找的人……我……我会好好对你、不让你受欺负，不是，没人敢欺负你……我是说，万一出什么意外，也会保护你……"

我紧紧地攥着拳头，感觉手都出汗了。

"你……你还记得我吧？那天你被人堵在巷子打劫，就是我打跑他们的，但是你放心，我一定不会那样对你！如果你答应我，我会为你建造一间金光闪闪的屋子让你住进去……"

"我……我真的很喜欢你……"

我大声作完最后的总结，然后把头埋得更低一些。

心脏怦怦直跳，但是我一直没有勇气抬起头看金闪闪的表情。

他现在到底是看好戏的样子，还是在考虑要不要接受我的告白呢？

整个更衣室陷入了一片安静。

拜托……给一点儿反应好不好？哪怕是咳嗽一声也好啊。

一瞬间，各种能想到的坏结局挨个儿在我的脑海里闪现出来，而一开始的勇气到了现在也被磨灭得差不多了。

我的心慢慢地凉了下来。

就在我打算黯然离场的时候，沙发上的人突然站了起来。

他向前走了几步，从阴影中走到我的面前。

"金闪闪的休息室在隔壁。"

咦？

我鼓起勇气抬起头，眼前的画面让我差点儿魂飞魄散。

"圣……圣永司！"

没错，从沙发上走过来的人居然是圣永司。

圣永司皱着眉头看了我一眼，眼中的情绪翻涌着，我好像在里面看到了惊讶和不开心。

因为他一直坐在背光的角落，从我这里看去只能看到一个隐约的轮廓，所以从一开始，我告白的对象就是圣永司。

"啊啊啊——"我简直要崩溃了，脑袋也像是被人用大铁锤狠狠敲打了一下，要裂开了一样。

"圣永司！你为什么会在这里？"我看着他，忍不住大喊起来。

我居然跟仇人告白了！

告白弄错了对象，还是在仇人面前，这简直是奇耻大辱啊！

怎么办？

我今天果然不该来学校。

逃吧？

看着脸色不好的圣永司，我心中暗暗想着。

没错，就当今天什么都没发生，要是圣永司抹黑我，我就说他诬陷我，不仅保全了我的名誉，还能抹黑他……

好吧，就这么愉快地决定了。

我偷偷地把一只脚向后伸去。

"红竺……"

就在我想逃跑的时候，圣永司突然叫住了我。

什么？

我抬起头警惕地看向他。

圣永司看着我，唇角微微勾起，说道："我以前只是觉得你的检讨写得很差，但是连告白都这么没有水准，你真的很有必要好好复习一下语文了……"

如果可以，我真的好想吐一口血在他脸上。

还没等我反应过来，他一边摇头一边拿着毛巾朝门外走去。

"死心吧，你的告白太烂了，我敢保证，一定没人接受的！"

圣永司说完，把门关上了。

一种又羞又愤怒的情绪从我的心底升起，我觉得如果不发泄出来，我一定会

05 第五章

爆炸的。

"圣永司，要你管啊！"

我冲着关上的门大吼一声。

"簌簌……"

年久失修的天花板上，一大块木板掉了下来，砸到了我的头。

"好痛——"

就像我的心一样。

事情怎么会变成这个样子啊？

告白找不到要告白的对象，最悲惨的是，居然还在自己的死敌面前丢脸。

妈妈，我能不能回龙族啊……

3.

我趴在课桌上，看着身边空着的座位，恨不得马上把这张桌子和椅子打包起来丢到教室外面。

"就是她啊……"

班上的一个女生特意绕了一个圈，走到我的面前，上下打量了一番之后，一脸不屑地走了。

我重新坐起来，莫名其妙地看着她离去的背影。

"真不知道她哪里来的自信……"

"就是说啊……"

我的耳边传来窃窃私语的声音，总有种被人窥视的感觉。但是每当我想仔细听的时候，却又什么都听不见，回过头想看看到底发生了什么，周围的人都是一副"我很忙，没空理你"的样子。

真的好奇怪啊……

虽然我红竺大人平时就是万众瞩目的焦点，但是像今天这样的情况，有点儿不同寻常。

这么一想，似乎从早上我进教室开始，气氛就怪怪的。

以借铅笔为借口，在我面前经过十几次的同学，你以为我不知道吗？

那个不停地把书丢在地上，然后趁捡书的机会偷看我的同学，你的腰还好吗？

还有那边那两个以讨论功课为由，光明正大议论我的女同学，你们不要以为做得天衣无缝。

到底发生了什么事情？

这种大家都知道，我却被蒙在鼓里的感觉真是太糟糕了！

"谁是红竺？"

就在我百思不得其解的时候，教室门口突然有人叫我的名字。

我抬起头，只见三个女生正站在门口，一脸的怒意。

"我就是啊，请问你们找我有事吗？"我起身朝她们走去。

三个女生一言不发，将我从头看到脚，又从脚看到头，一副嫌弃我的样子。

"头发干枯没有光泽，就像干草一样，失败！"

"衣服皱巴巴的不整洁，失败！"

"皮肤干燥，肤色不均匀，一看就不经常做SPA，失败！"

三个人不开口也就算了，一开口就是在批评我。

真是够了！

我的头发可是龙族最好看的火焰色的头发，愚蠢的人类！

衣服皱巴巴的是因为我早上快迟到了，来不及熨烫，也只有今天是这样而已。

而且我敢用祖先的龙鳞发誓，我的皮肤一定是龙族160岁少女中最好的。人类真是太没有欣赏水准啦！

莫名其妙地被人批评了一通，再加上今天一早就感受到了诡异的气氛，让我

05 第五章 告白无果太悲凉！

的心情一下子变差了。

"请问你们找我到底要做什么？如果没事，我要回去学习了！"我微微眯起眼睛，故意加重了不悦的语气。

"哼！"站在中间的女生没好气地冲我哼了一声，然后高高地抬起头。

简直莫名其妙啊！

我瞥了她一眼。

"圣永司同学才不会喜欢你这种粗糙的女生呢！"旁边的一个女生这样对我说道。

"什么？"我眨了眨眼睛，不解地看着她。

谁来告诉我，我为什么要圣永司喜欢啊？

"圣永司同学高不可攀，我们只要远远地看着他就心满意足了。"

"求求你，不要拆散圣永司和绫小路好吗？你们明明不般配……"

另一个女生不知道怎么了，突然一下子从严肃的路线转为哀求路线，脸上的表情像是变魔术一样，变得可怜兮兮的。

不过——

"我求你们告诉我，圣永司和我是什么关系啊？"我有点儿抓狂地对她们说道。

我跟圣永司之间到底发生了什么事情啊？

说起来，早上在教室里也不时听到我和圣永司的名字，要是说我们俩因为是同桌，所以名字被放在一起，这个理由也太牵强了吧？

"你居然敢做不敢承认！"之前一直用鼻孔看人的女生愤怒地指责我。

"承……承认什么啊？"我莫名其妙地看着她。

身后不知道什么时候开始站满了看热闹的同学。

"你都向圣永司表白了，怎么没有勇气成为全校女生的公敌呢？"那个女生大声说道，脸上是一副看不起我的表情。

什么？我向圣永司表白？

107

我觉得有一道雷从天而降，把我劈得找不着方向。

因为女生的声音太大，周围的人听到了，发出低低的感叹声。

我的脸一下子就红了，我也不知道到底是因为害羞，还是因为愤怒。

"我以前只是觉得你的检讨写得很差，但是连告白都这么没有水准，你真的很有必要好好复习一下语文了……"

圣永司的话再一次在我的耳边回响。

啊啊啊，真讨厌啊！

"谁向圣永司表白了？就算有，那也一定不是我红竺！"我忍不住大声吼了起来。

你们为什么要这样污蔑我？我从头到尾喜欢的一直都是金闪闪。

"别狡辩了，我们有证据！"站在中间的女生从随身的小包里拿出一沓照片递给了我，"你说你没有，但是这些要怎么解释？"

我接过来一看，一张照片是圣永司从休息室里出来，另一张是我跟着从圣永司的更衣室里出来。

"原来早上的传闻是真的啊……"

"真是太过分了！她不是跟绫小路关系很好吗？"

身边的窃窃私语变成了毫无顾忌的讨论，我站在她们中间，感觉自己就像水中的孤岛。

圣永司！

这一切都是因为他吧！

他的更衣室明明是在最偏僻的地方，为什么刚好在那个时间段会有人拍照呢？这也太巧合了吧？

一定是他故意安排人拍照，然后让我丢脸的吧！

现在这个时间，他一定在风纪委员会的办公室里，为他计划得逞而感到开心吧！

卑鄙的勇士，之前是我太小看你了！

05 第五章

我拨开人群，气冲冲地朝风纪委员会的办公室走去。

"红竺同学！"在楼梯拐角处，金闪闪突然出现在我的面前，"我能问你一个问题吗？"

金闪闪主动跟我说话，我很开心，但是我现在还有很重要的事情要做，所以等一会儿我一定会找时间好好跟他聊聊的。

"对不起，金闪闪同学，我现在有很重要的事情，我们等一下再说好吗？"忍住了心中的不舍，我大步向前迈进。

可恶的圣永司，害我不能跟金闪闪单独在一起聊天的这笔账，我也会算到你头上的！

"红竺同学，只要一分钟！"金闪闪突然拉住了我的手，表情认真地看着我。

我忍不住停下了脚步。

这样的环境，还有这样认真的表情，难道……

一想到这种可能性，我的心跳就变得不规律了。

"红竺同学……你……"金闪闪一边说着，一边靠近我。

我眨着眼睛，用眼神鼓励他继续说下去。

"你在更衣室和圣永司说了什么？他的表情很奇怪……"金闪闪压低了声音问道，"你知道最近你们的传闻吗……"

之前的激动在听到这句话之后消失得无影无踪，我强压住心中的怒气，问道："金闪闪同学，你只想跟我说这个吗？"

"是啊，你们到底做什么了？告诉我，我保证不传出去！"金闪闪一脸好奇的样子，举起一只手发誓。

"我那天是向圣永司发出决斗信，我要跟他决一死战。"

不想再听金闪闪继续问下去，我跑向了风纪委员会的办公室。

4.

"圣永司，你快点儿给我解释清楚！"

整个风纪委员会的办公室里就只有圣永司一个人，我站在他的面前，狠狠地瞪着他。

圣永司慢慢地合上了手中的书，然后取下了黑框眼镜。

"解释什么？"他微微皱眉，慢吞吞地问道。

"你还在装！最近学校都在传我向你告白了，你说是不是你传出去的？"看着他一副淡定的表情，我心中的怒火开始噌噌地往上蹿。

"你觉得我跟你传出这样的绯闻，对我有什么好处？"圣永司微微抬起头，一副请教的样子。

"你……"我被他的话堵住了，想了半天，说道，"既然没好处，你就澄清一下啊！"

要是连金闪闪都误会了，那我该怎么办啊？

圣永司的唇角微微勾起，将书放在桌上。

快回答啊，快回答啊！

我焦急地看着他。

圣永司像是在考验我的耐心一样，慢悠悠地整理着桌子，然后端起放在一旁的红茶，喝了一口，问道："为什么？"

"你居然问为什么？你难道不知道名声对女生有多重要吗？"我忍不住想一拳砸向桌子，但是怕暴露我的真实身份，还是努力忍住了。

"可是传闻也没有错啊，你的确向我告白了。"圣永司站起身，然后弯下腰靠近我，"虽然是个很失败的告白。"

龙神啊，我可不可以把这个家伙踩进土里啊？

05 第五章 告白无果太悲凉！

"可是你明知道我告白的对象不是你，是……"我着急了，忍不住对他喊了出来。

圣永司的笑容僵在了脸上，琥珀色的眼眸闪着光，似乎又在谋划着什么阴谋。

"我不管，你一定要向大家解释清楚！我才不要跟你纠缠不清呢！"我跳着脚吼道。

"我不要。"圣永司看了我一眼，朝门外走去，"处理八卦最好的办法就是任其泛滥，在当事人不理不睬之后自行消失。"

"可是我等不了那么久！"我抢先一步，堵在了办公室的门口，一副"你不答应，我就绝不走开"的架势。

"我是不会为了你而去回应这种无聊的八卦的……"

就在我和圣永司僵持不下的时候，他的手机突然响了。

我冲他努了努嘴，依然一副死守着门的样子。

"喂……什么？现在怎么样？好……我知道……请好好照顾她……"

圣永司转过身接听电话，我百无聊赖地四下张望着。

没等多久，圣永司走到我的面前。

"我跟你说，你要是不答应我，我就……"我学着电视上无赖的样子，威胁他。

"我答应你！"

"喀喀喀……"我的话还没说完，我就被他这句话吓得呛住了，"你……你确定？"

圣永司紧紧地握着手机，脸上是我从未看到过的严肃表情："绫小路被人追击，从图书馆的楼梯上摔下来了。"

"然……然后呢？她现在怎么样了？"我紧张得心里咯噔一下，有点儿担心地问道。

虽然绫小路是公主，但毕竟她也是我在人类世界唯一的朋友啊！

"情况有点儿不好,已经送医院救治了。"圣永司看了我一眼,深色的眸子里闪过一道意味不明的光,"你说的澄清八卦的事,我答应你,不过要晚一点儿,我现在要去医院看她……"

"哦,好的……啊,等等,我也要去看她!"

我不明白为什么圣永司接到绫小路的电话就突然改变主意要帮我澄清八卦,但是现在因为绫小路的事也没心思多想了。

"那好,你跟我一起走吧!"圣永司的表情很严肃,似乎因为担心绫小路,眉头紧紧地皱着。

看着他这副样子,我有种异样的感觉。

唉,原来勇士是这么深爱着公主殿下啊,一听到她受伤的消息,竟然这么担心。

望着圣永司匆匆出门的背影,我感觉有些不舒服。

两个小时后。

我和圣永司从医院回来,因为绫小路还没醒,所以问了一下绫小路的情况,确定没有大碍后我们就先回来了。

我跟着心情似乎很不好的圣永司回到了他的办公室,然后听到他说要召集同学开会。

"我会在会议上向大家澄清我跟你的绯闻。"圣永司看了我一眼,目光有些复杂。

唉,他肯定还在为绫小路担心吧,而我还催着他澄清那件事。

这样看来,我好像做得不太对呢。

哼,红竺,他可是你的宿敌!可不能对他心软……

两种思绪在我的脑海里争来斗去。

"那个……其实稍微晚点儿澄清也没关系的!"犹豫了半天,我还是开口了。

"那可不行……红竺,而且我开这个会不只是为了你……"圣永司的目光落

第五章

到我的身上，但是我觉得他好像透过我看到了其他的地方，或者在看着别的什么人。

他开这个会不只是为了我……

那到底是为了谁？

很快我就知道答案了。

我坐在学校礼堂的座位上，看着台上正在讲话的圣永司。

风纪委员的行动力果然强大，我们分别之后不到半个小时，圣永司就已经召集全校的同学来这里开会了。

不知道他会怎么说呢？

一想到圣永司之前说的话，不知道为什么，我觉得有点儿奇怪。

"最近学校的纪律检查部分就到这里，接下来我有一件事情要宣布。"通报暂时告一段落，听到圣永司说这句话，我不禁屏住了呼吸。

开始了……

"大家可能都已经知道了，前几天传得沸沸扬扬的我跟红竺同学的事情。"

圣永司顿了顿，扫视了一圈，不知道为什么，我居然有种他在看我的感觉。

"我跟红竺同学的关系的确是你们所想的那样……"

呃？所想的哪样啊？

圣永司，你是不是说错话了啊？

"红竺同学那天的确向我表白了，而我经过慎重的考虑，决定接受她的告白。至于我和绫小路同学交往的事情，根本是子虚乌有。我们从小一起长大，只是世交之谊而已。"

"轰——"

圣永司的话像一枚炸弹一样投进整个会场，会场立刻炸开了锅。

"所以，请大家不要再因为我的关系去为难、质问绫小路同学了，这次绫小路同学因为我的关系被某些思想极端的女同学误会而发生意外，这样的事令我很痛心。所以，我再强调一遍，跟我交往的人是红竺，不是绫小路。我不希望大家一直误会下去，影响我跟红竺同学之间的感情。"

啊啊啊，圣永司，你知不知道你到底在说什么？这明明和之前想的不一样啊！

怎么会变成这样？

圣永司，你敢不敢说实话啊？鬼才跟你有感情呢！

我紧紧地攥着拳头，感觉心里的火焰已经燃烧到全身了。

环视四周，看到周围的人都用异样的目光看着我，圣永司的粉丝都是咬牙切齿的，如果眼神能杀人，那我现在已经成了一盘上好的烤龙肉了。

我张了张嘴，还是不敢喊出来。

"最后，希望大家能够善待红竺，因为她是我唯一认定的女朋友！"台上的圣永司用一种奇怪的眼神看着我，那种眼神十分温柔，好像要将人紧紧包围住似的。

不对不对，我猛地摇了摇头，圣永司怎么可能会用这样的目光看我？这一定是勇士的阴谋，是的，绝对是阴谋。

"既然事情已经真相大白，希望你们以后能分清楚时间和场合，这里是学校，注意一下你们的言行，你们是学生，记住你们的身份……"

旁边的学生会会长接过圣永司的话筒说着什么，可是我什么都听不到，我和圣永司一点儿关系都没有啊……

我不知道自己是怎么走出礼堂的，周围的人都是三三两两走在一起，毫不掩饰地讨论着刚才的话题。

第六章
06
无敌挡箭龙坚强！

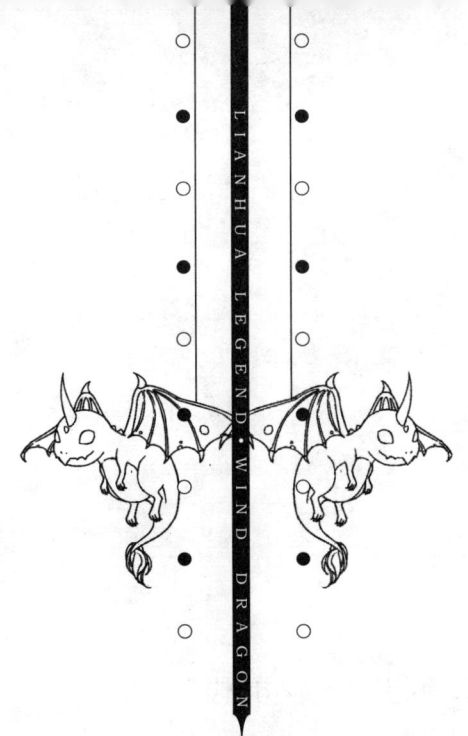

1.

"这就是那个红竺啊,长得不怎么样啊!"

"谁知道人家有什么本事呢。"

"竟然连绫小路都打败了,厉害啊。"

……

我张了张嘴,想反驳,却发不出一丝声音。

圣永司怎么可以用这样卑鄙的手段陷害我?

眼前一个熟悉的身影闪过,深蓝色的头发在阳光下反射着光芒,琥珀色的眼眸看着我,眼神很温柔,但是这张欠揍的脸再过500年我也认得!

我跟在那个身影后面,走到了一个没有人的小花园里。

"圣永司,你别跑!"我气喘吁吁地冲着那个身影喊道。

"我一直都站在这里。"圣永司笔直地站在一棵大树旁,面无表情地看着我。

"你为什么要在大会上胡说八道冤枉我?你明明知道我为什么会去找你!"

真是没见过这么不要脸的人,谁是你的女朋友!我红竺大人怎么会有一个宿敌勇士男朋友啊?

圣永司抬起头看了看天空,交叉放在胸前的双手换了个姿势,朝我走近了几步,然后弯了一下腰,只是那张脸还是面无表情。

"你……你……你要做什么?"我咽了咽口水,圣永司身上散发着一种让人感到危险的气息,他好像很有把握能把我拿下。

第六章

我怎么可能被人类拿下！

好吧，他是勇士的后代，但我红竺大人也不是好惹的。

"你到底想做什么？"我叉着腰，仰起头看着圣永司。

"我什么都没有做啊，我只是站在这里，有些事情要和你商量一下。"

圣永司微微歪头，看似不解地看着我，左手没动，右手却慢慢地伸进了裤兜里。

喂喂喂，圣永司，你到底要做什么？这里是学校啊！

圣永司缓缓掏出一张折叠的纸，动作很慢，但是很帅气。

我猛地摇了摇头，现在不是想圣永司帅不帅气的时候！

可恶的人类，可恶的圣永司，你不要以为你可以用美丽的皮囊诱惑我，你比金闪闪差远了！

圣永司将纸慢慢打开，然后不紧不慢地举到我的面前，熟悉的味道，更熟悉的是字迹——

今天的事情，我红竺大人都看在眼里，冤有头债有主，你不会白白做出牺牲的。以这张字条为凭证，要是以后你向我提出任何要求，我都会满足你的，就当是你路见不平拔腿相助的报答。

红竺

我感觉自己被龙族抛弃了，这一刻，我好像看到了妈妈在远处朝我招手道别。为什么我会犯这么可笑的错误？我怎么忘了当初救我的是圣永司，我竟然向他许下了承诺，来道天雷劈死我好吗！

"我记得某个差点儿被人贩子拐走的女生说了，可以对她提出任何要求，不知道这算不算是要求呢？还是说那个女生不想承认？"

圣永司挑着眉毛，脸上露出愉悦的笑容。

"为什么偏偏是这件事？整个学校想做你女朋友的女生多着呢，你随便找谁不行，为什么偏偏要找我？"

我挥舞着双臂，想去打圣永司，可圣永司的个子比我高，所以我根本打不到他。

因为圣永司只伸出一只手抵住我的额头，就能阻止我前进的动作。

"为什么偏偏是我？"我退后一步大声说道。

我喜欢的是金闪闪啊，圣永司，我和你有不共戴天的仇恨，你到底有没有感觉啊？而且你的女朋友是绫小路，难道你就听不到绫小路的哭泣声吗？难道你就没有听到花痴粉丝的心碎声吗？

可恶，不要以为我不敢揍你！

"因为你给了我承诺，虽然语法不对，字迹很难看，但这是你的承诺，我想你应该是一个信守承诺的人。"

圣永司说着，将手中的字条郑重其事地交到了我的手上。

"现在，我正式提出要求，不是真正的交往，只是逢场作戏而已。绫小路没有你这么强悍，因为我和她常接触的关系，她总是被一些人找麻烦。这一次那些人更是变本加厉地害她受伤，我实在不想再看到无辜的她因为我而受伤，所以只能拜托你了。"

不带一丝温度的字条从我的手中落下，掉到了地上。我低下头，没有去捡，熟悉的字迹，自带某警局名称的纸像是在嘲讽我。

红竺，你就是个大笨蛋，当初为什么要留字条？

我没有抬头，但是眼前锃亮的皮鞋和没有一丝褶皱的裤腿告诉我，圣永司还没有走，他就像个怨灵一样站在我的面前。

如果换成花痴粉，一定会幸福得要死，但是我现在只想逃走。

我是龙族的后代，我来到人类世界的目的是拿到祖先的龙鳞，我有个美好的心愿，就是让金闪闪做我的男朋友。可是我没有找到龙鳞，反而招惹了勇士的后代，勇士的后代让我做公主的挡箭牌，从头到尾，我只是一个没有出场费的炮灰演员而已。

第六章

我的心止不住地抽痛，我紧紧地抿着嘴，绫小路还真是幸福呢。

圣永司对她真的是关怀备至，连替身都给她找好了。

"怎么样？应该说你答应也得答应，不答应也得答应，除非你想让所有人知道你是个不守信用的人！"

不管是什么时候，圣永司都是十分优雅的，一身剪裁得体的校服穿在他的身上，更衬得他像个王子。平时的他总像个法官，像这样随意的动作，我以为只会存在于花痴粉的幻想中。

"为什么要选我啊？"从圣永司的诱惑中走出来，我忍不住对他低吼道。

"拜托了，我只是不想小路再受到伤害，你比她坚强，你连混混都能打跑，所以我相信你可以的，只是帮忙转移一下那些狂热花痴粉的注意力而已……"圣永司的嘴角勾起一个好看的弧度，声音不紧不慢，虽然是请求，但是听在耳中总觉得是命令。其实说是命令也差不了多少，谁让我们龙族是最守承诺的，一旦做出承诺，就不会轻易反悔。

"那我还应该谢谢你是吗？谢谢你对我的欣赏，谢谢你的看重，圣永司大人。"我抬起头，看着圣永司那张笑得十分欠揍的脸，摆出一个灿烂的笑容说道。

圣永司愣了愣，随即对我笑着说道："不用谢。"

一阵清风吹来，树叶沙沙作响，光斑打在圣永司的脸上，却一点儿也不影响他的帅气。可是这么帅气的王子怎么会这么狠心呢？

"你卑鄙！"

"谢谢夸奖。"

我看着圣永司，将那张写着承诺的纸紧紧地攥在手中。

此时校园里人来人往，也有人向我们投来异样的目光，没有祝福，只有诅咒，因为所有的目光都是嫉妒的，龙族的直觉从来都是厉害的。

也许在她们看来，我是在和圣永司谈恋爱，但是这样的恋爱谁愿意去谈？说到底我只是替身而已。

"不用你说,我已经知道了。"

万能的龙神啊,能不能告诉我,为什么我总是遇上这种问题啊?做他的女朋友,只是为了给他的真爱公主殿下——绫小路当挡箭牌!

难道就因为我皮糙肉厚、耐打耐欺负,就可以当挡箭牌吗?

我撇了撇嘴,转过头不再看圣永司。

绫小路真的让人羡慕呢,为什么她就有人守护,而我只能自己出来打拼,还沦落到去当别人挡箭牌的地步?

呜呜呜,我不要跟她做朋友了!

"红竺,你到底答不答应啊?"圣永司的声音又从我的头顶传来。

"难道我还有拒绝的余地吗?"

一如既往地平和,一如既往地好听,但是每次听到,我都觉得圣永司的声音是利刃,将我的心砍得粉碎。

"我想听你和我直接说,红竺愿意做圣永司的女朋友。"

我转过身,只见圣永司正笑着看着我。

难道绫小路的替身在你的眼中就这么重要吗?难道做戏一定要做全套吗?

我紧紧地攥着拳头,我可以摇头的,但是我必须履行承诺,因为我是强大而骄傲的红竺大人。

"我红竺……愿意做圣永司的女朋友,我答应圣永司,做他的女朋友。"我缓缓地说着,像是在说伟大的誓言。

2.

在我和圣永司的"恋情"曝光之后,我第5次躲开空中飞过来的小石块,第8次避开了女生"不小心"撞过来的冰激凌,第10次躲过了意外的泼水,还有已经不知道多少次别人伸出来的想绊倒我的腿……

06 第六章

原来绫小路以前每天都是生活在水深火热中呢。

莲华学院十分高贵的校门就在我的眼前，我仿佛感受到了其他女生身上的阵阵杀意。就像每次参加龙之谷勇士争霸赛，敌人给我的感觉就是这样。

我握紧了拳头，又将书包放到前面。

那群花痴粉是什么事情都做得出来的，我看到过绫小路背着书包在前面走，但是身后的书包被她们划破了，那群人还在嘲笑。

莲华学院在我心中是一个十分安静的地方，是一个十分和平的地方，校训教导我们要做绅士淑女，我看到了绅士，却从来都没有看到过淑女。

"可恶，有什么伎俩就使出来啊！我才不会怕你们呢！"我一只手叉着腰，另一只手抓着不知道从哪个方向飞向我的脏兮兮的抹布，看着前方空荡的校园，大声说道。

最前面的一辆叫什么"挠死懒死"的车上，圣永司优雅地走下来，我听到了四周的欢呼声。这是花痴粉发自内心的欢呼，发自内心的爱，她们有多爱圣永司，就会多恨我这个所谓的女朋友。

看到圣永司的那一刻，我的身体条件反射地做出躲避动作，蹲到了最近的一棵大树后面。

哼，这样的情况还是让圣永司自己去面对吧，反正我是绝对不会和他一起进校门的，就算是迟到了也无所谓。

"红竺，你怎么躲在大树后面？不是和你说了吗，在家里等着，以后我都会去接你的。"

我听到圣永司在喊我的名字，也看到他在朝我走来。

他一定是故意的！

我咬牙切齿地看着眼前被人仰望的优等生——我的现任男友，夺走了我宝贵初吻的人。我尽量克制自己的怒意，这里是学校，是蜚声国际的莲华学院，我绝对不能在学院门口使用暴力。

圣永司的确说过每天都接送我回家，但那样不是更容易害我被花痴粉攻击吗？他以为我会不知道他的小把戏吗？

哼，人类的勇士，你还可以再卑鄙一点儿吗！

"你怎么了？丢东西了吗？"圣永司笔直地站在我的面前，一张鲜有表情的脸上此刻竟然带着一丝担心。

呃，他是在担心我被其他人欺负吗？

我忍不住眨了眨眼睛，但是很快就清醒过来：他是在演戏！演一个深情的男友，好让那些花痴粉集中火力攻击我，从而忽视他的真爱公主殿下。

可恶！

狡猾的圣永司，我和你不共戴天！

"天气虽然热，但是你也不能穿这么少啊！对了，明天是周末，和我去看绫小路吧，她很想你呢。"圣永司温柔而不容拒绝地拉着我的手，从大树后面走到马路边，然后沿着马路走到莲华学院的门口，走进大门。

我觉得头疼，手一直被圣永司握着，我看到他的嘴巴一个劲儿地动，但是他说什么我一点儿都听不到，就像被人捂住了耳朵。

但是这会儿，尤其是刚刚走进校门，经过花痴粉的时候，我能感受到一股寒意从脚底直往上蹿。

这都是因为我是圣永司的女友，都是圣永司招惹来的！

其实，如果没有假装，圣永司还真的是一个十分好的男朋友。今天他特意给我带了午餐，是很好吃的海鲜炒饭，还有浓汤，就是分量太少，根本吃不饱。

一整天我都感受到从四面八方传递来的恶意和杀气，但是这些我都不能和圣永司说，主要是说了也不会有什么效果，毕竟我的身份就是绫小路的挡箭牌。

这是我第一次盼着下课的时间慢一些，再慢一些，但是不知道为什么，今天仿佛过得特别快，很快就到了放学时间。每天这个时候，我都是十分开心的，但是今天，我实在提不起神。

我低着头，抱着书包，小心翼翼地走在校园里，有的教室里在打扫卫生，有的教室里面还传来了银铃般的笑声；林荫路上，三三两两的同学聚在一起，或谈

第六章

笑风生，商量着放学后去哪里玩耍，或愁眉苦脸，想着上课时没有解答出来的习题。

"红竺，怎么走得这么慢啊？我刚刚给你打电话没有听到吗？"正当我愁眉不展的时候，就看到一个身影挡在我的面前，而头顶上方也传来了我十分熟悉却让我恼恨的声音。

圣永司！

我缓缓地抬起头，用哀怨的眼神看着圣永司，然后慢慢地说道："学校规定不能带手机，不是谁都有大少爷你这样的特权！"

"走了，该回家了！外面车子多，司机不能等太久。"圣永司边说边拉着我的手在校园里慢慢地走着，这样子不像是赶时间，倒像是散步。

"那个……时间不是不充裕吗？"我为自己能说出这样优雅的词语，而不是拉着圣永司的手在校园里狂奔默默地点了赞。

但是，赶时间的圣永司不紧不慢，而不赶时间的我现在却恨不得马上逃离学校。

"看啊，那个就是圣永司承认的女朋友啊。"

"没错啊，长得不漂亮啊，还不如绫小路呢。"

"圣永司是属于粉丝的，不管是绫小路还是红竺，都应该滚出莲华学院！"

……

感觉到圣永司握着我的手越来越用力，我抬起头看着圣永司的脸，他依然是目不斜视，步伐也依旧从容。

可恶，我现在终于明白圣永司这么做根本不是赶时间，他只是想让我被全学院的女生看到而已。他现在的行为其实就是在说"看啊，这就是我的女朋友，所以你们以后不要再去找绫小路的麻烦了，这才是我的女朋友"。

"我赶时间，先走了。"

想明白那一点，我感觉身边这个人讨厌极了，我一点儿都不想待在他身边。

"我已经在赶时间了。"圣永司慢吞吞地说道，根本不理会我。

"赶着在你的花痴粉面前炫耀我是你的女朋友吗？"我恼怒地瞪着他。

"回答正确，但是没有奖励。"圣永司继续用平淡的语气说道。

"求你给我奖励，你滚开就是给我最大的奖励！"我毫不犹豫地反击。

我一边和圣永司斗嘴一边走着，在学院门口停下的时候才发现，所有女生已经止住了脚步，她们都用能杀死人的目光看着我。

"啊啊啊，他们竟然手牵手，竟然是手牵手，圣永司和绫小路都没有这么做过啊！"

开玩笑，圣永司不和我牵手，难道和金闪闪牵手吗？不过如果发生那样的事情，肯定会轰动全校的。

糟了！

我刚才是和圣永司一路手牵手走过来的。

完了，又做错事了！

浑蛋圣永司，走路就好好走啊，干吗牵着我的手啊？

"别害怕！"

"啊？"

我抬起头看着圣永司，声音明明是他发出的，但是为什么现在的圣永司更像是路人，就像没听到周围的议论声似的？

我都要被这些流言淹没了好不好！

终于来到了校门外。

我还傻乎乎地以为司机会在校门口等着，就像看门的大伯似的苦苦守在那里，等着圣永司出来。

我太单纯了，既然是巨富家的司机，怎么会做出那样不优雅的事情，他肯定会掐准时间来接圣永司的啊！

"走吧，回家了。"圣永司回过头，我正好看见他皱着眉头，我想问一下发生了什么，但是话到嘴边，却不知道该怎么说出口。

车子平稳地行驶在马路上，一路上，圣永司都拉着我的手，但是眉头一直都

第六章

是紧皱着。

"为什么一直拉着我的手?我们两个好像不是很熟吧。"我这才想起来,我只是假扮圣永司的女朋友,我只是演员而已,而且还是没有任何演出费,连盒饭都不管的演员。

"因为你是我的女朋友啊。"

圣永司没有再拉我的手,但是脸上的表情就像龙之谷的宠物龙宝宝没有吃饱的样子——有点儿落寞,有点儿可怜。

"圣永司,现在已经没有人看着了,你可以放松一下了。"我低声说道。

车子里,除了尽忠职守的司机大叔,就只有我们两个,车子很宽敞,但是我们两个离得很近。

这种感觉真的很不好,明明我只是个演员,现在观众已经退场了,我还这么敬业做什么?

我听到车子发出了一阵响声,还有我的心跳声。逼仄的空间里,以我们两个的身份,应该说一些话,或者是像电视剧里的情侣那样,手牵着手,肩并着肩,说一些只有我们两个人能听懂的话,而不是这样尴尬。

"以后在家里等着我,我会亲自送你上下学。"

"啊?"我转过头,正好对上圣永司的脸,他那琥珀色的眸子里没了平时那样的镇定,像是有一些担忧。

我歪着头,不解地看着他。

这应该是国际巨星的待遇吧。我真的可以享受这样高级的待遇吗?电视里的那些明星都好像女王啊。

圣永司缓缓低下头,在我的脸上来回扫了两眼。

"我今天的表现不好吗?"我低着头不再看圣永司。

难道我今天的表现不够真实吗?可是刚刚那些人都用十分嫉妒的眼神看着我呢。我红竺大人才是传说中的圣母啊,为了圣永司心中可爱的绫小路公主,我做出了多大的牺牲啊!

"你表现得很好，你就是我的女朋友。"圣永司往我身边靠了靠，我警觉地往车门口挪了一下。

小拇指不小心碰到他的裤子，我紧紧地缩到一边。

"我才不是你的女朋友，我只是在履行诺言而已。"我看着窗外，无所谓地说道。

"哦，对啊，我忘了这只是个承诺。"

我回过头，圣永司已经坐回了刚刚的位置，整个人就像在听课似的，坐得笔直。

"圣永司，你是不是不开心啊？"我看着圣永司，心中生出也许是我做得过分了的感觉。

圣永司看了我一眼，然后转过头看外面的景色，闷声说道："我怎么会不开心呢？"

"那我明天自己走，你真的不用接我。"

虽然不甘愿，但毕竟答应帮忙做替身了，我还是有职业道德的。

"不行！红竺，虽然我是为了不让小路受伤才让你假装和我交往，但是我也不希望你出事……"

清冷的声音清晰地在车厢里响起，我惊讶地望着圣永司，发现他此刻的表情也有点儿不自然。

呃……

如果我没想错的话，圣永司的意思是他也在担心我？

勇士担心一条恶龙的安全？

哼，荒唐！

我才不会相信呢！

但是心里那种不舒服的感觉因为圣永司刚刚那句话缓解了很多。

第六章

3.

"懒鬼,还不起床啊……"

"砰砰砰……"

"噼里啪啦……"

人类的居住环境永远都是和平的,虽然有点儿小聒噪,但不像在龙之谷,隔壁绿龙多吃一块肉都能听到很大的动静。

天上有几朵雪白的云,又是一个好天气,但是我不想出门,不想做任何事情。

龙鳞还没有找到,心上人也遥不可及,可恶的圣永司又让我做他的真爱——公主殿下绫小路的挡箭牌。

"不能再拖拉了!说不定狡猾的圣永司还会想出什么恶毒的手段折磨我,我一定要赶紧从他的身上查到龙鳞的下落!"

阳光穿过窗户直接照在我的脸上,我用手遮挡了一下阳光,阳光暖洋洋的,就像绫小路的笑容……我陡然想到一件事,圣永司昨天送我回家的时候说要带我去看望在家休养的绫小路。

"绫小路和圣永司才是一对吧?不知道圣永司有没有跟她解释我们之间的关系,正牌女友一定不想见到我这个冒牌的吧,即使是给她当挡箭牌……"

我在不是很大的床上翻了一个身,脑海中想到的却是绫小路对我微笑的样子。真的很不想起床啊,也不想见到绫小路对我失望的样子。

不过,如果现在不起床,以圣永司的脾气,肯定会直接来我家把我从床上拉起来。不可以,绝对不可以让他看到我穿睡衣的样子。

绝对不能向圣永司低头,绝对不能再让他挑出一丁点儿错误!

院子里有水管,屋里还有剩下的包子,我先找了一件休闲装穿好,然后又将头发绑好，开始洗漱。

　　清凉的水扑在脸上让我清醒了许多，我将手中的毛巾放下。厨房的小锅子已经响起来了，虽然隔夜的包子味道不是很好，但是以我现在的经济状况，只能吃这样的东西了。

　　我拿起包子，包子就像圣永司那张欠揍的脸。

　　"咬死你，咬死你，圣永司，都是你的错，都是因为你！"我将包子塞到嘴里，但就算这样也不能缓解我心中的气愤。

　　"吃东西的时候能不能看看后面的情况？你想咬死的人就在你的身后。"

　　圣永司？

　　我转过头，只见圣永司穿着一身休闲装站在我的身后，不是我又在滥用形容词，而是不管怎样的衣服穿在圣永司身上，都会变成笔挺的样子，就像他这个人。

　　深蓝色的头发还是一如既往地服帖，眼神凌厉，嘴角挂着一抹笑，像是在嘲讽。

　　"喀喀喀！"我猛捶自己的胸口。

　　"慢点儿吃，这里有水，赶紧喝下去！"

　　一杯水放到我的手中，我看都没看便喝了下去。

　　得救了，终于得救了。

　　"谢谢你救了我！"我转过头看去，正好看到圣永司对我微笑，"不过别这么看我，我又不是花儿。"

　　其实你最想看的是绫小路吧，肯定从昨天晚上就开始想绫小路了。

　　我转过身不再看圣永司。

　　圣永司将我的身体扳过来，我看着他拿出手绢，然后帮我擦着嘴角。

　　我们离得很近，我能感受到他的呼吸。

　　"小心点儿，嘴角脏了。"圣永司对我笑着说道，我的心仿佛漏跳了一拍。

　　惨了，又噎住了！

06 第六章

直到走到胡同口，坐到圣永司的车上，我都没有止住打嗝。

"绫小路家有家庭医生，你再忍忍。"

"不要……嗝……和我……嗝……说话！"

这是我一生中过得最难受的一天，再也没有比这更难受的时候了。我大力地捶打着胸口，憋气压制着，但就是止不住。

看到圣永司一副气定神闲的样子，我的心里像是冒出一股火，要不是他做那种莫名其妙的事情，我怎么会打嗝？

圣永司，你就是我的宿敌，我和你的仇不共戴天。

其实根本不用绫小路家的什么家庭医生，当我看到绫小路的家时，打嗝就止住了。

公主的家真的好漂亮啊！第一次来她家，我就觉得自己来了天堂，第二次看，还是觉得……又来天堂了，好棒啊！

一条可供10匹马并排前进的路呈现在我的眼前，道路两边种着梧桐树，看梧桐的粗壮就知道已经有很多年的历史了。

花园铺着大理石的砖，两旁有着精致的雕塑，巨大的喷泉随着音乐喷出水花。大理石路的前方是一座十分大的别墅，不对，应该说是城堡，我在龙之谷都没有见过如此精致的城堡，藤蔓攀在墙壁上，蓝天，白云，美好得像一幅画。

显然圣永司是经常来，他刚进门，绫小路家的用人就喊他"少爷"。哼，果然是青梅竹马呢。

我酸溜溜地想着。

"红竺，你能来真是太好了。"绫小路就像从仙境中走出的仙女，她穿着一身纯白色的洋装，浅棕色的长发用五色发卡别在脑后，棕色的眼眸中带着一些疲惫。

"小路，身体好些了吗？"我伸出手拉住绫小路的手，绫小路带着温柔的微笑看着我，似乎十分开心。

不知道为什么，我有点儿心虚。这才是圣永司的女朋友呢，而我只是个假冒的，现在见到正主，为什么有种小三被原配抓住的感觉呢？

"红竺，怎么了？"绫小路歪着头看着我。

"呵呵，大概是害羞吧！"圣永司拉着我的手把我往前带。

"喂，你收敛点儿，这才是你的正牌女友！"

我奋力挣扎着，这个圣永司，难道还嫌我的日子不够凄惨吗？如果我被绫小路恨上了，就真的什么都做不了了！

绫小路歪着头看着我和圣永司，这么近的距离，我们这样拉拉扯扯，绫小路肯定看清楚了。

呜呜呜，惨了惨了，被公主恨上了！

我挣脱开圣永司的手，然后上前一步。既然绫小路已经看到了，我也没有什么可以遮掩的了，我是替身啊！

"呵呵，看来学校的传闻是真的。"绫小路笑着说道，棕色的眼眸纯净明亮。

"小路……"我低着头拉着绫小路的手，"其实不是你想的那样，其实我和圣永司……"

"红竺是我的女朋友。"

我猛地回过头，看着他那张没有任何表情的脸，恨不得将他塞到绫小路的怀中。

拜托，你们才是一对好不好！我只是一个挡箭牌，现在你这样说，到底要置我于何地啊，圣永司？

我还没有从圣永司的宣告声中回过神，这家伙再次拉住了我的手。圣永司，难道你真的是看热闹不嫌事大吗？难道你真的想让我走不了吗？

"我知道你们是情侣啦，红竺，圣永司很好的！不过，你们不用在我面前表现得那么亲密吧，我会吃醋的！"绫小路走到我们面前，然后拉起我的另一只手，将它放到圣永司的手中，就像将女儿的手交到未来女婿手中的老父亲一样。

我被自己的想法吓到了。

第六章

"那个……你现在难道不是吃醋吗？"我挣脱开来，拜托，两只手都在圣永司的手中，难道我们两个拥抱一下你才满意吗？

"我祝福还来不及呢。"

绫小路没有在意我从进门开始就不太自然的表现，而我刚刚说的话她好像也没有听到。

"红竺，我带你去我的花园。"

一个没留神，我被绫小路拉过去了。看着绫小路漂亮的面容，我又看了看自己，突然有些自惭形秽。

不过，绫小路竟然没有因为这件事生气，这不对啊，难道他们两个不是青梅竹马？

我转过头看了看圣永司，此时圣永司的脸紧绷着，面无表情。

难道是我理解错了？

难道从一开始就是圣永司单相思？

"你们去吧，我去书房就好了。"圣永司说完就上楼了。

等等，不是青梅竹马，圣永司为什么会对她的家这么熟悉？

我看了看板着一张脸，似乎有点儿不开心的圣永司，再看看一无所知、笑得无辜的绫小路，突然一个念头在我的脑海里冒出来。

难不成圣永司是喜欢绫小路的，而绫小路只拿圣永司当大哥哥……

所以她才对圣永司跟我交往的事情一点儿都不在意，反而大方送出祝福。而圣永司，他就像电视剧里那种为了真爱默默守护、默默付出，对方却毫无察觉的可怜男二号，绫小路根本不知道他的感情。

呜呜呜，多么悲伤……

呃，等等，我这是在做什么？圣永司可是勇士的后代，我在这里同情他做什么？圣永司绝对不是我红竺大人同情的对象！

"红竺，你怎么了？为什么一会儿点头一会儿摇头，是不是不舒服？"绫小路停下脚步，凑近我问道。

"我没事啊。你不是要带我去花园吗？咱们还是快去吧。"虽然觉得勇士有点儿可怜，公主不爱他，他却一直默默付出，但是不知道为什么，我的心里松了一口气。

真好，公主和勇士还没有成为一对呢！那么我还有机会……

呃，我的意思是，我还有机会再给悲剧的勇士一次致命的打击，绝对不是其他的想法。

4.

美好的时光总是过得很快，在绫小路的热情招待下，我吃到很多美食，还跟绫小路玩了跳棋游戏，最后虽然被半路插队的圣永司斗得一败涂地，但一点儿也不影响我开心的心情。

玩好吃好的我和圣永司在太阳落山的时候跟绫小路道别后，踏上了回家之路。

圣永司叫他家的司机把车开到我住的小区前面的一段路，到我住的地方有一段窄窄的路，车子也进不去，所以下面的路要靠步行了。

不得不说，有种人哪怕走在简陋破旧的小巷子里，也丝毫不损一丝光彩。

"今天开心吗？"

圣永司温柔地看着我，让我不知道该怎么回答。

真奇怪，圣永司最近总是用这种眼神看我，让我感觉就像吃到了龙之谷那种让人全身发麻的闪电草一样，有种酥酥麻麻的感觉。

"很开心啊，小路家又大又漂亮，还有很多好吃的东西……"

我刻意忽略那种奇怪的感觉，但是脑海里忍不住把今天的画面进行了重放……

美丽的花园、摆满古董的书房和陈列室、超级大的步入式更衣间……绫小路

06 第六章

不愧是公主殿下，家里有很多闪闪发光的珍宝呢……

等等，珍宝？

公主居然随意让外人参观他们家的宝贝，难道人类有这么大方把自己的宝贝展览出来的习惯吗？

那不是说，假如我找机会去圣永司家参观一下，说不定也能看到他家的宝贝，比如说我要找的龙鳞。哈哈哈，我真是太聪明了！

"红竺，你怎么了？笑得这么奇怪……"圣永司的声音拉回了我飘远的思绪。

"啊，没什么啦，一想到小路就很开心而已。"我连忙摇头解释道。

"呵呵，小路也很久没有这么开心过了。"圣永司望着我，原本刻板的表情似乎全部瓦解，嘴边漾开的笑容如涟漪般扩大，让人目眩神迷。

胡同里只有我们两个人，窄窄的巷子向前延伸，夕阳的余晖打在我们的身上，暖暖的，身前是拉长的影子。

听到圣永司的感叹，原本有点儿开心的我心情又低落下来。

圣永司还真可怜，痴痴地单恋着绫小路，无论什么时候都想着她，可绫小路只当他是大哥哥。

"小路人很好……"

但就是不喜欢你啊！

我真的不知道该对这个可怜的勇士说什么好了。

"这样其实挺好的。"我低着头看着路面。

圣永司和绫小路根本是一个爱一个不爱，所以我不用拆散他们了，因为他们根本没有在一起。

我本来应该为不用费劲拆散公主和勇士的事情而开心，但是想到圣永司痴痴单恋公主的事情，就开心不起来。

唉，红竺，你这个同情弱者的毛病要改改啊！

圣永司虽然可怜，但他是你的敌人啊！

一想到这里，我晃了晃脑袋，把那些纷杂的、奇怪的情绪赶出脑海，命令自己露出微笑，打起精神来。

"红竺，很难得看到你像今天这么开心。"

圣永司突然不管不顾地拉起我的手，我本来想挣脱，但是想到他可怜……算了吧。

这个人都被公主抛弃了，将来还要惨败给我，这点儿小事我就不计较了。

我任由他拉着我的手，两个人不紧不慢地走着，小巷的路似乎变得很长，夕阳的余晖也变得很暖。

终于走到了我家门口，圣永司松开了我的手，跟我道别。

我突然想起找机会去圣永司家寻找龙鳞的事，慌忙开口："那个……圣永司，等等……"一开口又不知道怎么说了，难道一张嘴就喊"圣永司，你家的宝贝能让我参观一下吗"？

"什么？"我停下的时候，圣永司往前走了一步，所以这会儿我们两个正好面对面站着。

"啊，没什么事，就是……"我不知道该怎么自然地说出想参观他家这件事。

"呵呵，红竺，今天玩得这么开心，下次不如来我家吧。"

啊？

我抬起头看着圣永司，他一脸认真地看着我。

他主动邀我去他家？幸福要不要来得这么快？

"我去你们家做什么？我们两个只是假装在交往。"我故作不屑地说道，天知道我现在已经欢快得要跳起来了。

"只是普通朋友之间的做客而已，我也去过你家。"圣永司的嘴角微微上扬，伸出右手放在我的头上。

"你要做什么？"我看着圣永司的右手离我越来越近，心中有些紧张。

"你的头上有片树叶。"圣永司的手从我的头顶拂过，带下一片树叶。

第六章

"你还没有回答呢，要不要去我家？"

"去！为什么不去？"我叉着腰看着圣永司。我才不是傻子，天上掉下来的机会当然要好好抓住了。

不知道为什么，这时候我觉得圣永司的笑容更加灿烂了，虽然只是嘴角的弧度大了一些，但对于一个总是一副严肃表情的人来说，这已经是最大的改变了。

"小路家有玫瑰园，有摆满古董、珠宝、首饰的陈列室，你们家有什么？"我奋力将话题往圣永司家的传家宝上引去，这也是我能想到的最简单的办法了。难道让我直接把圣永司绑架，让他们家人拿着传家宝来赎人吗？

"呵呵，我们家也有玫瑰园！"

"那你们家有传家之宝吗？我很喜欢看闪闪发光的宝贝呢！"

也许是我想龙鳞想得太厉害了，所以话没有过脑子就说出来了。

听到我的话，圣永司的表情立刻变得奇怪了。

糟糕，一定是我太迫不及待，引起他的警觉了！红竺啊，你真是太心急了！

"哈哈，我……我只是随口说说，没有也没关系……纯粹是个人爱好，我就喜欢看亮晶晶的宝贝。今天看了小路家好多珠宝和古董，超级开心的，你不用在意，哈哈哈……"

我尴尬地大笑着，努力想着借口挽救之前的口误。

"传家宝啊，我们家当然有，你想看吗？"圣永司看着我，脸上还是保持着笑容。

我猛地点头，想看啊，要是龙鳞，我就直接拿回家了。

"我能看一看吗？"我睁大眼睛，尽量让自己看起来很可爱。虽然我只想对金闪闪做这样的表情，但是为了龙鳞，我豁出去了。

"可以倒是可以，不过我们家的传家宝只能在你真正成为我们家的人以后才能看。"圣永司一脸神秘的表情。

成为他们家的人，那是什么意思？

我歪着头看着圣永司，表示不明白他说的话。

"只要你嫁给我，成为我家的人，就能看。"他十分认真地望着我说道。

"噗——"

我差点儿一口血喷了出去，慌张地问他："一定要嫁给你才行吗？"

天啊！难道为了拿到龙鳞，我要付出自己终身的幸福吗？

嫁给人类勇士以后，能不能填饱肚子啊？

唉，为什么现在我居然想着勇士和恶龙联姻的可能性？

这种事情不是应该一丁点儿可能都没有吗？

"呵呵……红竺，你果然是笨蛋，我说什么都相信……"还好圣永司清冷的笑声挽回了局面。

不过……

居然拿这种事来欺骗我，可恶的是我居然还相信了，真是不可原谅！

"太可恶了！骗我有这么好玩吗？"我气呼呼地瞪着他，转过身就要开门进屋。

"红竺，对不起……"圣永司似乎有点儿着急，慌忙道歉。

但我是谁啊！

我可是高傲的红竺大人，以为一句"对不起"就能让我原谅你吗？

绝对不可能！

勇士，恭喜你，我对你的仇恨值又增加了！

我不理睬圣永司，直接冲进了屋子。

"砰——"

门关上，那个讨厌的勇士也被我关在了门外。

不给你一点儿颜色瞧瞧，你就不知道我红竺大人有多么可怕！

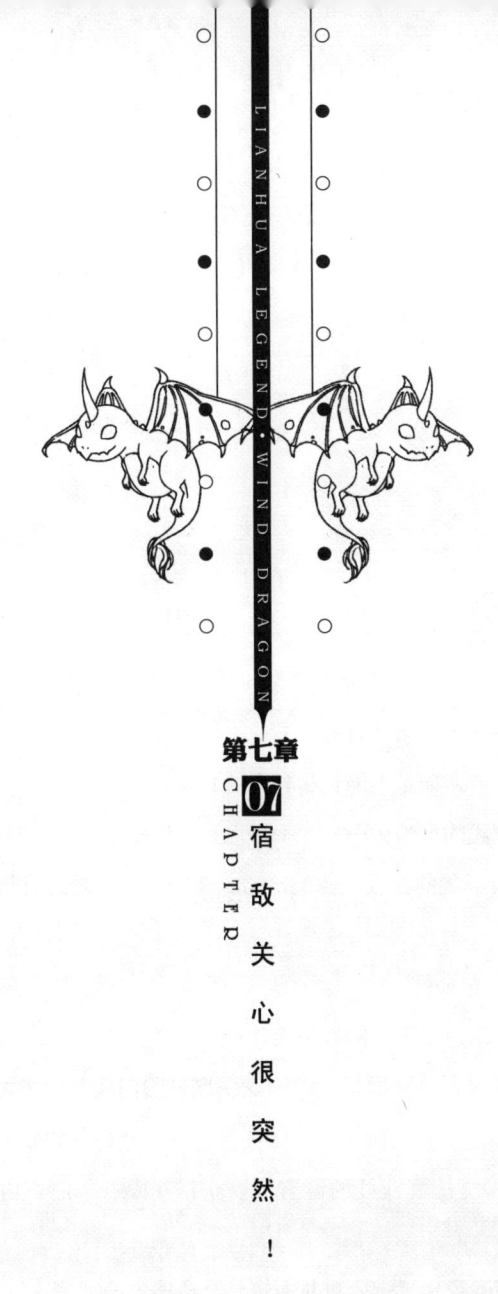

第七章
07
CHAPTER
宿敵關心很突然！

1.

因为圣永司那个"嫁给他才能看他家的传家宝"的可恶玩笑，凶残冷酷的红竺大人——我，整整两天没给他好脸色看。

哼，我要让他知道，龙是不能轻易糊弄的！

我要让他见识到我的可怕……

但是，我的可怕、我的凶残、我的冷酷，在圣永司讨好地递过来一张门票的时候就土崩瓦解了。

"这个……这个是……"

我的身体因为激动而忍不住颤抖起来。

"这是莲华市最有名、全国最大的恐龙主题公园门票！除了可以参观各种真实比例的恐龙，还能有幸看到园内三年一度的格斗比赛。据说那是暴力美学的最佳展现，参加恐龙格斗比赛获胜的游客可以获得期限一年的市内自助晚餐免费券！"

圣永司动听的声音说出了一段对我而言具有诱惑力的话。

恐龙主题……龙神啊，那简直是为身为龙族的我量身打造的！我一直想去参观，但是买不起昂贵的门票。

而格斗比赛……想想那"血肉横飞"的霸气场面，呜呜呜，那不是我的最爱吗？

当然，更不能拒绝的是赢得比赛后可获得的自助晚餐免费券。有了它，我以后就可以吃饱了，呜呜呜……

07 第七章

宿敌关心很突然！

"之前开玩笑是我不对，红竺，希望你接受我的赔礼，跟我和解吧！我是从小路那里知道你的喜好，才特意给你准备的。"

圣永司的声音听上去无比诚恳，我抬起头研究了一下他的表情。

嗯，很认真的样子。

看来他是真的很有诚意。

我就原谅他吧。

"好吧，既然你都道歉了……"我高傲地点了一下头，然后接过他手里的那张门票，一看时间，居然就是这周六。

"啊，不就是后天吗？太好了……"

我开心地捧着这张门票在脸上蹭来蹭去。

"是啊，周六上午9点半，我会在恐龙主题公园门口等你！"

"啊，你也要去？"我震惊地望着一本正经的圣永司。

"那当然！不要忘记你现在的身份，你可是我的女朋友……"圣永司皱着眉头看了我一眼。

女朋友……

对啊，接受这张门票跟他和解，我又要恢复可怜的挡箭牌角色了。

呜呜呜，真是悲伤啊！

原本拿到门票的兴奋之情立刻消散了许多。

圣永司，你为了你的真爱公主殿下可真舍得花钱……

太可恶了！

不要以为我会轻易放过你，浑蛋！

虽然口袋里揣着一张珍贵无比的恐龙主题公园门票，但是只要一想到圣永司处心积虑讨好我的动机，我的心情就郁闷到了极点。

我抢在圣永司说送我回家之前冲出了校门，特意绕了一条平时不怎么走的远路，避开圣永司，才回到自己家。

哼，我才不需要圣永司装模作样扮贴心男朋友送我回家呢！

那个可恶的家伙，活该被绫小路忽视一辈子！

我带着对圣永司的怨念往自己住的屋子走，可刚进门，就听到院子里好像有什么动静。

难道是小偷？

我想起了房东说的这一带治安很不好。

想到这里，我忙打开房门。

映入我眼帘的是一片金黄色——金黄色的西装，金黄色的鞋子，金色的头发，一个身影本来是贴着门的，结果我一拉开门，那人趔趄了一下才站稳。

"金闪闪！"

我惊讶地看着门外的人，竟然是我最喜欢的金闪闪。这一身金色穿在他的身上实在是太帅气了！

"红竺，你真的住这里啊！我一直都在找你，太好了，终于让我找到了！"

金闪闪一把拉住我的手，然后眨着眼睛看着我。

虽然知道他的眼睛其实不是自然的金色，而是戴了一种叫美瞳的东西，但看到这么可爱的颜色，我还是忍不住感到惊艳。

"金闪闪，你有什么事吗？有什么事可以在学校说的，我们这一带治安不好。"

我被金闪闪突如其来的热情吓到了，虽然我一直都在渴望这样的场景，但当它发生的时候还是觉得有点儿别扭。

"红竺，我听小路说你的食量很大，而且刚刚我来这里找你的时候，听旁边餐馆的老板说他们被你吃怕了……"

金闪闪用一副无比崇拜加期待的表情看着我。

"啊，那些人居然敢在背后说我……真讨厌，我明明已经很克制，没把他们店里的东西吃光……"

没想到小餐馆的老板居然在我喜欢的金闪闪面前这样抹黑我，我真的又悲伤

第七章 宿敌关心很突然！

又气愤。

哼，下次我一定不克制，要把附近的餐馆全部吃垮！

"原来你的实力还不止那么一点点吗？那太好了！你就是我要找的人没错！"谁知道金闪闪根本没有被我可怕的食量吓到，反而更加兴奋地握住我的手摇晃，"红竺，我是求你救命的，我和别人打赌要参加大胃王暴食比赛，如果输掉，我的头发就没有了，红竺，你就帮帮我吧！"

金闪闪似乎想到了自己输掉头发的样子，表情从一开始的兴奋转变为哭丧着脸。

"大胃王暴食比赛？输了就要剃光你的头发？"

居然有人卑鄙无耻地想夺走金闪闪那头可爱的金发，我红竺大人绝对不会允许这么残忍的事情发生。

看到金闪闪脸上担忧的表情，一股豪情从我心底涌上来，我一挥手，拍了拍金闪闪的肩膀。

"你放心！金闪闪，我一定会帮你！不就是大胃王比赛吗？我一定会拿冠军的！"

我豪气万丈的样子似乎让金闪闪重新看到了希望，他泪眼蒙眬地望着我，脸上浮现出无比感动的表情。

"太谢谢你了……红竺！我的头发真的不能被剃掉啊，不然我的外貌就不完美了……红竺，我现在能拜托的人只有你了！"

金闪闪激动地握住了我的手。

天啊！

金闪闪主动对我说感谢的话，还握住了我的手。

我开心得不得了，之前因为某个家伙郁闷到极点的心情也消失了。

我决定，不管圣永司的麻烦事了，我现在只有一件事要做，就是帮金闪闪赢比赛。

141

2.

呵呵，金闪闪说他能拜托的人只有我了……

呵呵，他还主动握住了我的手……

这一定是龙神看到了我最近的努力，所以特意用这个来奖励我吧？

不管怎么样，能跟金闪闪一起约会，不管是暴食，还是暴走大赛，我一定会元气满满的！

我躺在床上，抱着那个在街边捡来的霸王龙造型的玩偶，激动得不能自已。

真是不敢相信，我之前明明连跟金闪闪说话的机会都没有，谁想到我会有一天能和金闪闪单独约会呢？

当然，"约会"这个词有点儿不恰当，他只是要我帮他去参加比赛，但是能跟他单独相处参加人类世界的活动什么的，真是太开心了！

嗯，那个什么比赛……金闪闪说是什么时候来着？

这周六上午9点半，地点是……

"为什么都是周六啊？"

因为接受了金闪闪的邀约，我当时完全没有想起，我好像在同一天也接受了圣永司的邀请去恐龙主题公园。

怎么办？我好像做了一件超级蠢的事情，在一天之内，就算我是龙也做不到啊……

我可没学会分身魔法呢！

"惨了，惨了……"

金闪闪……圣永司……

一边是跟自己喜欢的人的约定，另外一边是瓦解敌人防备，还能看格斗比赛、获得自助餐免费券的恐龙主题公园……

第七章 宿敌关心很突然！

到底该怎么选才好？谁来告诉我啊？

该怎么办？该怎么办？

一想到周末不能跟金闪闪单独约会，或者那张恐龙主题公园的门票扑着翅膀飞走，我纠结得心都痛了。

但是……

"红竺，我美丽的金发就靠你保护了。"金闪闪带着耀眼夺目的笑容这样对我说。

"我会在恐龙主题公园等你。"圣永司眼睛一眨不眨地看着我。

"红竺……"

"红竺——"

脑海中似乎有两个人在比赛一样，不断散发着光和热。

"啊啊啊——你们不要吵，让我好好想一下——"我挥着手臂，想驱散脑海中的两个人影。

好奇怪，要是放在以前，我一定会毫不犹豫，直接选择跟金闪闪约会，但是现在，为什么会因为两人的时间有冲突而纠结呢？

还是和圣永司说改天吧，现在应该还来得及，毕竟圣永司只是拿我当绫小路的挡箭牌，再说恐龙主题公园以后去也没关系。金闪闪的情况很危急，如果我不去，他漂亮的金发就会被人剃光……

做了决定的我拿起小巧的红色盒子，对了，这个东西叫手机，是当了圣永司几天女朋友后，他怕联系不方便送给我的。有了它，只要轻轻说话，在很远的地方都可以听到，人类还真是聪明呢。

不对，为什么要夸奖他们？这根本是懒惰的表现，是的，是懒惰！

因为懒得去很远的地方，因为没有魔法才会发明这么无聊的东西，真是让人忍无可忍！

"喂，红竺，你有事吗？"电话另一边圣永司的声音响起，不得不说，这个人的嗓音还真是好听呢！

"红竺，红竺，你在听吗？"

耳边传来圣永司焦急的声音，他怎么像是在担心呢？知道我要来人间时妈妈的声音就是这样的。

不对，一切都是阴谋，就像他让我做他的女朋友一样，一切都是阴谋。说到底他只是想让我做绫小路的挡箭牌，勇士可是要和公主在一起的！哼，别以为那点儿小伎俩就能骗过我！

"红竺，你是不是有事情？你在听我说话吗？"声音再次传来，我这才发现原来自己已经走神很长时间了。

"圣永司，那个……那个……"

"什么？红竺，你是不是有事情啊？"

"不是……不对，不是没有事情，是有事情，我有事情要和你说。"

"你的语法还真是一如既往地烂，看来我还是要给你补课的。"

什么，还要补课？

可恶的勇士，你怎么会知道龙族智慧的强大？

我气得差点儿将手机捏碎了，不过想起自己打电话的目的，还是努力忍住了。

"不用啦，不用啦，我只是有件事情不知道该怎么说而已，你在听吗？"

真是被圣永司打败了，每次见到我就只会说那些无聊的话，说话只要声音出来不就好了，还用得着什么语法，语法是什么东西？有肉包子香吗？

"哦，那到底是有什么事情，需要我去帮你吗？"

"也不是什么大事，我们能不能把票退了，换成周日去公园？"

为什么去恐龙主题公园要和大胃王比赛在同一天呢？要是在公园里面一边举办格斗大赛一边举办大胃王比赛也好啊，这样我可以一边表演格斗一边吃掉所有食物。

"可是我已经买好票了，而且周六才有格斗比赛，这个很难得的！而且赢了会有自助餐免费券哦！"

07 第七章

"呜呜……可恶……"

好不容易下定了决心,这个勇士又故意说这些话诱惑我改变主意。

"什么?"圣永司好像没有听清楚,反问道。

"不是,我是说,周六我真的有事。你不知道,我也是刚刚接到的消息,不能改……不是,是必须要去的,对不起了。"

唉,我是多么善良大方啊,圣永司,你可千万不要太感动!要知道,我红竺大人从来都不会和别人道歉的,这样的伎俩可不是只有你一个人会用,我也会用的。哼,先示弱,等你放松警惕,我就把你拿下,哈哈哈!

"圣永司,圣永司?"我等了很久,电话那头没有声音传过来,久到我以为手机出了问题。

"既然这样,那就只能改期了,你去忙吧。如果有什么事情就给我打电话,知道吗?"

"哈哈哈,我能有什么事情啊,我不会有事的。"

不知道为什么,听着圣永司有点儿落寞的声音,我觉得胸口像是被什么堵住了一样难受。

3.

"啦啦啦——"

小小的手机发出巨大的响声,我痛苦地把头埋进了枕头里。

"好困!"我伸出手按掉了手机,然后继续缩进被窝里。

好不容易有个周六可以睡懒觉,为什么手机里还会有闹钟啊?

等等,今天是周六,我要去参加大胃王比赛,迟到可是不好的,况且还是让金闪闪等着。不行,这样的事情绝对不能发生!

我的脑子里飞快地闪过一个念头,然后从床上一跃而起。

"惨了！应该不会迟到吧！"我像无头苍蝇一样在房间里乱窜，虽然觉得很多事情还没做，但是一时之间不知道先做什么。

今天穿什么衣服？虽然是参加大胃王比赛，不过也算是和金闪闪约会。电视剧上不是说，参加完这样的比赛都要庆祝吗？我帮了金闪闪这么大的忙，要是再打扮得漂漂亮亮的，金闪闪一定会喜欢上我的。

我一边刷着牙，一边在心里默默地想象着。

"红竺，做我的女朋友吧，我是真的很喜欢你。"

我好像看到金闪闪了，浑身闪闪发光地站在我的面前。

"金闪闪，我愿意……我愿意做你的女朋友……啊！"

真笨，竟然忘了只有一只脚穿了鞋子，还好我的平衡力强。

"金闪闪，你放心，我一定可以赢得比赛的！"

10点开始比赛，现在是……

我抬起头看了看墙上虽然已经破破烂烂的，但还是很准的钟。

啊啊啊！为什么已经9点了？惨了，我还没有穿好衣服，还没有打扮呢！

我用了最短的时间梳洗打扮，然后走出巷子，拦了一辆出租车，朝和金闪闪约定的地点前行。

大胃王比赛在城南最大的公园举行，而此时公园门口的人络绎不绝，园中播放着悦耳的音乐，有门票的拿着门票往里走，没有门票的都在售票处。整个公园门口人来人往，十分热闹。

我站在公园门口四处张望一番。

"呜呜呜……迟到了5分钟，金闪闪，你可不要因为人家迟到了而生气离开啊……"

我拿着手机，想着要不要给金闪闪打个电话。

等等，我好像看到他了！

阳光下一抹耀眼的金色在人群中绽放出光彩。

金闪闪穿着一身淡金色套装，金色的头发十分顺滑，白皙的脸庞上漾开美丽

第七章

的笑容。

"金闪闪,金闪闪,对不起,我来晚了。"我双手合十,抵在下巴上,可怜兮兮地看着他。先承认错误吧,让金闪闪等着还真是不好呢,金闪闪千万不要生气啊。

"算了,像我这样的人怎么会和你一般见识呢?我可是很豁达的,还好没有迟到,放心吧,你也不是最后一名……"金闪闪一边和我说话,一只手突然抬起来,朝我身后打着招呼,"哎呀,终于来了,年级第一!"

年级第一?

听到这个称号,突然有一种不祥的预感涌上我的心头。

能担得起这个名头的只有一个人,不会吧?应该没那么巧吧?

我苦着脸,怀着侥幸的心理转过身。

圣永司黑着一张脸站在我身后,眼睛一眨不眨地看着我。

"圣……圣……"我看着他,紧张得说不出话来。

"红竺,你不是有事情吗?"圣永司微微皱眉问道。

"是啊,我是有事情啊……"我低下头,心虚地回答道。

这就是撒谎的报应吗?谁来拯救我啊?

我不敢抬头看圣永司,因为我知道他的脸色一定很难看。

"喂喂喂,你们两个这是在做什么,拍偶像剧吗?今天可是我金闪闪上舞台!"金闪闪一边大声说着话,一边把手搭上圣永司的肩膀,"能让你来见证我夺冠的时刻,真是再好不过了!说真的,你一开始拒绝我的时候,我还以为你真的来不了了呢!"

拒绝?

难道说圣永司拒绝了金闪闪的邀请,是为了和我去恐龙主题公园吗?

我惊讶地抬起头看向圣永司。

"答应我的人爽约了,我就来你这边了。"圣永司的声音里隐藏的讽刺让人听着十分难受。

"红竺,你怎么了?今天你可是女主角,之后可就靠你了!"金闪闪轻轻地拍了拍我的肩膀。

金闪闪,你能不能暂时不要看我啊?我现在恨不得找个地洞钻进去,这辈子都不要出来了。

对别人撒谎之后,还被人拆穿了谎言,就算我们龙族的皮很厚,也会感到难堪啊!

"原来金闪闪说的那个助手就是你啊!"圣永司淡淡地瞥了我一眼,目光似乎变成了冰冷的刀子。

我紧张地低下头,但还是能感觉到圣永司在看我,而且是那种恶狠狠的眼神。呜呜呜,拜托不要这样好不好!

"时间差不多了,我们赶紧进去吧,快开始了。"金闪闪出声打破了尴尬的气氛,率先朝公园大门走去。

"是啊,还是快进去吧。"我一边点头,一边和圣永司保持距离。

可是,人算不如天算,刚走没几步,我的手就被人拉住,然后一股大力将我往后拖。

"这就是你说的重要的事情?"圣永司捏着我的下巴,凑到我的耳边说道。

"圣永司,你放手,这样不好啊!"我一边缩着脖子,一边拍打圣永司的手。

被金闪闪看到怎么办啊?

"回答我!"

呜呜呜,圣永司,你这个大坏蛋,为什么要这样对我?

"你先放开我,我现在说不出话,不能回答!"下巴被捏着,能说这几个字已经是我的极限了。

金闪闪,你在哪里?救命啊!

忽然,下巴上的力道没有了,我也终于能自由活动了。

"得救了。"我轻轻喘了口气,揉着我可怜的下巴。

07 第七章

"红竺，回答我的话，为什么要这么做？为什么要对我说谎？"

呜呜……好恐怖，为什么圣永司身边的温度会降低啊？他身上那种气场是怎么回事啊？

我不禁打了一个寒战。

圣永司应该是很生气的，但是他的眼神透着一丝失落和伤心。

他为什么会露出这样矛盾的神情？

不知道为什么，我觉得心疼，难道真的是我做错了吗？

不对，这都是阴谋，他是勇士的后代，我是伟大的红竺大人，我们是天生的死对头，他做这些根本是为了博取我的同情！

"是，我知道我找借口不赴你的约，而来金闪闪这里是我不对，但我喜欢的人本来就是金闪闪，就像你喜欢的是绫小路一样，你不是还让我做绫小路的挡箭牌吗？我帮助绫小路转移了那群女生的注意力，难道你就不能宽容一次吗？金闪闪也很不容易，要是大胃王比赛没有赢，金闪闪会被人剪头发，我可舍不得。反正我跟你的关系也是假装的，你不要这么认真啊！"我挥了挥手，用轻松的语调打破我们之间沉闷的气氛。

本来就是假装的，为什么要这么认真？本来就是你先伤害我的，为了给绫小路做挡箭牌，我每天都很辛苦的，我现在骗你一次有什么大不了的啊！

圣永司，真正不对的是你，你和公主绫小路是天生一对，现在却把我拉进来，凭什么幸福都让你们占了，这也太不合理了！

我看着他，摆出一副毫不在意的样子，心里却满是连自己都弄不明白的委屈。

"笨蛋！"圣永司突然说道，琥珀色的眼眸中像是酝酿着什么。

什么？

我抬起头看看圣永司，为什么他这么生气啊？

被利用的人、该生气的人应该是我吧？

"你看，我就知道你会这么说，我就知道，其实你就是为了绫小路，我不是笨蛋，你才是笨蛋！"

　　真是让人不能忍受！我这么好心帮你，圣永司，你才是最大的笨蛋！

　　"红竺，你把话说清楚！"

　　"还有什么没说清楚的，我说得很清楚啊，而且今天我说的话没有语法错误呢，措辞也是正确的。本来我们的关系就是假装的，你这么认真做什么？"

　　只会骂别人是"笨蛋"的人最讨厌了！

　　"当当当——"

　　我的手机突然响了，我拿出来一看，金闪闪的名字赫然在上面闪动着。

　　"红竺，你们在哪里？这边报名就要截止了，打你的电话也不接，难道你想让我输掉比赛吗？"

　　"不是的，人太多了，我马上就去报名。"我一边向他道歉，一边朝报名地点走去。

　　不知道出于什么心理，我偷偷回过头看了圣永司一眼，只见他定定地站在原地，一直看着我。即使发现了我在偷看他，他也没有回避，目光牢牢地放在了我的身上。

　　我的心跳不禁漏了一拍。

　　我在想什么呢！

　　金闪闪还在等我参加比赛呢！

　　公园上空响起礼炮的声音，主持人走到台上，我站在主持人的身后，心里还是有点儿紧张。

　　"这位选手，请不要走神，和大家说一下，你叫什么名字？"一个话筒支在我的面前，只是还没开口，肚子就抢镜了。

　　"咕咕……"

　　原本有些喧闹的比赛场地瞬间没了声音，然后众人开始爆笑。

　　啊啊啊，丢死人了好不好，为什么要在金闪闪的面前发生这样的事情啊？

第七章 宿敌关心很突然!

"哈哈哈，好搞笑啊，她好瘦啊，难道这样就能得第一吗？好好笑！"

"就是啊，大胃王可不是饿两天就能做的。"

"呵呵呵，看来我们美丽的选手已经准备好了，请问你叫什么名字？"

我该怎么说呢？

"我……"

"这位选手，不用这么大的声音，你只要小声地告诉我你叫什么就好。"主持人似乎被我的声音震得要晕倒了。

"我叫红竺，我是女孩子！"

我用只有我们两个人才能听到的声音告诉他。

人类真的是永远都不能让龙理解的生物，为什么要小声说话啊？难道名字不能让别人知道吗？刚刚报名的时候我可是把姓名都说了，而且胸前不是还贴了名字吗？

人家是叫红竺，叫红竺啦！

"呵呵，不用这么小的声音，不过我已经听到了。我们这位美丽的女选手叫红竺，希望她今天能取得好成绩。现在让我们采访下一位选手。"

好啰嗦的人类，好奇怪的比赛，大胃王不是上来就吃东西吗？为什么现在还不能吃东西啊？

"好，相信大家现在一定都认识我们的选手了，现在我们要介绍的是举办人和这次的裁判，他们就是……"

喂，你怎么这么啰嗦啊？我都没有吃东西，为什么还不开始比赛啊？

难道他们就不知道体贴女孩子吗？我可是很饿了，如果一会儿饿晕了就不能参加比赛了。

"啊啊啊！金闪闪，是金闪闪……"

"啊啊啊！圣永司，是圣永司！"

"台上的不是红竺吗？原来是用这个本事才得到永司的关注的，真是让人气愤！"

"就是啊，真是一点儿教养都没有。"
……

台下的不是莲华学院的粉丝团吗？为什么会在这里啊？对了，金闪闪和圣永司都在这里，这群女生当然也会在这里了。

如果加入她们的粉丝团，是不是可以和她们一起去圣永司家里？对啊，这样就可以趁机找龙鳞了，我怎么现在才想到这么好的主意啊？

"红竺选手，红竺选手，已经开始了。"主持人突然出声打断了我最新的构思。

啊？已经开始了？

不管了，圣永司说我是笨蛋，他自己不也是笨蛋吗，半斤八两而已。我确实说了谎，圣永司还不是让我做绫小路的挡箭牌，哼，各取所需。

我不管手边放着的是什么，只管一口接一口地往嘴里塞。

能敞开肚子吃美食是我来人类世界最大的愿望，可是为什么我现在一点儿也不开心呢？

"真是不可思议，刚刚还落后的红竺小姐，现在已经吃掉了30盘炒饭，热狗还剩下30个……不，现在食物正在以惊人的速度消耗，真是太不可思议了，大胃王，大胃王，你还好吗？现在有人威胁到你的位子了，你一定要坚持住啊！"

哼……

我狠狠地瞪了一眼站在台下的圣永司，放下手中的空盘子，又拿过一盘新的食物……

25分钟后。

"时间到，赛场上发生了不可思议的逆转，原本因为走神没有听到'开始'的红竺小姐后来居上，总共吃掉40盘炒饭和35个热狗。实在是太不可思议了，这简直就是奇迹，这就是奇迹！"主持人冲到我的桌子前，声嘶力竭地吼出了一大段台词。

咦？这么快就赢了啊？

第七章 宿敌关心很突然！

这么说来，金闪闪的头发保住了！

但为什么我还是开心不起来呢？

"红竺小姐，您有什么获奖感言吗？这次大声说出来就好了，当然也不要用太大的声音哦！"

"那个……我吃饱了。"我眨了眨眼睛，认真地看着主持人，对他说出了我的心里话。

"哈哈哈，红竺小姐还真是幽默呢。好，现在请金闪闪先生为红竺小姐颁奖！大家欢迎！"

"红竺，我就知道你是可以的，我就知道你是可以的！"

金闪闪并没有给我金色的奖杯，而是一上台就无比激动地给了我一个大大的拥抱。

我整个人都呆住了。

这就是幸福的感觉吗？

真的好幸福，金闪闪正抱着我呢，我真的不是在做梦吗？

肚子填饱了，还有金闪闪的拥抱，世界上还有比这更让人幸福的事情吗？

"红竺，真是太谢谢你了！赢了，我不用剪掉头发了，我真的太感动了！"

为什么金闪闪说话和我一样，也有这么多的语法错误呢？

"金闪闪，你这样说话，让圣永司听到会被骂的，你的语法有问题。"我一定要保护金闪闪，语法错误什么的，只要找我一个人就好了，不要伤害我亲爱的金闪闪。

"你们两个够了！这里可是公共场合，搂搂抱抱算什么？金闪闪，难道你想让你的粉丝团吃了红竺吗？"

"对啊，红竺，实在对不起，我太激动了，你千万不要在意，这只是一个普通朋友之间的拥抱。圣永司，你也不要误会，哈哈，我这个人是什么样的，你比我更清楚。"

金闪闪看着圣永司，露出一副恍然大悟的表情，连忙跟他解释。

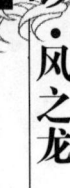

不过，什么叫"普通朋友之间的拥抱"啊？

他干吗怕圣永司误会啊？我和圣永司又不是真正的情侣！

"对不起，对不起，我忘记你们两个在交往了！实在是太对不起了，时间留给你们两个，你们继续，我先回去了。红竺，今天真的谢谢你，我以后再请你吃饭！"

金闪闪笑得十分灿烂，他了然的目光在我和圣永司之间来回扫视一圈，暧昧地眨了眨眼，然后跳下台走掉了。

"金闪闪，我们不是……"

为什么你不听我说话啊？我跟圣永司不是情侣啊，金闪闪！

"金闪闪，我还没有说我喜欢你啊。"

我撇了撇嘴，真是扫兴，吃东西只是次要的，最重要的是我要告诉金闪闪我喜欢他啊，而且我和圣永司只是相互利用的关系，他根本就不了解真相！

"红竺，你在说什么？"

"啊？"

好熟悉的声音，是谁在说话？

我循着声音抬头望去，圣永司为什么黑着一张脸站在我面前，好可怕的气势！

我什么都没有做啊！

还没等我反应过来，圣永司已经站在我的面前，挡住了我望向金闪闪的视线。

"讨厌啦，不要挡着我看金闪闪！"

真是让人生气，我看金闪闪关你什么事啊？圣永司，你是最让人讨厌的！

"红竺，我们两个到底是什么关系，难道你不想承认吗？"

下巴又被人捏住了，真讨厌！如果不是为了隐藏身份，我真想用我的下巴砸得他手脱臼。

"红竺，回答我的问题！"

第七章

圣永司的声音是严肃的。

"难道我说得不对吗？你本来就是拿我当挡箭牌，现在又这样对我，你会这样对自己的女朋友吗？本来就是相互利用的关系！"

圣永司只会让人家哭，我讨厌圣永司！

感觉捏着下巴的手慢慢松开了，好像有一种酥麻的感觉传来，很舒服。

"喂喂喂，圣永司，你在做什么？我可不是随便的人，你为什么要摸我啊？喂，你要带我去哪里啊？"

我还没回过神的时候，圣永司已经拉着我的手离开了公园。

可恶，竟然跑这么快，圣永司拉着我要去做什么啊？

还黑着脸，仿佛我做了什么对不起他的事情。

"电视上说刚刚吃完东西不能跑太快，会消化不良的！"

其实我自己也不知道消化不良是什么意思，每天40个包子根本就不够我吃的，刚刚吃下去又饿了。今天好不容易吃了这么多，我担心运动一下又饿了，现在可没有什么大胃王比赛了。

圣永司听到我的话，渐渐放慢了速度。

"你要不要这么赶时间啊？我不赶时间的，如果你有什么事情就去办吧，我自己可以回家的。"

嗯，我可以一个人回家，路上有吃的我还可以再买一些，我家附近的章鱼烧和关东煮也很好吃，就是分量太少，还是肉包子比较实惠。

"不行，你要跟我走！"

圣永司根本没有放开我的手，只是一直拉着我往前走，虽然不是刚才的急速奔跑，但速度还是很快。要不是我天生就是运动天才，肯定早就吃不消了。

"喂喂喂，到底要去哪里啊？如果你有事情的话，我自己回家就行了，难道要我说第二遍吗？我不赶时间的。"

"笨蛋！"

为什么又骂我笨蛋？

难道说我这么乖巧懂事，知道自己回家还不好吗？拜托，我也不想耽误大家的时间啊，你有你的事情要做，我也有我的事情要做啊！

圣永司不再和我说话，而是把我带到一个叫药店的地方，听说这里是人类生病后买药的地方，那种药很难吃，就像恶魔的食物那么难吃。

"你带我来这里做什么啊？"

圣永司还真是越来越让人无法理解了，我做了什么啊，我到底做错了什么啊，为什么要带我来药店啊？

"圣永司，如果你病了，我带你去医院啊，你要买什么啊？"

"闭嘴！"

圣永司，你竟然敢叫我闭嘴，真是胆子不小啊！

不过，为什么药店里的人都在看我啊？难道我的脸上有什么东西吗？还是说刚刚吃炒饭的时候没有擦干净脸？

"要两盒消食片，最方便的那种。"

圣永司说什么我没有听懂，不过药店里的药还真是不少呢。这里好奇怪啊，架子上面都是大小不一的盒子，电视上说，不同的药有不同的作用，真的好神奇啊。

还没等我反应过来，圣永司又拉着我出了药店。

"圣永司，你到底要做什么啊？一会儿来这里，一会儿又去那里，你有没有想过我的感受啊？"

真是太让人生气了，可恶的圣永司，竟然一句话都不和我说，就会说我是笨蛋，哪有我这么漂亮的笨蛋啊！

"吃了它！"

看着已经拆开包装的盒子，里面是棕色的闪闪发光的东西。不对，应该是外面那层膜被阳光照射的原因吧，里面就是褐色的，好像龙巫大人炼的毒药，难道圣永司要毒死我？

"我不要吃，我才不要吃这么奇怪的东西！"

07 第七章 宿敌关心很突然！

笨蛋才会吃呢！

"笨蛋！"

"你骂谁是笨蛋！"

"你就是笨蛋！"

"你才是天底下最大的笨蛋！我为什么要吃这么奇怪的东西？谁知道你给我的是什么东西！"

我才不会这么傻呢，明明和龙巫大人炼的毒药一样，我才不会吃呢！

"笨蛋，就算你喜欢金闪闪，也不应该拿自己的生命开玩笑！吃了那么多的东西，你就不担心得胃病吗？这是消食片，直接嚼着吃就好了！快点儿吃下去，要不然你的胃肯定会疼的！"

胃疼？

圣永司是在担心我吃那么多东西胃疼？他这是在关心我？可他不是不喜欢我吗？

"你还看着做什么，还不快吃下去？难道要让我带你去医院吗？"

医院？我才不要去！

"我这就吃，我这就吃。"

反正是在外面，那边还有警察呢，圣永司应该不会在这里害我的。

酸酸甜甜的，味道还不错呢。

没想到人类的药店里还有这么好吃的药啊。

"还有没有？我还想吃！"

"这是药，不能乱吃的，你怎么这么不注意自己的身体呢？难道非得等到胃疼了才知道要做什么？这些药都给你，按照上面的说明吃，要是不舒服就给我打电话，知道吗？"

圣永司额头上的青筋隐隐跳动，将一袋子好吃的药递给我。

呃，他居然又对我表示关心了。

真是奇怪！他对我这个挡箭牌要不要这么好啊！

"红竺，你在听我说话吗？"

圣永司的声音不断在耳边响起，他伸出手，抚上了我的额头。

不知道为什么，我觉得脑子有些不够用了，但是这样的感觉让我觉得十分贴心，好久没有人对我这么好了。

圣永司的手好温暖，真的不想他拿开呢。

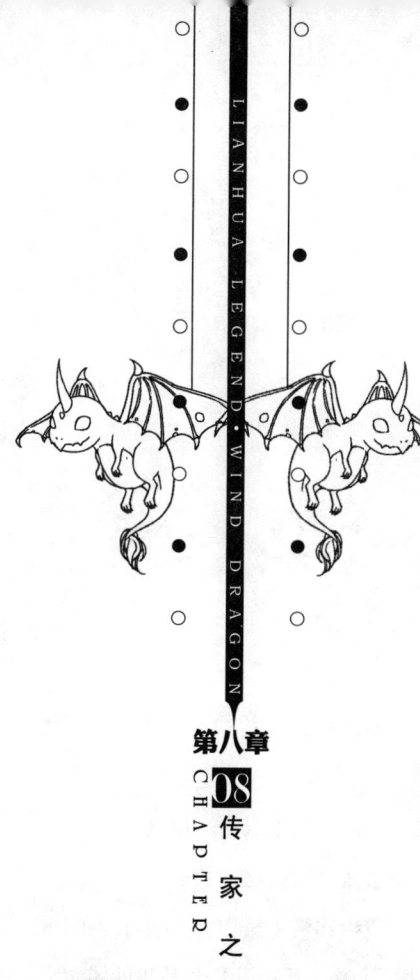

第八章
08 传家之宝震惊龙！
CHAPTER

LIANHUA LEGEND·WIND DRAGON

莲花传说·风之龙

LIANHUA LEGEND · WIND DRAGON

1.

"丁零零——"

中午放学的铃声响起，身边的同学纷纷站起来，之前还安静的教室一下子热闹起来。

"呼——"我趴在课桌上，重重地叹了一口气。

真的不想下课呢，时间怎么会过得这么快？

"红竺，一起吃饭吧。我给你带了蟹肉饭，很好吃的。"

圣永司的声音传入我的耳中，不知道是不是我的错觉，总觉得圣永司不像在邀请我共进午餐，倒像是在说"红竺，这个题上讲台解答一下"。

唉，真不知道圣永司是在什么样的环境里成长的，可以做到把吃午饭这么简单的事情说得这么正式，就像是两国签订条约。

看着圣永司棱角分明的脸，虽然他只说了一句平淡无奇的话，但声音十分悦耳。不过，我真的不想和圣永司一起吃，因为每次他都会在我吃完之后说我是吃货。

"我说啊……"

看着眼前还冒着热气的饭，不知道为什么，我的心里有点儿不太舒服。

明明知道他只是在利用我，为了保护绫小路，但是这样每天接我上学，送我回家，还要这样照顾我的生活，对于一对冒牌情侣而言，是不是多此一举呢？

明明那些花痴只要看见我们俩走在一起，就火冒三丈……

"不喜欢吃吗？"

第八章

圣永司微微皱着眉头，有些担心地问我。

我感觉周围虎视眈眈的目光像淬毒的箭，只要我摇头否定，就会立刻发射过来。

面前足有别人四个便当盒那么大的便当，里面不断冒着热气，还散发着诱人的香味，我忍不住吞了一口口水。

可恶啊……

仇人的饭为什么会这么香啊……

这就是传说中的糖衣炮弹吗？是会在不经意间慢慢磨掉一个人信仰的超级狠毒的战术……

再看一眼，不不，让我再闻闻香味也好……

我情不自禁地把脸凑了过去。

"唉……怎么办呢？今天做了这么多吃的，但是你的胃口不好呢……难道只能倒掉吗？"圣永司十分为难地说道。

"我……我不吃，难道你也不吃吗？"我一边流着口水，一边惊讶地问道。

"我的食量没有这么大。"圣永司看了看桌上比其他人要大四号的饭盒说道。

这么美味的食物，要是没了热气，还要被倒掉，为这顿饭而失去生命的原材料一定会十分伤心吧？

被大自然孕育出来，历尽千辛万苦地长大，然后被人类采摘和捕捉，这已经很痛苦了，还要经历高温煮熟的折磨，才能成为一顿被人夸奖的饭菜，但是到头来，因为主人牙疼没胃口而被倒掉……

我想想都要流泪了。

"既……既然你吃不下，那我勉为其难帮你吃一点儿好了……"我拿起桌上的筷子，朝红红的肉片进攻。

啊——好美味！

恰到好处的调味，还有食物在入口一瞬间散发的食物原香，让我有一种在深海中漫游的感觉。

感谢大自然的养育与馈赠，感谢把食物做得如此美味的厨师，你们简直是天生的魔法师啊。

"你怎么不感谢把食物带给你的我呢？"圣永司的声音传入了我的耳中。

我抬头一看，圣永司微微歪头看着我，纤细的手伸向我的嘴角，还没等我反应过来，自己的嘴角就被触碰了。

"有饭粒。"圣永司拿出手帕，慢慢擦拭着手。

"你怎么知道我在想什么？"我捂住嘴，吃惊地看着他。

没人告诉我勇士还有读心术这个能力啊！

圣永司瞥了我一眼，说道："能麻烦你下次心里想事情的时候，不要说出来好吗？"

"你……"我看着圣永司，气得说不出话来。

"好啦，快点儿来吃，蟹肉冷掉就不好吃了。"圣永司一边说着，一边夹起一个晶莹剔透的小包子塞进我的嘴里。

等等！这也是演戏吗？

其实我们真的不用演到这种地步啦！

我一边在心里默默地流泪，一边感受着身边如飞刀一样的眼神。

"你之前抱怨说吃不饱，现在一定要多吃一点儿。"圣永司露出如同太阳一般闪瞎人眼的笑容，一边"小声"地用全班同学都听得到的声音在我的耳边"悄悄"地说道。

"扑通——"

我的心脏重重地跳了一下。

不知道为什么，明知道圣永司做这些事情只是为了保护绫小路，但是看见他的笑容，我的心里居然涌起一股酸楚。

是不是我吃太多了，所以不舒服呢？

大胃王比赛结束后，圣永司每天都会给我带饭，而且每次我都会吃得很饱，

第八章

觉得很幸福。不止是圣永司，有时候绫小路那丫头也会给我带一些吃的。这段时间应该是我来到人类世界之后过得最幸福的一段时间吧，因为每天都有饭吃。

明明知道不可以这样，但还是会忍不住期待，圣永司第二天会给我带来什么好吃的，然后装作一副不愿意的样子，吃得干干净净。

"想什么呢？饭都要凉了。"

看着圣永司递来的饭勺，又看了看香气四溢的蟹肉饭，满当当的一盒饭，上面是大块的蟹肉，还有香菇、鸡胸肉和豌豆点缀在其中。

我不是不知恩图报的人……

咬了咬嘴唇，我还是做了一个决定，既然是演戏，那就演得更像一点儿吧……

我看了看鸡胸肉，又看了看蟹肉，挑了一大块蟹肉塞到了他的嘴里。

哼，红竺大人从来没有和别人分享过食物呢。

圣永司含笑吃下东西的一瞬间，我觉得我的手都在颤抖。

我低下头，装作什么都没发生一样，大口咀嚼着。

"这里还有汤，我自己也有，别着急，慢慢吃。"

圣永司不骂我"笨蛋"的时候还是很温柔的，但我想不出他为什么会对我这么温柔，难道这又是阴谋？

不管了，还是先吃完蟹肉饭再说吧，吃饱了才有力气斗勇士！

放下已经吃个精光的便当盒，我接过圣永司递来的纸巾，擦了擦嘴，努力让自己变得严肃一点儿。

吃饱了，该谈正事了。

龙族的精英才不会沉迷在美食的诱惑中呢！

"圣永司，我觉得我们应该谈谈了。"我坐直身体，认真地看着他。

圣永司收拾好桌上一堆东西，擦了擦手，然后看着我。

"什么事情？是不是没有吃饱，我这里还有……"

说完，圣永司像在变魔术一样，又打开了一个饭盒，里面的鸡腿泛着黄金一样的光泽。

"拿着，慢慢吃。"

等我反应过来的时候，鸡腿已经到了我的手中，看着金黄色的鸡腿，好像正在和我说"吃我吧，快吃我吧"。

"嗷呜"一口，实在是太好吃了，我第一次吃到这么好吃的鸡腿啊，明明已经吃了很多饭，但现在还是想吃。实在是太好吃了，要是圣永司家的厨师愿意和我回家就好了。

"好吃吗？"

听着他的声音，我觉得自己还能吃很多东西。顾不得说话，我只能点头，但是一个鸡腿很快就吃完了，只剩下骨头。

"好好吃，还想再吃。"

真是太好吃了，如果说人类对这个世界做了什么卓越的贡献，那就是发明了美食。

人类的食物真是太好吃了！

"明天我给你带鸡腿饭，对了，刚刚你要和我说什么来着？"

"哦，我想说的是，以后你不用送我回家了，你们家离学校本来就不近，你家住在东边，我家住在西边，每天送我回家实在是太麻烦了。"我舔了舔手指头说道。

当然，最重要的原因是，和他相处时间越久，我越感觉不自在，心"扑通扑通"地跳着，简直要跳出胸腔了！

应该是我敏锐的神经在给我警告，如果不远离圣永司，就会发生什么灾难性的事情。

"不好，我一直都很内疚的。"

"啊？"

我听到了什么？圣永司在内疚，他竟然在内疚？老天，到底发生了什么？圣永司为什么要内疚啊？

08 第八章

"和我交往,你吃了很多苦吧?所以我必须保护你的安全,在学院你总是被她们欺负,我不能让你在回家的路上还被她们欺负啊。"

我听到了什么?

圣永司是担心我被花痴粉欺负,所以每天送我回家,这又是什么样的阴谋啊?难道真的是他的好意吗?

可我是龙族啊,圣永司,你不是应该对绫小路好吗?为什么要对我这么好啊?

哎呀,真是让人苦恼啊!

"时间差不多了,马上就要上课了,饭盒给我就好了,我们回教室吧。"还没等我反应过来,手中的饭盒已经被收走了,圣永司还拿出手帕帮我擦手擦嘴。

这到底是怎么回事?

原本冷酷的圣永司不但每天送我回家,还给我带饭,还用纸巾帮我擦手擦嘴……

圣永司是我来到人类世界后遇到的最难琢磨的人类了,比黑板上的数学题还要难琢磨。为什么他要对我这么好啊?我可是龙族,我这么能吃,还爱惹祸,为什么他要对我这么好啊?

这件事太考验龙的智慧了!想破头我也想不出这背后的阴谋。

2.

"红竺同学,红竺同学!"

"有!"

谁在喊我?

"红竺同学,上来做一下这道题。"

原来是莫莉老师在和我说话。

不过……习题？发生了什么？我什么都不知道啊，什么习题啊？我刚刚……

惨了，刚刚我一直都在想圣永司！

"红竺同学，上讲台来做一下这道题！"莫莉老师的声音再次响起，可是我更加无所适从了，我不会啊。

"对不起，老师，我不会！"我局促地站起来说道。

话刚出口，教室里的同学大笑起来。

可恶……不就是不会做题吗，有什么好笑的？你们还不会飞呢！幼稚的人类！

我下意识地看向了圣永司，只见他的嘴角勾起一个好看的弧度，眼睛也不自觉地眨了一下。不知道是不是错觉，我好像感受到了满满的恶意。

浑蛋！圣永司，这又是你的阴谋吧！扰乱我的思绪，阻止我学习人类知识……

"好吧，红竺同学，一定要认真听课啊！下课之后到我的办公室来，现在先坐下吧。圣永司同学，你来解一下这道题。"

还好莫莉老师很亲切，居然没罚我站到走廊上，而是让我下课后去她那里检讨。

如果所有的人类都和她一样友善大方就好了！

下课后，我跟着莫莉老师到了办公室。

对于上课开小差的事情，我觉得愧疚极了。

莫莉老师在我来莲华学院后，一直都很照顾我，还会用课余时间帮我补课，可是我这样对莫莉老师……

"莫莉老师，对不起，我没有认真听课，让您失望了。"我低下头诚恳地道歉。

承认错误才是好学生，我是好学生，绝对不能让莫莉老师为难。

"呵呵，红竺，你先帮我挪一下这边的茶几，它挡着我的书柜了。"

"哦！"

08 第八章 传家之宝震国龙！

莫莉老师开口了，我怎么能不答应呢？而且只是一个石头茶几，小意思！

当我轻轻松松单手拎起茶几，转过身问她放哪里的时候，莫莉老师却用十分奇怪的眼神看着我。

"老师，怎么了？我脸上有东西吗？"

难道是中午吃的蟹肉饭粘在脸上了，那真是太丢人了。

"红竺，我这可是纯大理石的茶几，有200斤呢，你一只手能拿得起来？"莫莉老师疑惑地看着我。

"啊？"我后知后觉地低下头，看了看被自己拎在半空中的大理石茶几，心里咯噔一下。

完了！暴露了！

怎么办？

妈妈交代过绝对不可以在人类面前暴露身份的，我现在该怎么办？莫莉老师会举报我吗？

"果然是龙族最优秀的精英呢，红竺！龙族的第233代传人，我以前就听过你的事迹，现在看来你还真是很强大呢，让人刮目相看。"

让我震惊的是，莫莉老师没有任何过激的反应，清秀的脸上挂着赞叹的微笑。

咦？为什么老师会知道我的身份？

我张大嘴巴，一直举着的茶几"砰"的一声落下，把地板砸了一个洞。

巨大的声响让我回过神来。

不行，要掩饰……刚刚一定是个巧合，老师只是在开玩笑。

可是哪有那么巧啊，连我是第233代传人都知道！

"老……老师……"我结结巴巴地说道，想着说点儿什么糊弄过去。

不如用茶几把老师砸晕，就当今天什么都没发生过？

"呵呵，红竺，你不用太紧张。因为我就是你们龙族在人类世界的联系人啊，你的入校手续就是我办理的，还有你坐在圣永司的旁边也是我安排的。"莫莉老师整理了一下她银灰色的卷发，然后用褐色的眼眸看着我，十分温柔地说道，"当然，我也是你这次任务的监督人，你看，这是长老给我的信，上面的印戳你应该认识吧？"

莫莉老师从一个包里拿出了带着龙族印戳的信。

我接过信，仔细观察着。

这个颜色，还有这种只有龙之谷才有的植物的味道……

"莫莉老师，呜呜呜，我终于找到亲人了。"我放下信，一下子扑入莫莉老师的怀里。

实在是太激动了，来人类世界这么长时间了，还是第一次见到和龙族有关的人，莫莉老师，您知不知道我有多辛苦？

"本来我会等到你的任务完成再曝光身份跟你联络的，但你的进度实在是太慢了。红竺，你是龙族的骄傲，我本来以为你会马上完成任务的，可是为什么到现在还没有完成呢？"莫莉老师摸着我的头发，语气柔和地问道。

这个……

我的身体忍不住僵硬了。

过了好半天，我抬起头，吞吞吐吐地说道："其实……是有原因的啦……勇士不是我们龙族的死敌吗？不是应该见面就拼个你死我活吗？而且，祖先留下的日记上说，勇士是世界上最阴险、最自私的家伙，但我觉得圣永司好像不是这样……他对我很好……"

我又不是傻瓜，圣永司这样对我，我还是分得清好坏的。可就是因为这样，我才不知道该怎么做，只能一味地给自己心理暗示，说他对自己好是有阴谋的。

龙族是恩怨分明的，圣永司这样对我，我还真的不知道该怎么做。

"唉，那事情还真是不好办了。"

莫莉老师神色凝重，好像发生了十分严重的事情，让我也跟着紧张起来。

"老师，我做错了什么，您能告诉我吗？我很想找到龙鳞，而且我也想回家了。"

第八章

在这边要当圣永司和公主殿下的挡箭牌，我的心里非常不舒服，我更想早点儿完成任务离圣永司远远的。

"红竺，你感觉到圣永司对你好，那其实是你的错觉。"莫莉老师直勾勾地看着我，让我无所适从。

"错觉？难道圣永司对我好，是因为有阴谋？"

我觉得很难受，这样的感觉让我很不爽。

"红竺，你很优秀，但毕竟一直都生活在龙之谷，人类的世界不是你想象的那么简单。就比如说，从前，勇士根本不是靠实力打败恶龙一族的祖先的。"莫莉老师拉着我的手，让我坐在沙发上。

"那是为什么呢？"

我们龙族可是有很强大的能力，勇士不是用自己的能力，那是用什么呢？

柔软的沙发让我的心情放松了一些，我抬起头看着莫莉老师，希望给我做一个详细的说明。

"阴谋！人类是很聪明、很残忍的，一开始对你十分好，让你放松警惕，然后在你不留神的时候就开始对你进攻。恶龙一族的祖先当初就是这样才被打败的，所以，现在圣永司对你这么好，实在不是一件好事。你可一定要让自己的脑袋时刻保持清醒，千万不要被圣永司的一点儿小恩小惠蛊惑了！"

莫莉老师的眼中满是凝重之色，语气里带着浓浓的担忧。

"红竺啊，你千万不要被人类蛊惑了，要以你的祖先的故事为鉴！龙就是因为太单纯善良，才会在人类手里吃亏，你不能那么容易就相信人！"莫莉老师拍了拍我的手，语重心长地说道。

"老师，谢谢您，我知道该怎么做了。"

是的，我已经知道该怎么做了。

经过莫莉老师的提点，我感觉自己宛如被迷雾包围的大脑终于拨开乌云见太阳了。

莫莉老师的到来对我来说简直就是指引方向的太阳！

为什么任务迟迟进展不下去，就是被勇士那些小小的示好迷惑了。他害我迷失了前进的方向，让我每天烦恼这烦恼那的，忘记了来人类世界的根本目的。

不行，我不能这样下去！

就算是迷惑，也是我迷惑他，他是勇士的后代，那龙鳞一定在他们家，我要先下手，让他乖乖地交出龙鳞！

我重重地点了点头，告诉莫莉老师自己知道了，本来我是想开口说的，但是喉咙像是堵着什么，十分难受。

"这样才对，你要时刻记着，你是恶龙一族的骄傲，龙之谷所有的希望都在你的身上。你一定要打起精神，绝对不能被勇士和公主的后代欺骗了。"莫莉老师的脸上露出了放心的微笑，她温柔地摸着我的头，鼓励我，"红竺，我能帮你的其实很少，所以一切还要靠你自己。你一定要记着，保持清醒的头脑，不要相信勇士和公主，这样才能拿回龙鳞！"

"老师，我知道了。"

我再次点头，让莫莉老师放心。

我是真的都知道了，我不会再上圣永司的当，绝对不会了。

可是为什么我的心里还是觉得难受？好像比刚才还要难受，难道是中午的蟹肉饭有问题？应该不会吧，蟹肉饭很好吃啊。

不行不行，不能再想蟹肉饭了。

我是龙之谷的骄傲，我是恶龙一族的后代，所以绝对不能忘记恶龙祖先用血换来的教训！

人类会蛊惑人，我红竺也会这一招，我要让圣永司沉溺在我的温柔中，这样他就会带着我去找龙鳞了！

对，就这样做！

圣永司，你就等着接招吧。

我要集中精力，强化自己的意志力，这样才能完成恶龙一族的任务！

第八章

3.

从莫莉老师的办公室出来之后,我不知道具体该怎么做。

虽然心里想得很好,但是圣永司很聪明,一直以来都是他嘲笑我,我可是一点儿都没有占过他的便宜呢。

"看来还是要从头详细计划一下啊。"我叹了一口气。

原来想着容易,但是做起来还真的很难啊。

对了,我记起了电视剧里的一个情节,好像是说女主角为了讨男主角欢心,就给男主角做东西吃,还送男主角礼物。

记得当时男主角十分感激,还对女主角说谢谢。如果明天我给圣永司带来我亲自做的饭,然后再送他一样我最喜欢的东西,这样他是不是就会很感激我呢?然后带我去他们家?

对,就这样做,我这么聪明,怎么会被这小小的问题难住呢?

下午的时间总是过得很快,几节课过去就放学了,值日生还要打扫卫生,不过还好,今天我不用打扫,当然圣永司也不用打扫,因为我们两个是在一天值日的。

"红竺,回家了。"圣永司的声音在我的耳边响起,我抬起头,发现他早就整理好我们的课桌,正等着我回家。

"你要时刻记着,你是恶龙一族的骄傲,龙之谷所有的希望都在你的身上。你一定要打起精神,绝对不能被勇士和公主的后代欺骗了。"

莫莉老师的话又在我的耳边响起。

果然,圣永司又在使用阴谋诡计,不过我怎么会被他蛊惑呢?

就算是蛊惑,也该是我蛊惑他!

"好的,我已经收拾好了,咱们走吧。"

我刻意避开那些花痴粉能杀人的目光，拉着圣永司的手，影后模式全开。

这样应该会让圣永司觉得我也是一个十分温柔的女生吧。

"今天怎么这么乖？"

圣永司的话让我觉得有些不服气，难道我平时不乖吗？

"你不喜欢这样吗？"我尽量用十分温柔的声音和圣永司说话，这样可以让我看起来像个正常的女生。

"喜欢，要是你一直都这样就好了。"

不知道为什么，我总是觉得圣永司的话里好像有些悲伤，难道真的是我平时做得不好吗？这可不是我的风格啊，圣永司，你现在又想要阴谋打乱我红竺大人的计划吗？

"我不是一直都这样吗？不就是爱吃一些，脾气暴躁一些吗？以后我会尽量乖乖的。"我红竺大人怎么会有缺点呢，我就是爱吃一些，比同龄的龙要能吃一些而已，但是我会的也多啊，如果我不是龙之谷的骄傲，这样的重任怎么会让我来完成呢？

"没事了，你只要保持本心就好！就算是爱吃，就算是脾气暴躁也没有什么的，因为你很善良啊！"圣永司的话从我身后传来，我迟疑了一下。

"圣永司。"我想了想，然后抬头看着圣永司说道。

"怎么了？是不是肚子饿了？要不要先买些东西吃？"圣永司看着我，眼中有些担忧，只是为什么他的问候那么不华丽，难道我在他心中就是个吃货吗？

"不是啦！"我大力地摇头，我才不是爱吃的蠢龙！

为什么在圣永司的心中我就是个爱吃的女孩子啊，电视剧里面的那些女孩子一年吃的东西也没有我一天吃的东西多，虽然我的确是很饿，可我也不想被人认为是个吃货啊。

"那你是怎么了？"

圣永司疑惑的声音再次响起，为什么每次和我说话的时候他的声音中总是有一种妈妈那样的担忧呢，而这种担忧莫莉老师的脸上却没有。

08 第八章

"这段时间一直都是你照顾我，给我带饭，还送我回家，我觉得应该为你做些什么的。"我停下了脚步，然后认真地看着他。

"那又怎么样？"夕阳给圣永司的身体镀上了一层金红色，深邃的眼眸中，好像有一簇火焰。

"明天……明天的午饭，我来带吧！"

不知道为什么，说这话的时候我的心跳特别快，我是真的想做的，而且我已经用一下午的时间想好做什么了。

"好啊。"圣永司笑眯了眼。

这一刻我忍不住看呆了。

圣永司那张从来都让人觉得讨厌的脸，不知不觉变成了一种吸引力，就算每天都冷着一张脸，让人不敢靠近，但还是让人无限向往。

刚刚就在他说完"好啊"两个字的时候，都让我有种世界都美好了的感觉。

迷迷糊糊地被圣永司送回了家里，我才清醒过来，自己居然又中招了！

果然，莫莉老师说得没错，跟勇士交手，一刻都不能掉以轻心，不然就会被蛊惑。

我努力坚定自己的目标，下定决心，为明天的计划做准备了！

宇宙无敌的红竺，使用你的力量，将敌人打出宇宙之外吧！

4.

我站在简陋的料理台前，深呼吸，给自己打着气。

先蒸米饭，然后把菜洗干净，米饭温热就好，翠绿的黄瓜，喷香的芝麻，还有新鲜的胡萝卜，多么有营养啊，对了，还要加上芥末，还有芝士。

能吃到我亲手做的料理，圣永司一定会十分感动，他一感动就会答应我的各种要求，那我就可以趁机说去他家玩，然后再找机会寻找龙鳞啦！

因为成功完成了一道料理，所以晚上我睡得十分香甜，到第二天也觉得神清气爽，早餐的肉包子也觉得香甜了许多。

其实我真的很想把送给圣永司的那份料理吃掉，因为那是我特意做的爱心料理，分量超级足，我在饭团里面放了一整只鸡腿，还有我特意加的红烧肉，天知道我把一整锅红烧肉都放到里面了啊。

来到教室的时候，我发现圣永司早就坐在座位上了，我欢乐地冲过去想跟他打招呼，却看到了两个意料之外的人。

"早上好啊，金闪闪还有绫小路……大家都在啊。"我一只手拿着巨大的便当盒，心情愉悦地跟大家打着招呼。

没错，一想到离任务目标那么近，我简直开心得不得了。

"红竺，这是你做的便当？我们可以一起吃吗？"绫小路拉着我的手，清澈的眼睛看着我，虽然是个疑问句，但是一脸"你不给我吃我也会跟过来"的架势。

咦……不是很想呢……我还有任务没完成呢……

我偷偷看了圣永司一眼，圣永司在听见绫小路的话的一瞬间，背部都挺直了。

他一定很在意跟绫小路在一起的时间吧……也对，自从宣布跟我交往以后，他的午休还有放学时间都被我占据了……

原本离任务目标近的好心情似乎也消失了。

"好啊。"我听见了自己的声音。

"红竺，我今天也给你做了吃的啊，你可一定要吃光光啊，就这么说定了！"绫小路开心地握住我的手晃了晃，然后蹦蹦跳跳地走了。

难道这是勇士和公主联手了吗？

为什么我的心情那么差？

"今天我们家司机会送黄金蛋包饭过来，红竺，我也给你做了一份，为了谢谢你上次帮我赢得了大胃王比赛。"金闪闪也走过来拍了拍我的肩膀，笑着说

08 第八章

道。

"金闪闪，我不是在做梦吧，你给我做了吃的？"我走到金闪闪面前，金闪闪一直都是这么讨人喜欢呢。

我一边和金闪闪说话一边看着圣永司，圣永司的脸色有些难看，一看到这个，我心里舒服多了。

不过话说回来，我真的可以这么幸福吗？金闪闪竟然也给我带了午餐。

"当然不是我做的，是我家厨娘做的，我家厨娘最擅长的就是黄金蛋包饭了。我准备了很大的一份，你可一定要吃光啊。"

"我一定会的！"我重重地点头说道，虽然不是金闪闪亲自做的，但是他能想到我，我就已经很感动了。

这可是金闪闪第一次送我吃的呢，我的初恋啊，还是很有希望的。

目送金闪闪离开，我一边哼着歌，一边把上课需要的东西拿了出来。

"这么开心？"圣永司轻声问道。

声音还是像以前一样平淡无波，但是不知道为什么，我明显听出了他的不开心。

为什么？我不是已经答应了绫小路中午一起吃饭吗？

哦……是不是因为我又答应了金闪闪呢？

真小气，我一个人也是电灯泡啊，再多一个有什么差别啦，还不如给我制造一个跟金闪闪近距离接触的机会。

我冲着圣永司的侧脸做了个鬼脸。

中午很快就到了，我拿出自己准备好的紫菜包饭，圣永司给我带的是鸡腿饭，金闪闪给我的是黄金蛋包饭，绫小路给我做的是热狗，都是好大的一份。

呜呜呜，好幸福，要是每天都能被这些食物包围就好了。

"我也要尝尝红竺的厨艺。"

绫小路一边说着，从半空中截下了我特意挑给圣永司的、做得最好最大的饭团。

啊——

我有些惋惜地看了一眼圣永司。

那个饭团里面可是包着我一直都想吃，但是很贵买不起的旗鱼肉松呢……

"噗——红竺，你在紫菜包饭里面放了什么啊，怎么这么甜？"金闪闪痛苦地吐出吃了一半的饭团，皱着眉头问我。

"啊？我什么都没有放啊，只是一些很简单的蔬菜啊，还有芥末，还有盐、芝士，怎么会甜呢？哪有甜的紫菜包饭啊。"我眨了眨眼睛。

金闪闪的舌头是不是坏掉了？

"红竺，真的是甜的，而且特别甜。"绫小路也举手插话。

看着绫小路小心翼翼的样子，我想起来了，我家厨房的盐罐子和糖罐子是一样的，难道是弄混了？

啊啊啊——又失败了吗？

早知道应该亲口尝一下的……

靠着这样难吃的料理，还想贿赂圣永司，这简直是不可能的事情吧……

我又把事情搞砸了……

我低下头，想把那一盘饭团撤掉。

是啊，吃习惯了自家顶级厨师做的菜，再看看我这些简陋的玩意儿，也是吃不下的吧……

"没关系，当甜品吃还是很好的。"

圣永司先我一步，把装有饭团的餐盒拿到了他那边，然后不紧不慢地捏起一小块，悠悠地塞进自己的口中。

我张大嘴巴看着他。

绫小路和金闪闪，也不知道什么时候凑了过来，一脸崇拜地看着他。

圣永司斯文地咀嚼着，就像是在品尝最美味的食物，但是我从金闪闪和绫小路刚刚的表现来看，就知道自己做得多难吃。

"只要是你做的，我就喜欢吃，谢谢了。"我看着圣永司将饭团咽下，然后

08 第八章

清了清嗓子说道。

可你的表情分明就是觉得不好吃。

看到他努力吃掉我做的饭团的样子，我觉得十分难受。

我不明白，为什么圣永司要为我善后，不，应该说，为什么圣永司总是对我那么好，我红竺还是分得清楚，到底什么是善意什么是恶意。虽然圣永司总是会嘲笑我，还会让我做不喜欢做的事情，但他的本心还是好的。

可我是恶龙，圣永司是勇士……

我和他是命运的宿敌……

"我不舒服，出去一下。饭给你吃！"我把鸡腿饭放到了圣永司的手中，然后拿着还没吃完的热狗跑了出去。

莫莉老师不是说我是龙之谷的骄傲吗？

为什么我总是犯这种低级错误？刚刚到人类世界的时候是这样，一直都是这样，难道我真的是龙族的骄傲吗？

我蹲在角落，第一次审视自己。

也许，我并不是龙族期待的那个人呢？

"你会不会好奇我跟金闪闪为什么会今天过来跟你们一起吃饭呢？"绫小路的声音悠悠地从我身后传来，"是昨天永司打电话跟我说，你今天会带你亲手做的便当过来，我听得出来，他是很高兴的，只是，他不知道你这样做是为了什么……"

"因为想讨好他啊，我很想去他们家，但他总是推脱。"

我真的很郁闷，他竟然把这件事情告诉绫小路。哼，圣永司，别以为我不知道你在想什么，还不是想看我出丑！

"也对啊，要不我来帮你吧，其实你不用做饭，也不用送东西的，你想啊，永司什么都有，你要去他们家，其实他也希望你去他们家的，你只要直接说出来就好了！"

"那多不好意思。"我挠挠头，回过头看着绫小路。

"有什么不好意思的，我来帮你吧。"

"小路，你为什么要对我这么好啊？"你和圣永司才是青梅竹马啊，对我这么好，我真的吃不消。

"因为你是好人，因为我喜欢你啊。"

绫小路笑眯眯地望着我，说出了让我感到温暖的话。

啊，真是的……

为什么偏偏她是公主呢……

不然，我就会拥有真正的好朋友了！

我把热狗吃完，然后将手洗干净，所有的垃圾都扔到垃圾箱里面，转身回到了绫小路他们身边。

不知道绫小路到底说了什么，但是我刚刚坐好，圣永司就把鸡腿饭放到了我的面前，然后对我说："这周日去我们家吧。"

什么？还是绫小路的话有分量啊，我竟然就这样成功了。

"真的？"

"我当然不会骗你，而且我也想带你去见我的父母。周日你在家里等着，我去接你。"

"好的好的！"真的能去圣永司家了，实在是让我不敢相信啊。

好棒！目标达成！

虽然不是用的预定的方法，但是好歹成功了，我在心中给自己小小地赞了一下。

5.

周日很快就到了，是个十分好的天气。我穿上自己最喜欢的衣服，然后梳了

08 第八章

一个让我显得特别乖巧的发型，在家里等着圣永司来接我。

正想着，圣永司已经进来了，只是不知道为什么，我感觉圣永司十分紧张。

"你这是……"圣永司皱着眉头看着我。

"礼物哦！"我一边说着，一边用力拖着比我还高的巨大袋子，"快点儿来帮忙啦！"

电视上说，如果第一次去人家拜访，不买东西是十分失礼的，我昨天特地跑了很多地方才找到的，就是贵了一些，花了我五个金币呢。呜呜呜，现在想想都觉得心疼。

这可是我精心准备的，在龙之谷我只送给过我的妈妈啊，妈妈当时夸我懂事呢。

圣永司在听到"礼物"两个字以后，脸色微微变了一下。

"其实……不用的……因为是我主动邀请你的……"圣永司一边说着，一边接过那一袋子东西，顺手塞到了我家门后。

咦？原来人类世界还有这种习俗吗？

想到被换走的金币，我的心都要滴血了。

一路迷茫地到了圣永司家，他们家真的好大啊。

光大门就比莲华学院的大门要大两倍，车子开进了大门里面，两边是红色和白色相间的玫瑰花，真的是太漂亮了。

"怎么了？"

"你们家真的好漂亮啊。不过咱们两个就这样坐在车上是不是很不礼貌啊？"进大门不是应该下车吗？

"我们家很大的，如果咱们两个人下来走，估计要走很久，放心吧，我每天回家都是这样的。"圣永司对我说道。

"为什么你看起来这么不自在呢，你是回家啊，为什么我都没有紧张，你反而紧张了？"

还真的是奇怪呢，圣永司，难道这不是你们家吗，还是说你很害怕自己的父母？

"我没有紧张，是你自己太紧张才对。"

"好好好，我紧张，我十分紧张。你也知道我很爱闯祸的，所以一定要紧紧地拉着我的手。"

我说着便拉住了圣永司的手，却感觉他整个人都僵住了。

呃，怎么回事？圣永司又不是没拉过我的手，我主动一点儿，他就一副僵硬木头状？

车子很快就开到了大门口，我看到了一个十分帅气的叔叔和一个十分漂亮的阿姨，他们面带微笑，看上去十分和善。

"这是我的父母。爸妈，这是红竺。"

"经常听小司提起你，真漂亮。"

说话的是那个十分好看的阿姨，她穿着一条漂亮的长裙，白皙的脖子上戴着一串珍珠项链，乌黑的头发盘在脑后，用一支金色的发簪别住，显得整个人高贵大方。

另外一个穿着一身褐色西装的帅气叔叔就是圣永司的爸爸，别说，圣永司和他的爸爸长得真像呢。

"伯父伯母好，这是送给二位的礼物，希望你们喜欢。"我将巨大的袋子拖到圣永司父母的面前，然后用尽吃奶的力气交到了帅气叔叔的手中，他们一家人都很热情呢。

"爸爸，我来拿着吧，这个很重的。"

我看着圣永司飞快地拿过袋子。

"红竺，你的礼物还真是'贵重'呢！"圣永司僵着一张脸看着我。

"是啊，是项链呢，我妈妈就有一条一样的，伯母戴着一定好看。"我想着眼前美丽的阿姨戴着我送的用恐龙头骨化石做成的项链，心中十分自豪。

"哎呀，那我要看看……"圣永司的妈妈很热情地打开他拿着的袋子，只打开了一个小角，她立刻脸色苍白地盖上。

08 第八章

"呵呵，来就来吧，还送什么礼物！红竺，你也太客气了！别在门口站着了，快进来吧。"圣永司的妈妈笑着说道，不过不知道为什么，我觉得她笑得有些尴尬。

圣永司的家真的很大，这根本不是电视上的别墅，简直就是皇宫啊，不愧是勇士的后代，真是太有钱了。

不过，这些都是建立在我恶龙一族祖先的牺牲上。

"我还以为，我那儿子除了小路再也不会带别的女孩子来了，昨天他还十分慎重地和我们说这件事，要我们别太严肃。"

"妈——"

圣永司的表情像是尴尬，又像是有话要说又说不出口的无奈。

"好好好，妈妈不说了，你们两个人去玩吧！妈妈和爸爸去准备大餐来好好招待你的小女朋友！"

"呵呵，儿子长大了，知道带女朋友回家了……"圣永司的爸爸也一副笑呵呵的样子。

我看着圣永司的父母，又看了看圣永司，心里涌出一种很温馨的感觉，就好像回到了龙之谷的家，跟自己的爸爸妈妈待在一起一样。

呃，不行，红竺，你怎么又被这些小恩小惠迷惑了？

莫莉老师不是提醒过你要警惕吗？

不要忘记你千方百计来圣永司家的目的！

我的脑海里闪过莫莉老师郑重的提醒，脑子清醒过来，微笑着跟圣永司的父母告别后，我转过头望着脸上浮出了淡淡红晕的圣永司，说道："难得来你家一趟，你要让我见识一下你们家的传家宝哦！我听小路说你们家有一件超级了不起的传家宝……"

对，就是这样！

红竺，不要忘记你来人类世界的最终目的——

接近勇士，夺回祖先的龙鳞，为龙族雪耻！

"那你跟我来书房吧！"

圣永司点点头，这一次，他总算没有把那个"嫁给他才能看传家宝"的理由拿出来说了。

圣永司家的书房也很大，整整一面墙都是书。

他带我进去，让我坐在单人沙发上等着，他去拿他家珍贵的传家宝给我看。

我满怀期待地看着他的背影，心情有点儿激动，但是也有种说不出来的纠结。

这是为什么呢？

我离目标就差一步了，只要我蛊惑勇士，让他亲手把他的传家之宝交到我的手里，那么我就可以带着它离开人类世界，回到龙之谷，享受整个龙族的热烈欢迎了！

为什么我会觉得有点儿心虚，有点儿愧疚，还有点儿难过呢？

红竺，你是怎么了？

"哗啦啦——"

东西移动的声音拉回了我飘远的思绪，我抬起头，就看到圣永司似乎移动了书架上的一个淡青色的细颈花瓶。靠窗的一个书架陡然朝墙壁里面缓缓旋转进去，露出只容一人出入的缝隙。

圣永司回头示意我等他一会儿，就进入了那个密室。

果然，勇士会把珍贵的东西藏在这么隐蔽的密室里。

还好我之前没有轻举妄动，不然打草惊蛇，他们把宝贝藏到更隐秘的地方就糟糕了。

我的目光牢牢地锁定那个缝隙，克制住想跟着进去的冲动。

不行，要忍耐，红竺，你现在是在勇士的大本营呢，谁知道里面会不会有恐怖的克制龙的机关。

不要冲动，等圣永司把宝贝拿出来再动手，打倒圣永司……

呃，抢到了宝贝还需要打倒圣永司吗？

08 第八章 传家之宝震惊龙！

万一把他打成重伤怎么办？这样不好……

一想到这个可能，我的心就仿佛被灼烧了一样痛起来。我只好拼命分散自己的注意力，将视线从密道口移开，打量其他书架上的书，努力去想自己完成任务后，回到龙之谷受到的欢迎和夸奖……

"红竺，你看，这就是我们家的传家宝哦！"

一个修长的身影不知何时走到了我的面前，我抬起头，就看到圣永司已经站在了我的面前。他微微俯下身，将手里的盒子递到了我的面前。

啊，我刚刚发了多久呆？圣永司这么快就拿着他家的传家宝出来了……

啊，也就是说，我能亲眼看到我们恶龙一族祖先的鳞片了吗？

我开心地低下头，目光移到圣永司手里的盒子上，但是——

"圣永司，这就是你们的传家之宝？你没骗我吗？"我气愤地站起来，指着盒子里那本暗淡得没有一点儿光泽、好像经历了几千年历史的书籍模样的东西，提高音量问道。

圣永司皱起眉头，十分认真地看着我，平静地说道："当然！这就是我们家传承到现在的宝物，是我们的祖先留下的日记……"

圣永司认真的表情让我收敛了怒气，对啊，他不是那种爱说谎的人，又不知道我不怀好意，所以没必要骗我。

"为什么会把日记当传家宝啊……"

勇士居然落魄到连个像样的宝贝都拿不出手，只能拿灰扑扑的日记出来吗？

"这可不是普通的日记哦！红竺，你不是很喜欢关于龙的故事吗？这本日记里记述的就是我们的祖先和巨龙的故事，和现在流传的勇士与龙的故事是完全不同的版本……"

圣永司的嘴角微微勾起，然后拿起那本书，摊开递给了我。

居然是圣永司家的祖先，也就是传说中的那位勇士留下来的日记。那么，那里面记载的龙，不正是我们的祖先吗？

我下意识地接过那本厚重的书，目光落在了因为时间的变迁而有了腐朽痕迹的羊皮纸上……

我，圣力山大，第一次出门历险，认识了一个好朋友杰伦特。他生性豪爽大方，有着健壮的体魄和英俊的面容，还有着宛如巨龙一般的力气。当然，后来我知道，我的这位朋友其实是一条巨龙，他跟我一样，也是刚刚离开家族，来人类世界历险。

一次森林探险中，我们遇到了强大的魔物，我不小心受伤，让杰伦特先走。但是杰伦特不愿意抛下我这个刚认识的朋友，他不惜暴露自己的身份，化身为巨龙，消灭了魔物。

虽然知道杰伦特是龙族，但是我知道他的品行天真纯善，虽然有时候行事粗鲁冲动，但是不怀恶意。所以，我并没有因为他非人类的身份疏远他，而是决定跟他继续做朋友。

有一个龙朋友其实也很头疼，因为他食量太大，每次都会把我的那一份食物抢光。这个杰伦特……哼，还好他知道去抓鱼或者捕猎来给我补偿。认识他之后，我感觉自己瘦了好多。交一个龙朋友，对于那些想减肥的淑女来说应该是最快捷的办法吧。

杰伦特的梦想是赚很多金币回家，而我的梦想是成为王国第一的勇士，最好还能娶个美丽的姑娘。结果杰伦特说要把他的一个妹妹，一位体重12吨的龙女士介绍给我，我婉拒了他的好意，因为我觉得自己应该养不起那位体重12吨的龙女士……

极地沼泽一行，我们遇到了有史以来最强大的敌人——邪恶女巫。她看穿了杰伦特的身份，希望取得他的心脏和巨龙之血作为实力进阶的材料。我和杰伦特不小心中了她的计，狼狈逃走。

从那天开始，杰伦特性格大变，他行事变得邪恶残忍，甚至还绑架了公主，威胁国王，要整个国家最珍贵的宝藏来交换。

杰伦特被国王通缉，而我为了挽救昔日的好友，带上家族最强大的宝剑，前

第八章

去寻找。

勇士祖先留下的这本日记里，那个叫杰伦特的巨龙，就是我恶龙一族的祖先——那条因为被勇士的阴谋打败，失去引以为傲的龙鳞，最后郁郁而终的巨龙。

而勇士居然说他跟龙是朋友……

哈哈，简直太可笑了！

我再也看不下去，"啪"地一下合上了书。

"怎么了？红竺，是不是觉得这本书很有意思，跟市面上《龙与勇士》的故事完全不一样？我们的祖先和巨龙曾经是朋友呢……"

圣永司的声音传来，让我心底的怒火一下子冲到了头顶。如果我是火属性的龙，我呼出来的气息都会把圣永司家的书房烧个精光。

"我才不相信呢！勇士和龙怎么可能是好朋友！明明是勇士打败了龙，还卑鄙地抢走了……"因为那本勇士日记带给我的冲击，我差点儿不管不顾地把心里的不满说出口，但是看到圣永司疑惑的样子，我生生地将冲到嘴边的话吞下去了。

"抢走了什么？"

圣永司疑惑地继续追问。

"公主……那个，我是从小听龙与勇士的故事听多了，所以反应过度。你……你别在意……"为了证明自己的话，我还努力露出轻松的笑容，冲着圣永司摆摆手。

"是这样啊……那我就放心了。红竺，你现在应该肚子饿了吧？你等我把这本日记放回去，我们就下去吃饭。"

圣永司没有多想就相信了我的解释，他把那本日记收好，重新放回了盒子里，然后打开密道，进入了那个隐蔽的密室。

在他转过身的瞬间，我立刻把他的动作和那个机关花瓶的位置牢牢记下来……

虽然他拿出来的传家宝不是龙鳞，但我现在已经知道了他们家密室的进入方法。

龙鳞百分之九十就藏在里面。

等我找机会进入密室，拿到龙鳞，那么就可以离开人类世界，回到龙之谷了。

至于圣永司拿出来的那本什么祖先日记上说的勇士和龙是朋友的事情，我是绝对不会相信的。

那肯定是勇士的祖先编造的谎言……

只是，编造这种勇士和龙是朋友的谎言，又会是什么原因呢？

我仿佛陷入了迷雾中。

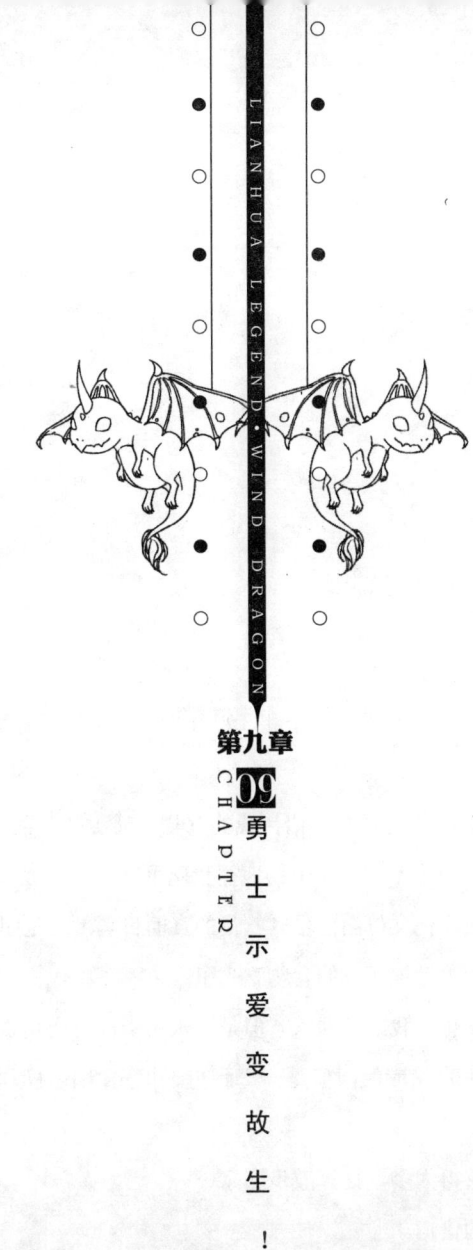

第九章
09
CHAPTER
勇士示爱变故生!

1.

一天的时间很快过去了。

除了没看到龙鳞，反而知道了一个和我以往知道的事情相违背的"谎话"，其他方面还是很不错的。

圣永司的父母都非常热情好客，招待我的食物丰盛美味，而圣永司也非常照顾我，吃饭的时候生怕我吃不饱，一个劲地往我碗里夹菜。

哼，他是故意让我在他父母面前暴露吃货的真面目吧，真是阴险啊！

不过，我还是笑哈哈地把所有的食物吃光了。

告别了圣永司的父母，我准备回家，但是圣永司坚持要送我。

我本来可以顺水推舟答应的，但是一想到勇士祖先留下的那本满是谎话的日记，就很不开心地拒绝了。

"不要你送！我吃得太多，打算散步回家……"

我找了一个完美的借口。

"那正好，我也吃太多，从你家到我家两个来回的距离，差不多够我消化了！"圣永司一句话就堵住了我的拒绝，然后不容置疑地拉着我的手出了门。

也许是夜风太冷，圣永司的手太温暖吧，明明还有些生气的我，没有挣脱开他的手，任他牵着。

我偷偷地看了看身旁的圣永司，还是那样完美的侧脸，碎发散在额前，一双明亮的眸子目不斜视地看着前方，嘴角微微上扬，像是有十分开心的事情，头与颈扬起一个美丽的弧度。

第九章

这个家伙长得还真是帅气迷人啊……

可为什么他会是那个卑鄙、爱撒谎、和我们龙族祖先有仇的勇士后人啊？

如果他不是勇士的后人，我觉得我可以抛弃对金闪闪的喜爱，转而喜欢上他呢！

呃……红竺，你居然产生了这么无耻可怕的念头！

你想当龙族的叛徒吗？

脑海里的理智小人立刻蹦出来指着我大骂。

"你再出神就撞到路灯上了。"

"啊？"

我大吃一惊，然后猛地停住脚步。人类世界的路灯杆就和纸扎的一样脆弱，被我的脑袋一撞，肯定会歪的。我可千万不能惹祸，不然会被罚钱的。

我吓得闭上眼睛，祈祷自己不撞到路灯。

"走路不看路，你怎么这么迷糊？"我听到圣永司叹气的声音，缓缓睁开眼睛。

这是怎么回事？等我反应过来的时候，已经到了圣永司的怀中，我的头正好靠在他胸口的位置，正好听到了他强有力且有些快的心跳声。

怦怦，怦怦……

他的心跳好快……

扑通，扑通……

还有一个心跳声坚强有力，声音巨大……

啊，难不成是我的？

两个人的心跳声仿佛在相互呼应一样，一下一下跳得越来越快。

我感觉圣永司的体温似乎在上升，一抬头，还能瞥见他脸上的红晕。

哎呀，这是怎么了？

好奇怪啊！

为了摆脱这种奇怪的情绪，我立刻别扭地挣脱开他的怀抱，然后一把推开他。看到他被我大力一推，跟跄着后退了几步，我才气恼地说道："你干吗？我告诉你，连路灯都经不起我一撞，你以为你的胸膛是铁打的吗？"

哼，还好我最后收住了力道，不然圣永司的肋骨都会裂掉。

"总比走路不看路，一定要朝着路灯撞的某人强！红竺，你难道以为你的头是铁打的？本来就笨，撞到路灯会变得更笨。"

圣永司站在路灯下，双手抱胸，目光牢牢地锁定我。

我的头比铁还硬呢，无知的勇士！

我想吼回去，但是怕暴露身份，只能作罢，气呼呼地瞪着他。

勇士可恶，勇士的后辈居然也这么可恶！真是气死我了！

"嫌我笨还送我回家……你可以不送，我自己回去！"

我立刻飞去你家密室把龙鳞偷到手，离你远远的……

浑蛋！

我气冲冲地绕过圣永司就要往前走，结果被他一把抓住。

"我可是你的男朋友啊！红竺，你住在那么混乱、那么危险的地方，我怎么可能放心让你一个人回家？"圣永司紧紧地拉着我的手，似乎害怕我跑掉似的。我还没有回过神，又被圣永司拉到了怀中。

我双手抵在圣永司的胸前，圣永司搂着我的腰，我抬头，正好对上他琥珀色的眼眸，眼里盛满无奈和担心。

"什么……什么男朋友啊！圣永司，别忘了我和你只是假装交往！你不是因为担心绫小路受伤才让我当挡箭牌的吗？既然这样，你干吗担心我啊？就算是假装，你也不用对我这么好，你不用这么关心我，因为我的身手很好，而且我的力气很大，所有的坏人一起上也抓不到我。绑匪也不会绑架我，因为我会吃穷他们，所以你根本不用为我担心……"

我抬起头看着圣永司的眼睛，嘴里不停地说着，心里却十分不好受。

我最讨厌圣永司这样了！

明明我只是他利用曾经的承诺找来的炮灰，但偏偏总是表现出一副关心我的

09 第九章

样子。哼，跟那个爱说谎话的勇士祖先一样！

勇士家族没一个好人！

夜色越来越深，昏黄的灯光将我们两人的影子拉得很长，一高一低，两个依偎的影子，却有着两颗不曾依偎在一起的心。

因为圣永司喜欢的是绫小路，因为圣永司是龙族宿敌——勇士的后人。

所以，我不会喜欢他，不会因为他而伤心、退缩，我才不会……

呃，为什么我觉得自己的眼睛好酸好涨，鼻子也有点儿堵呢？

我眨了眨眼睛，然后仰着头看着圣永司的眸子，他琥珀色的眸子在夜幕下更加明亮。他低着头，紧紧地抿着嘴，只是望着我，什么都不说。

就在我想再次从他怀里挣脱开的时候，腰上的禁锢松了一些，圣永司伸出右手，高高举起，然后用食指在我的脑门上狠狠地敲打了两下。

"你打我做什么？"

可恶，虽然我一点儿都不痛，但是被人类弹我红竺高贵不可侵犯的额头，还是很丢脸啊。

"笨蛋！"圣永司没有停手，左手从我的腰际向上，将我紧紧地搂住，右手依然不断地敲打我的头，一边敲打一边骂。

喂喂喂，圣永司，我警告你，我红竺的头可是比钢铁还硬的，你小心敲断手哦！喂，你给我住手，别以为我会因为担心把你打成重伤，就一直忍耐，你再……

"哎呀！不要打了，不要打了。"我再次挣脱了圣永司的禁锢，这次迅速后退了几步，跟他拉开一小段距离，眼睛紧紧地盯着他，只要他再打我，我就对他不客气！

"本来就是笨的，打傻了更好，扛回家好养！"圣永司没有再追过来，只是眼神更加落寞了，我心里的酸涩更甚了。

哼，我红竺大人生下来不是让你这个凡人打头的，也不是让你骂的。

"圣永司，你实在是太过分了！"我退后两步，直接倚靠在另一根路灯杆上，气愤地看着圣永司说道。

"我过分？难道不是你引起的吗？谁让你一直这么笨，我为你做这么多事情，你竟然都看不出来！"圣永司缓缓地向前走着，本来只有几步路，但是他重重地迈着步子，脚下发出沉闷的声音，让我十分心慌。

"我不懂你说的是什么！"我的双手依然护着头，我将头扭到了一边，不再看圣永司。

马路另一边零散地亮着几盏路灯，偶尔有飞虫成群路过，让人心烦意乱。

圣永司再次走到了我面前，然后把我的脑袋扳过来，微微俯下身，近距离地看着我。

我可以清晰地从他的眼睛里看到自己此刻气呼呼的模样。

好傻啊！这个样子被其他龙看到了会很丢脸的！

"你……"

我正想开口说圣永司离我太近，害我呼吸不到新鲜空气，结果他一把将我抱住，让我的话卡在了喉咙里。

这个家伙到底做什么啊？

"红竺，你真的太笨了！你难道不知道，在我心里，你从来都不是什么替身，而是我真正喜欢的人？我喜欢的就是你啊，红竺……"

温柔沉稳的声音像三月的微风吹到我的心窝，而他话里的内容更是如同一个霹雳，在我的脑海里闪过。

什么？

他喜欢的人是我？

圣永司喜欢的人是我红竺？

我猛地抬头，死死地盯着圣永司。

他的眼里闪着真诚的光芒，他认真的样子告诉我，他刚刚说的不是玩笑话，而是心里话。

可是这……

第九章

这怎么可以！

他怎么可以喜欢我？不对，我红竺大人怎么可以被一个勇士的后人喜欢？这简直不可原谅！

我猛地将圣永司推开，气呼呼地看着他，他一副无辜的样子。虽然圣永司很帅，但我真是越看越生气。

我叉着腰，学着邻居骂人的样子，大声说道："你……你刚刚胡说什么！告诉你，我才不会相信你的话呢……你明明对绫小路那么好，对我……"呃，他好像对我也不坏，我说不下去，看到圣永司嘴角噙着一抹笑容，脸上更是发烫，"你还笑！我，我告诉你，我，我才不许你喜欢我！听到没有？你，你不可以喜欢我……"

我大声地说着，但圣永司依旧微笑地看着我，毫不在意我的大吼大叫，仿佛我是在害羞一样。

浑蛋，我才不是害羞呢！

"你笑什么！我告诉你，你不许再说刚刚那种荒唐的话了，知道吗？我知道你喜欢的人是绫小路！你才是笨蛋，把喜欢的人的名字都弄错……"

脑子一片混乱的我，感觉心好像泡在了滚烫的糖水里，又甜又发烫，不管不顾就说了一堆话出来。

"可我确定自己没有说错名字，我喜欢的人是红竺。虽然你不许我喜欢，但我还是不会改变自己的心意。"

圣永司就是喜欢跟我作对到底，我不想听，他偏要拦在我面前说给我听："从第一次见到你开始就喜欢上你了，只是你总是对我很戒备，所以我只好以小路做借口，让你假装我的女朋友，把你绑在我的身边……"

啊，这个勇士居然这么狡猾！

"红竺，不管你吃多少，不管你脑子多笨，不管你喜欢什么，我圣永司喜欢的是你，就是这个原原本本的你。你还对我有戒心，没关系，我可以等，可以给你时间，但是请你做我的女朋友，真正的女朋友！"

圣永司认真地跟我告白，而他的眼睛就好像我最喜欢的金币一样，在月光的照耀下亮得惊人，让我觉得，假如能把他此刻凝望我的目光收藏，那么一定会成为我一生最珍贵的宝贝。

我呆呆地望着他，看着他的脸离我越来越近，他的嘴唇似乎也朝着我的嘴巴靠近。

我的脑海里陡然闪过一个画面——

泳池边，昏迷的我，给我做人工呼吸的他……

勇士夺走了我这条为了复仇任务而来的龙的初吻，难道这次还要……

我伸手挡住了他的脸，身体一下子移到了旁边。

"红竺？"圣永司惊讶地看着我，似乎想到了什么，笑了笑，"你是不是还在误会我跟小路的关系？其实我一直都拿她当妹妹看待，而小路也只拿我当哥哥看待，所以你不用因为小路而顾忌……"

才不是这个原因呢！

我不能和你在一起，才不是这个原因呢！

我是龙族的最强精英龙，我是红竺，我怎么可以和敌人勇士的后代在一起……

我忍住眼中陡然冒出来的水汽，瞪大眼睛望着他。

"你不用跟我解释那么多……反正我和你是不可能的！圣永司，我告诉你，我一点儿也不喜欢你，所以你也绝对不可以喜欢我！不可以……"

我朝他吼完，然后快步往前跑，留下圣永司一个人呆呆地站在路灯下。

2.

圣永司是大坏蛋，圣永司是大坏蛋！

我快速跑回家里，但在跑的过程中时不时地回头看看，不知道为什么，总觉

第九章

得圣永司还在不远处没有走。

我将门打开，然后快速关上门，背靠着大门气喘吁吁。今天是满月，月光洒在院子里，一切都显得十分静谧。

"圣永司，都是你的错，我的心都快跳出来了。"

我摸着自己的胸口，感觉心脏快从嗓子眼里跳出来了。

双颊火热，额头上已经出了汗，我用右手擦了擦汗，刚刚跑回来，现在更饿了。

"圣永司，你就是个坏蛋！"我捂着肚子，只觉得五脏六腑现在都在造反似的，一个劲地叫唤。

现在不止是叫唤，每当我想到圣永司，甚至是现在看到满院子的月光，就会想起圣永司那张迷惑众人的脸，这个魔鬼，蛊惑龙的本事竟然又强大了。

可是圣永司说他喜欢我啊，这是真的吗？

我喜欢他吗？

我捂着肚子，慢慢地往厨房走，希望找到一些吃的东西，没办法，心情一激动，肚子就会饿。

厨房在院子西边，我打开小灯，灶上的锅里还有5个包子，是早晨没有吃完的。

我咽了咽口水，小心翼翼地拿起一个，然后四处望了望。不知道为什么，总觉得屋里好像有人一直看着我。

其实和圣永司在一起也有好处，以后我肯定每顿饭都可以吃饱。

我边咬着已经变凉变硬的包子边想着。

呸呸呸！

谁要和圣永司在一起，恶龙一族和勇士的后人是水火不容的！

一个包子进了肚子，可是一点儿作用都没有，我还是饿得慌，别说这5个，就是再来50个，我也能吃下去。

"圣永司大坏蛋！"我捏着包子，恶狠狠地说道。

圣永司就是大坏蛋，再也没有见过比他更讨厌的大坏蛋了！

我在厨房寻了张小板凳坐在院子里，腿上放着一个碟子，碟子里面放着剩下的包子。我随手拿起一个，看着皎洁的月光，只是吃得心不在焉。这包子是好吃还是不好吃，竟然一点儿都没有尝出来。

一定是圣永司搞鬼了，要不是他，我也不会觉得这个包子不好吃。

还是龙之谷好啊，再怎么说那也是我红竺大人的地盘，别的不敢说，吃饱还是没问题的。

一想到要回龙之谷，我低下了头，嘴里的包子更没有味道了。

"总归是要回去的！"我叹了口气，把包子放回了碟子里，然后将碟子放到了地上。

我是恶龙一族第233代传人，我是红竺，我是龙，和人类还是不一样的。

我无奈地托着下巴，这样的生活真的让人心情很不爽，我就是这样的，以前在龙之谷每天都是开心的，可是到了人类世界之后，我也学会了多愁善感。

都是圣永司的错，要不是他，我也不会有这么多烦恼。

"算了，不想了，回屋睡觉！"

不好的事情我是绝对不会去想的，就像圣永司的事情，就算以后还要去面对，但是今天我决定不要想。

我站起身，拍了拍屁股，然后伸了个懒腰，准备进屋睡觉。

屋里本来就是一片黑暗，所以我根本不知道，其实我还没有回来的时候，屋子里已经有人进来了，而那个人还没有走。

"啪——"灯光突然亮起。

"啊！"我捂住了嘴巴，生怕自己不小心爆发的龙吼让这个误闯我房间的人受到伤害。也不知道为什么，这一带的人类总喜欢进错房间，不过我家反正没什么值钱的东西，就随他去吧。

"红竺，是我。"

声音好熟悉，我慢慢放下了双手。

09 第九章

看着我的是一双褐色眼眸，银灰色长卷发高高束起。

"红竺，是我啊。"

声音也很熟悉，我慢慢地抬起头，昏黄的灯光下站着一个穿着休闲装的女子，是我熟悉的莫莉老师。

"老师，您怎么会在这里？"

我真的很意外，虽然莫莉老师是我在人类世界的联系人，但是这么晚了，在这里等着实在让我觉得不可思议。

"我一直在等你啊，从下午就开始等了，你去哪里了？我一直都很担心你，这里的治安不好，怕你会出事。"

莫莉老师上前拉住我的手，眼中充满了担忧。

"老师，我没有事，您忘了吗？我可是最强精英龙红竺，只有别人吃亏的分，我可不会吃亏的。"我拍了拍老师的手，笑着说道。

"哦，是我多虑了。不过，红竺，我还有事情问你。寻找龙鳞的事，你办得怎么样了？"莫莉老师转了转眼珠子，转身寻了椅子坐下，然后像平时上课一样，示意我也坐下。

"那个……马上，马上就会有消息的……"

我乖乖地坐下，看着莫莉老师，心中十分忐忑。莫莉老师就像能看透我的心似的，但是我真的不喜欢这样的感觉。

"红竺，你今天去了圣永司家，应该有收获吧？"

我一惊，莫莉老师怎么会知道我去了圣永司家？

莫莉老师似乎看出了我的疑问，笑着解释道："我毕竟是你的任务监督人，所以对你的行动还是很关注的。而且前段时间你也说过，要去圣永司家找机会看看他家的传家宝……"

原来是这样！我松了一口气，我就说，怎么感觉这些天似乎一直有人默默观察我，原来是莫莉老师啊！她这个监督人真是太尽责啦！

"老师，对不起，我今天真的一点儿收获都没有，圣永司家的确有传家宝，但根本不是龙鳞……抱歉，让您失望了。"

我低着头，想到今天发生的事情，而且自己居然还被圣永司告白，这样的事让我不知道该怎么面对莫莉老师。

"呵呵，这是很正常的，再怎么说那也是勇士的后代，那么难对付，怎么可能会把那么珍贵的龙鳞随便拿出来给别人参观？肯定会拿些不重要的东西糊弄你啊！"莫莉老师的语气里似乎暗含着讽刺，好像对勇士非常不满，她察觉到我打量的眼神，原本有些阴冷的表情立刻转变为和煦的笑容，脸庞在昏暗的灯光下显得异常柔和，双唇勾勒出一个十分好看的弧度，整个人显得十分亲和，"红竺，你太单纯了，圣永司怎么可能真的拿他们的传家之宝给你看……"

呃，可圣永司说那本日记的确是他们家的传家之宝啊，他又不知道我的身份，没必要骗我吧？

想到那本日记，我忍不住对莫莉老师说道："老师，有件事很奇怪。虽然圣永司没有拿龙鳞给我看，但他拿出来一本日记，是勇士的祖先留下来的。那上面说勇士和恶龙是好朋友，恶龙是被邪恶女巫诅咒了，所以会做出十分不好的事情。呃，老师，您在听我说吗？"

我是看着莫莉老师说的，所以她脸上是什么样的表情我可以看得十分清楚。一开始莫莉老师还是笑着看着我，若有所思，但是此时，我觉得莫莉老师像是变了一个人，阴冷得让我胆战心惊。

"红竺，你要记着，历史是由胜利者书写的，所以你看到的不一定就是真的。就像这个故事，在每一个家族里流传的都不一样。你今天看的这个版本是勇士写给后人看的，所以一定会将他描写成正面的形象，美化自己，贬低对手。你想想，如果勇士和恶龙真的是好朋友，那为什么龙之谷的书上不是这么写的呢？"

莫莉老师的一番话让我恍然大悟，原来是这样，一开始我就觉得有些不对，原来是因为这个，勇士果然狡猾啊！

"红竺，勇士是不可信的，你绝对不能被他们的花言巧语所迷惑。恶龙一

09 第九章

族的祖先已经在狡猾的勇士手里吃了败仗，难道你也想在圣永司手上重蹈覆辙吗？"莫莉老师抓住我的手，语重心长地对我说道。

我的脑海里忍不住回想起之前圣永司在月光下对我说他喜欢我的画面。

他说他喜欢的人是我……

可这一切也许真的只是谎言，毕竟他的祖先那么爱说谎，害得我们的恶龙祖先郁郁而终。

身为龙族后人的我，怎么可以再一次相信勇士呢？

"老师，我知道了。"

我紧紧地握住莫莉老师的手，忍住心里难受的情绪，朝她郑重地点头。

"那你知道该怎么做了吗？"莫莉老师看着我的眼睛，她的眼神让我无法躲避。

"今天虽然没有看到龙鳞，但是我知道了圣永司家密室的机关设置。我想，明天就行动吧，我会在午夜去圣永司家找龙鳞，等我拿到龙鳞就跟老师联系……不过学校这边后续的事情，也要麻烦老师了……"

"这才对，最重要的事情是要找到恶龙祖先的龙鳞！后面的事情我会帮你办妥的，到时候就说你的父母来接你，你出国定居了。"莫莉老师也像是松了一口气似的说道。

我换了个坐姿，对着窗户坐着，此时月亮正好半掩在窗户后，就像是圣永司在窗户边看着我。

3.

深夜，月光下，我穿着一身夜行衣穿梭在城市上空。

热闹的商业街还没有休息，就像这个城市，总有人不会睡觉。

今夜我也是不眠一族中的一员。

今天就是我在人类世界的最后一天了，只要拿到龙鳞，我就会回到龙之谷。

人类的世界永远都是我不能理解的，我不明白，为什么他们要有那么多阴谋诡计，就像圣永司的花痴粉，得不到圣永司的关注就欺负比她们弱小的人。

我停在了摩天大楼的楼顶，下面依然是车水马龙。我冷冷地看着，心里止不住地难受，这样的感觉在想到圣永司的时候更加强烈了。

我紧紧地捂着胸口，感觉心要从嗓子眼里跳出来了，我慢慢地蹲下身，泪水不禁流了下来。

为什么会心痛？为什么会觉得难受？

一切都是因为我想到了圣永司的告白也许只是一个谎言。

"那些都是他的阴谋，红竺，不要被他蛊惑了！"我对自己说道。

是的，一定是圣永司在蛊惑我，这是勇士的本事，这是勇士的阴谋，说什么和恶龙是好朋友，后来一定是用这样的方法蛊惑了龙，是的，一定是这样的……

我狠狠地拍了两下胸口，强迫自己一定要冷静下来。

市中心大楼的钟敲响了，已经是12点了。

我只要进入圣永司家的密室拿到龙鳞，就可以回龙之谷了。

我看了看四周，虽然有探照灯不断来回巡视，但在这城市的最高处，任何探照灯都找不到我。

我站起身，将风的力量集合起来，然后迅速往圣永司家飞去。

不同于市中心的喧嚣，圣永司家里的人已经休息了，偶尔有值班的保安牵着狗来回巡视，但是这些对我来说都算不了什么。

我回想着去书房的路线，小心翼翼地躲避着，四处观察着，那个密室怎么打开我是清楚的，一切都可以在不声不响中进行。

我摸索着找到了书房的大门，见四下无人，便飞快地打开门走进去，书房里没有灯光，但是因为满月，所以月光帮了我大忙。

我找到密室的开关，轻轻地旋转着，那次，圣永司根本没有做任何遮挡。

我的动作陡然一顿，对啊，圣永司对我毫不设防，他真的会像莫莉老师说的

09 第九章

那样故意骗我吗？

"在我心里，你从来都不是什么替身，而是我真正喜欢的人！我喜欢的就是你啊，红竺……"

密室门打开的一刹那，我忍不住想起了圣永司的告白。

我呆呆地站在密室门口，密室打开的瞬间，密室里走廊的灯也亮起来了。

我紧握着拳头，又敲了敲自己的头，这样三心二意可不好，我是来拿龙鳞的，找到龙鳞我就走。

我紧紧地咬着牙关，心里再难受也不能在这个时候表现出来，我不能再动摇，一定要完成目标任务。

走廊两边各10盏灯，对称着镶在墙上，从花纹看，以前应该是烛台，只是现在人类的世界科技发达，所以换成了电灯，不过这样更利于我寻找。

圣永司家的宝贝还是很多的，有规律地摆放在走廊两边。

我左右打量着，脚步也没有停下，不一会儿就走到了走廊尽头。

走廊尽头是一个包金的桌子，上面是我从来都没有见过的花纹，像是两个人拉着手。桌子正中央放着一个小盒子，也是同样的包金，也是同样的花纹，但是在盒子上方画着一个人和一条龙，那龙的形状很像龙之谷那本书上的恶龙形象。

我怀着忐忑的心情慢慢地打开盒子，里面像是有光，等我完全打开，就见一片金色的龙鳞闪闪发光。

找到了！

我不顾一切想拿起龙鳞，但是手还没有碰到龙鳞，警报就响了。

糟糕，被发现了！一定是我进来时触动了哪里的警报系统。

我立刻拿起龙鳞用黑布包好，龙鳞这么亮，一定不能让圣永司的家人发现，而且既然已经找到了龙鳞，那我也该走了。

我施展起风的力量，迅速冲出走廊，门一直都是虚掩着的，就是为了不让人听到任何声音，可是这会儿，圣永司却站在门口。

我的脸上蒙着黑布，而且只有一双眼睛露在外面，就算是最熟悉的人也不一定能认出我是谁。但就是这样，在看到圣永司的时候，我也停下了。

这也许是我最后一次见圣永司了，以后再也没有机会见面了。

我呆呆地看着圣永司的脸，前一天对我还十分温柔，此时却显得十分凌厉。

"抓住她！"

圣永司对着后面一摆手，保镖便将我围在了中间。

我看了看四周，十分慌张。

圣永司，你是要将我赶尽杀绝吗？可是我不想害你们，更不想要你们的命，我只想拿回龙鳞，这是我们龙族的东西！

其实只要一个龙吼就可以让所有人都晕过去，就算让他们此时都死掉，我也是有能力的。但是我不能这么做，我来人类世界只是找龙鳞的，我不想伤害其他无辜的人类，更不想伤到圣永司。

但是能做圣永司家的保镖的人也不是简单的角色，我不想伤害他们，但他们不知道我是谁，在他们的眼中我只是一个来偷东西的贼。

就在我分神的时候，我感到脸上一凉。

"红竺，怎么会是你？"

我忙低下头，仿佛低下头就不会有人认出我是谁，可是我知道自己已经暴露了。

"红竺，为什么是你？"圣永司的声音响起，我不敢抬头，不敢去看圣永司的脸，我不知道该怎么面对他。

杀了他？

我做不到，此时我的双手在颤抖，虽然我知道只要10秒钟我就可以离开，但是双脚就像钉在了地上，动不了。

我利用圣永司，知道了他家密道的位置，不管怎么说，的确是我欺骗了他，所以我根本不敢抬头看他脸上的表情。

但是我又不得不这么做，勇士和我们恶龙一族本来就是宿敌，本来就是站在对立面的。丢失了龙鳞的恶龙一族已经遭受了千年的耻辱，可是勇士的后代一直

09 第九章

过着幸福的生活。

"红竺，说话，告诉我原因……"圣永司的声音里带着悲伤和震惊。

我缓缓地抬起头，却看不清楚圣永司的脸。我不知道他到底多么惊讶，因为泪水已经模糊了我的视线，我竭力睁大眼睛，但眼泪还是止不住地落了下来。

我哭了，但是不知道自己为什么哭，是为了恶龙一族而哭，还是因为被圣永司认出来了？

眼前圣永司的脸已经变得清晰，我清楚地看到了他满脸的不相信和仿佛遭到背叛的悲伤。

"你为什么要这么做？"

圣永司说这话的时候示意原本围攻我的保镖退下。

我看着周围的人都退下了，心里更难受了。如果说之前我还可以告诉自己，圣永司对我的好都是阴谋，都是别有目的，那现在这种情况……

他知道我闯进他家密室拿东西，但他还在维护我。

"红竺，你是不是有什么苦衷？你说出来啊，我可以帮助你的。"圣永司说道，上前拉着我的手，我抬起头，看到了他眼中的焦急。

我不敢再看下去，是我对不起圣永司，一切都是因为我。

"我就是来拿这个的，具体你不要问，反正以后我们不会见面了。"我低着头说道，是啊，以后再也不会见面了。

怀中的黑布发出金色的光芒，也许是因为嗅到同类的味道，我感受到了龙鳞对我的亲切。是啊，我是龙，我是恶龙一族，所以注定要回到龙之谷，现在我该回家了。

"你拿的是龙鳞？不行！红竺，其他的宝物只要你喜欢，我都可以送给你，但是龙鳞你绝对不能带走！"

圣永司发现我拿的东西，抓着我的手不由得加大了力度。

"可我只想要龙鳞。"

我看着圣永司，我来人类的世界就是为了拿龙鳞，如果拿不到，我是绝对不会善罢甘休的。

就在我们两个人僵持的时候，我感受到了一阵阴冷的气息突然朝我袭来。

"小心！"

我下意识地将圣永司护在身后，可是那阵风，确切地说是一个身穿黑衣、戴着黑色头罩的人，他的目标不像是圣永司。我只觉得胸前一凉，等反应过来，胸前包着龙鳞的黑布已经到了那个人的手上，但还好龙鳞被我抓住了。

"你是谁？"

居然敢动龙鳞！那是我千方百计才拿到的，是属于我们龙之谷的，是祖先的遗愿，我一定要拿回来！

黑衣人见没有得手，反手一掌便朝我的胸口袭来，我立刻汇集风元素准备抵挡。他越来越近，而我早已准备好，只要他打到我的身上就一定会被反噬，用了多大的力气就会受多大的伤。

但就在这一刹那，就在我看到黑衣人双眼的那一刻，我总觉得那双眼睛好像在哪里见到过，褐色的眸子，黑布下钻出来的那缕灰色发丝……

"啪！"

电光石火间，我因为看到一双熟悉的眼睛而愣神了，而圣永司担心我，所以护在了我的面前。

等我反应过来，已经没有什么黑衣人，圣永司倚靠在我的身上，我的眼前是触目惊心的鲜血。

刚刚发生了什么？

脑海里如同慢动作回放一样，将之前的场景重演——

黑衣人袭击，我愣神，而圣永司挺身挡在了我的面前……流血……

他替我挡住了那一招狠毒的攻击！

"圣永司——"我大声喊道，看到他嘴角不断渗出的鲜血和惨白的脸，心似乎被狠狠揪住一样。

这时候，圣永司的家人也冲进来了。

第九章

"红竺，你怎么会在这里？"

圣永司的爸爸看着我，而我流着眼泪看着他。

"叔叔，快叫救护车，快让医生过来啊。圣永司，你挺住，你一定要坚持住。"我一把握住圣永司的手，慌忙喊道。

我的心坠到了谷底，泪水止不住地往下掉。

我想到了刚刚圣永司一脸的不敢相信，其实他一直都没有想过要伤害我。以我做的事情，就算当时被保镖打死也不会有人说什么，但是圣永司遣退了保镖，他一直都在维护我，就算是在遇到危险的时候，他第一个念头也是保护我。

感觉圣永司的手越来越凉，我不断地揉搓着他的手，希望这样能将热量传给他，让他舒服一些。

"圣永司，你醒过来好不好？我什么都听你的，你要我做什么都好，你不要睡，你不要睡啊——"我大声喊着圣永司的名字，但是他躺在我的怀中，闭着眼睛，呼吸越来越弱，手越来越凉。

别墅里的人已经忙碌起来，圣永司的爸爸早就慌张地去叫医生了。

我紧紧地抱着圣永司，生怕一松手他就……

我不明白，为什么圣永司的家人从来没有怀疑过我的身份，就连看到我穿着一身黑衣，就连圣永司躺在我的怀中流血也不会怀疑是不是我做的。最让我诧异的是圣永司，为什么他要这么做？为什么他要救我？

我可是最强壮的龙，那种攻击我才不怕呢，圣永司是个脆弱的人类，居然还来给我这条龙当肉盾。

笨蛋！圣永司才是笨蛋！

呜呜呜……

"为什么？为什么我做了这么多事情，你还这样相信我？"我拉着圣永司的手，哽咽着问他。

圣永司虽然十分虚弱，但他还是睁着眼睛望着我，琥珀色的眸子里清楚地映出我此刻狼狈的样子。

"不要哭……红竺……"他想安慰我，嘴角还努力往上扬。

我只觉得心更疼了，就像喘不过气一样，我紧紧地握着圣永司的手，尽量不让自己慌张。

"我不哭……圣永司，你千万不要有事……"我眨了一下眼睛，让泪水掉下来。

"什么宝物你都可以拿走，但是……但是……"

"但是什么？"我看着圣永司，他还想说什么？

"龙……龙鳞……不可……不可以，因为……因为那是……一定……要还给……龙……龙族的！"

圣永司说完这句话，手从我的掌心滑落，头也无力地垂下，软绵绵地靠在了我的怀里。

"啊——我就是龙啊，我是恶龙一族的啊，我就是龙之谷的人，我来这里就是为了找祖先的龙鳞啊！我和你在一起，也是为了能拿到龙鳞……圣永司，圣永司，你醒醒！"我将一切都告诉了圣永司，但是没说完，圣永司就闭上了眼睛。

那一刻，我觉得自己的心停止了跳动。

第十章

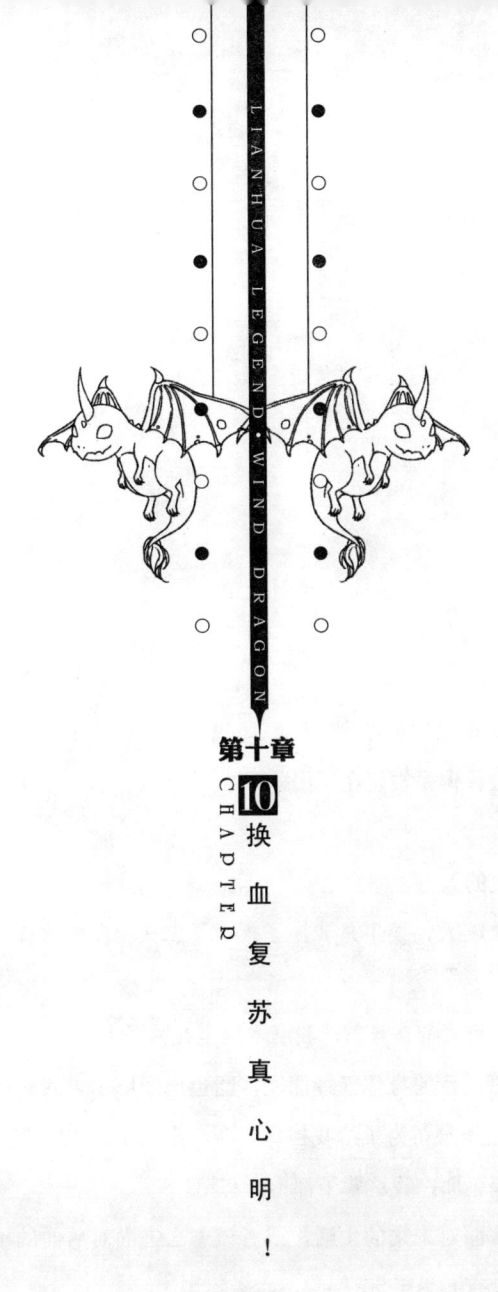

10 换血复苏真心明！

CHAPTER

LIANHUA LEGEND · WIND DRAGON

1.

"嘀嘀——"

我看着圣永司上了救护车，到了医院，我看着他被抬上担架，看着他被送到抢救室。我想跟进去，但是被拦在了门外。

"闲人免进！"

这是护士和我说的。

是啊，我是一个闲人，要不是我，圣永司又怎么会发生这样的事情？弄得现在生死未卜。

手术室外面，所有人都在等着，我麻木地坐在椅子上。

因为长时间坐着，我的身体已经僵硬，腿也已经麻了。我想站起来，却怎么都起不来，眼前还是圣永司为了给我挡那致命一击流下的血，在白色的地毯上显得触目惊心。那一幅画面，我这辈子都不会忘记。

我不知道该怎么面对未来的生活，或者该怎么去面对后面的事情，哪怕黑衣人的事，我现在也没有心思想。

也许就这样坐着，坐到地老天荒才是最好的。

"红竺，你还是回家吧，永司这里我会看着……"圣永司的爸爸来到我面前，劝我离开。

我沉默以对，我不走，圣永司没有醒来，我绝对不会走！我更怕自己一走，就会和他永别。

"之前你和永司说的话我都听到了，难怪你的食欲那么好，我早该猜到的，

第十章

可是像你这样大的女孩，真的很不容易呢。除了小路以外，我还是第一次见到永司带女孩回来……红竺，这件事不怪你，这是祖先留下的误会，所有的解释都在这本书里，你看过了，也就全明白了。"

我抬起头看着圣永司的爸爸，他已经知道我是害圣永司进抢救室的罪魁祸首，但是眼里没有责备和怨恨，还是像之前那样很亲切地看着我。

他这样温柔又亲切地看着我，更加让我想哭。

他把手里的那本书递给了我，然后语重心长地对我说道："我们家族的人，认识字之后读的第一本书就是这个，这是祖先留下来的，所有的事情都写在了里面，也许里面就有你要的真相。至于龙鳞，我会帮你找回来的，毕竟那本来就应该还给你们。"

我把视线从他的脸上转移到书上，然后翻到了上次没看完的地方，继续读下去。

我带着宝剑找到了我的挚友杰伦特，可是此时我已经认不出他了，我亲爱的朋友双眼通红，化身为威风凛凛的巨龙，而他所处的阴森山谷中，弥漫着邪恶的气息。无辜的公主被他禁锢在城堡中，凄厉的求救声响彻整个山谷。

我不敢相信，眼前这个凶猛的怪兽会是我的好友——那个虽然贪吃却十分仗义的龙朋友，美好的过去一幕幕在我的眼前闪现。

当杰伦特对我发出攻击的时候，我没有闪躲。

我大声喊着杰伦特的名字，大声地说着我们曾经结伴旅行的时候发生的趣事，可他仿佛迷失了心智一般，完全没有回应。

杰伦特不断对我发起进攻，锋利的爪子划过我的肌肤，我的身体和心都痛极了。

我知道，他已经不再是曾经那个憨厚贪吃的杰伦特了。我知道，如果再躲闪肯定没有好结果，公主是无辜的，我不能让公主死在这里。在这个时候，我一定要阻止杰伦特犯下更大的错误。

我必须提剑进攻……

杰伦特永远都是我的好友，我对他进攻，是因为我不能再让他错下去，我相信杰伦特的品格，他绝对是被利用的。

我手中的剑在杰伦特身上留下伤痕，我大声喊着让他停手，可是他没有。

就在我以为要亲手杀死自己的好友时，杰伦特身上的一片龙鳞被我削下。

那块鳞片所在的位置……我记得是极地沼泽历险时，杰伦特曾被邪恶女巫攻击过的地方……

难道是邪恶女巫的魔力在作祟？

时间仿佛在这一刻停止，我看着杰伦特猩红的双目渐渐清明，他停住了动作，喊了我的名字。我知道，我的朋友回来了，我放下剑，想拥抱他，再也没有什么比我的朋友更重要了。

但是……

眼前的画面让他误会了，他清醒过来看到的第一样东西是自己身上被削落的龙鳞，还有我这个挥剑相向的好友。

"你背叛了我，圣力山大！你想靠着屠龙的名义成就自己的勇士梦想吗？真是讽刺……我居然会相信你！"

杰伦特愤怒地大喊，不让我靠近。

我想解释，但是其他因为国王颁布的通缉令而来的剑客对清醒过来的杰伦特发动了攻击。杰伦特暴怒反击，我下意识地想帮那些实力不济的人阻挡，免得误会加重，结果弄巧成拙……

杰伦特更加认定了我的背叛，他朝我发动了攻击。为了解除他的误会，我闭上眼睛，放弃阻挡，希望能用自己的生命阻止他再犯错。

结果杰伦特的攻击停住了。

他变回人形，悲伤而又愤怒地望着我。

他说我利用他对我最后的一点儿友情，太卑鄙，他不想再看到我，要回龙之谷……

第十章

杰伦特不听我的解释决绝离去，我想上前追赶，但城堡里公主的惨叫声阻止了我的脚步。

我带着公主回到了王国，得到了国王的嘉奖，在其余人的渲染下，我居然成为了屠龙的英雄。不管我怎么解释，大家都不相信杰伦特并不是恶龙这件事。只因为杰伦特是龙族，是拥有强大能力的龙族，非我族类，其心必异。大家宁愿相信是人类的勇士打败了邪恶的巨龙，救回了公主，宁可相信这种童话般的故事……

没有人知道，那个勇士失去了唯一的挚友。

从那天起，勇士就再也没有见过杰伦特，只好把那片留下的龙鳞收藏起来。

因为对杰伦特性格大变原因的疑虑，我后来去寻找过那个邪恶女巫，可惜她也销声匿迹了。

后来，我寻找杰伦特无果，在国王的命令下娶了公主。

每当无人的时候，我就会拿出那片龙鳞，那片带着邪恶女巫魔法的龙鳞。

我多么想有一天能把这片龙鳞还给杰伦特，告诉他事情的真相。

我亲爱的巨龙朋友，我一直等着再见你一面，但是人类的寿命是这样短暂，也许我等不到和你再相见的那天了。

杰伦特，我的朋友，我会让我的后人继承我的遗愿……

不知不觉，我已经看到了最后一页，最后一页写着两行字——

勇士后人，一定要将这块鳞片还给龙族，并且告诉他们真相，还有，请一定小心邪恶女巫。

恶龙杰伦特和勇士圣力山大曾经是挚友，却因为误会而分离。

读完这本日记，我感觉自己的眼睛再次泛酸，为了这个尚不能确定真实的故事……

如果这是真的，那么我所做的一切，我们龙族传承了这么多年的目标……

不就成为了邪恶女巫眼中的一个笑话吗？

"红竺，我们家族从来没有做过对不起你们龙族的事情，这龙鳞本来就是要还给你们的，所以你还是带走龙鳞吧。"

圣永司的爸爸说着，将黑衣人没能带走的龙鳞交给了我。

我呆呆地看着圣永司的爸爸，从勇士家族拿到了龙鳞，我心里却没有一丝欣喜。

如果事情的真相是那样……

如果圣永司因为我而……

我不敢再想下去了。

此时，手术室的灯灭了，圣永司被推了出来，他的脸还是那样苍白，一副无比虚弱的模样。我想上前去看看圣永司究竟怎么样了，可是脚像生了根一样，迈不出一步。

我看着护士和医生围在他的身边，我看着他的身上被插着各种各样的管子，推车上放着一台我叫不出名字的仪器，不断地发出"嘀嘀"的声音。

我从电视上看到过这样的机器，只要那台机器会"嘀嘀"地响，就说明这个人还是活着的。

可是他为什么还不醒过来？

"医生，他怎么样了？"我听到圣永司的爸爸询问。

这是我第一次看到圣永司的爸爸失态。我走上前，想去拉圣永司的手，但是被来来往往的人挡住了去路，只能眼睁睁地看着圣永司，什么都不能做。

"我们已经尽力了，现在只能送去重症监护病房，希望你们做好准备。他的伤很奇怪，不仅肋骨断裂，就连心脏也受损，而且心脏处受损无法通过现有手段进行有效治疗，所以……"医生摘下口罩，十分沉重地说道。

"所以什么？"圣永司的爸爸焦急地询问，我也在后面听着。

"病危通知书已经下了，我们真的尽力了，如果头三天他还不能苏醒，那么你们要做好准备。"医生说完，便让护士将圣永司推到了病房中。

圣永司被推走，我想跟上去，但是圣永司的爸爸那绝望的眼神让我止住了脚

第十章
换血复苏真心明!

步。

是啊,我已经做了太多的错事,要不是我,圣永司就不会变成这样。

我有什么脸去面对圣永司呢……

2.

我呆呆地守在圣永司的病房门口好久,人来人往的,但是没有一个人跟我说话,也没有人赶我走。

手中的鳞片发出淡淡的光,令我回过神来,我将鳞片放到贴身的口袋里,脑海里冒出一个想法——我要去找那个罪魁祸首!

找到那个打伤圣永司的黑衣人,才有办法治好他,而且我已经知道了那个黑衣人的身份。

那双凌厉的褐色眼眸,还有那露出来的浅灰色发丝,那身材都和莫莉老师很像。

我努力回想过去和莫莉老师相处的点点滴滴,虽然她说她是龙族在人类世界的联系人,监督我完成任务,但同时,她对龙鳞也有着不同寻常的关注。还有,我去圣永司家的具体时间也只有莫莉老师知道。

这一切都说明莫莉老师是最大的嫌疑人。

我将身上的衣服整理了一下,但是要出发了才发现,原来我根本不知道莫莉老师住在哪里。

"对了,去学校!绫小路应该知道!"我握紧拳头,以最快的速度冲向学校。

此时已经是早晨7点半,平时这个时候,圣永司已经敲响我家的门,拉着我的手,坐他们家的车一起去学校。

可是现在,圣永司躺在医院里,生死未卜。

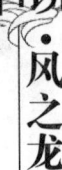

我心中一痛，那种感觉又回来了。

我停住了脚步，用力捂着胸口。

"圣永司，你等着，我马上就能救你了！"

我是龙族的后代，人类没有办法做到的事情，我一定能想到办法的。

我以最快的速度冲到了学校，此时学院门口一群人围在一起，像是有很重要的事情。我一看，原来是绫小路和金闪闪正被一群女生围着。

那群女生就像叽叽喳喳的小鸟，你一言我一语，金闪闪将绫小路护在身后，神色紧张。绫小路紧紧地抓着金闪闪的衣服，怯懦地看着众人。

"绫小路，为什么今天圣永司没有来上学啊？"

"你不是圣永司的好朋友吗？为什么又和金闪闪在一起了？你们是不是有什么不可告人的秘密……"

"对啊，金闪闪，你怎么可以跟绫小路一起啊？她肯定是追不到圣永司才接近你的，你不要掉以轻心啊……"

"……"

花痴粉集中火力围攻绫小路。

"我知道我金闪闪魅力超级大，你们都非常喜欢我，但是，我非常讨厌爱嫉妒、爱争吵的女生。小路不过是来和我打个招呼就被你们这样围攻，你们也太不可爱了吧！"

金闪闪将绫小路护在身后，伸出一根手指指着那群女生。

如果是平时，我一定会觉得他很帅，然后过去讨好他，可是现在，我突然觉得金闪闪对我来说完全失去了吸引力。那金灿灿的颜色和气质，再也吸引不了我，此刻哪怕金闪闪和一堆金币放在我面前，我也不会觉得开心。我心里始终牵挂着重症病房里脸色苍白的圣永司。还有，看到他跟绫小路在一起，我心里也没有觉得不舒服，反而圣永司和绫小路在一起的时候，我感觉自己最喜欢的食物被别的龙抢走了一样，超级不舒服。

第十章

换血复苏真心明！

原来我真正喜欢的人是圣永司！

可是我明白得太迟，而圣永司又因为我躺在了医院里。

"金闪闪，不要被绫小路骗了……"

"绫小路其实是想脚踏两条船，圣永司同学和你都被骗了……"

"是啊，圣永司应该是被绫小路伤了心，才会和红竺交往的……"

……

听到那帮花痴粉嘴里不断说着圣永司的名字，我忍不住了。

"你们够了！"我冲进了包围圈，将绫小路和金闪闪护在身后，这群女生干吗把圣永司扯进来？

"啊，大食女，暴力狂！"

我瞪过去，吓得那几个闹得很欢的花痴粉立刻往后面退了退，自动让开一条路。

"圣永司都进医院了，你们还在这里聊他的八卦，不觉得心虚吗？"我张开手臂将绫小路和金闪闪护在身后。

一时间鸦雀无声。

"圣……圣永司怎么样了？"一个花痴粉壮着胆子问道。

"对啊！圣永司同学怎么会去医院？还有，你不是他的女朋友吗？你应该知道圣永司怎么样了！"

"够了！圣永司的事情有我这个女朋友处理，跟你们这帮人无关，觉得不爽可以直接来找我单挑。这里是学校，你们身上穿的是校服，难道你们不知道现在要上课了吗？为什么还在外面待着？"我叉着腰吼道，这群女生虽然总是多嘴多舌，但本性是不坏的，所以我没有使用龙吼。

"要你管！我们就是担心圣永司，你不是他的女朋友吗？为什么不在医院陪着他？你自己不担心，难道还不许我们担心他吗？"

"就是！"

花痴粉的话像刀子一样刺在我的身上。

我不担心？如果我真的不担心，就不会拿到了龙鳞还在人类世界停留，就是因为担心，我才要去找办法救圣永司。

"现在说这些还有什么用？走啊！"

金闪闪从我身后走出来，一手拉着我，一手拉着绫小路，冲出了花痴粉的包围圈。

我回头看了看依然叽叽喳喳的花痴粉。

我被金闪闪塞进了他的车子里，花痴粉在外面拍打着车窗，我听不到声音，但还是能感受到外面有多么吵闹。

"开车！"金闪闪对司机说道。

车子发出轰鸣声，花痴粉闪到了一旁，司机用最快的速度将车子驶离了学校。

"呼呼，这一定是本少爷最不美好的一天了，你们都不要说出去。"金闪闪坐在副驾驶座上，边整理自己的衣服边回头和我们说话。

"今天真是谢谢你了，金闪闪。"我对金闪闪说道。

"你和我客气什么，一直以来都是你帮助我，当然，我也帮了你很多。等下我打电话跟老师请假，我们去医院看永司吧！"金闪闪想起了什么，打了个响指说道。

"红竺，永司是不是出了什么事？我今天接到圣叔叔的电话，说永司要请很长的病假，他现在情况很危险，他到底出了什么事？"绫小路拉着我的手，十分焦急地问道。

"我现在没有时间说这些，你们知道莫莉老师家在哪里吗？送我到莫莉老师家就好了。圣永司现在是很危险，但是我能救他。"我想起自己来学校的目的，赶紧问他们。

绫小路看了看我，金闪闪也看着我，就像在看天外来客。

"我现在没有时间解释，我找莫莉老师真的是要去救圣永司。金闪闪，你知道莫莉老师家在哪里吗？在她家门口停下就好了。"我被这两个人看得心里发

第十章

毛。

我知道金闪闪和绫小路一定都在怀疑，但是我现在什么都不能说，难道让我说，其实我不是人类，而是龙吗？

我紧紧地拉着绫小路的手，生怕她不相信我。

这时候我已经没有别的路可以走，只能凭着直觉，而且现在圣永司的情况十分危急，我一定要想办法救他。

"红竺，你别着急，我记得我这里有莫莉老师的地址，在我的联系簿上。"绫小路说着打开了书包。

"找到了，在这里！"

绫小路拿出联系簿给我看。

原来莫莉老师就住在学校附近，而这个地方离我家也十分近，金闪闪让司机将车子停在了马路边。

我迫不及待地打开车门，金闪闪和绫小路也下了车。

"红竺，我陪你一起去吧。"金闪闪严肃地看着我。

"我也去！"绫小路说道。

"不用了。"我摇了摇头，现在莫莉老师身份不明，我怎么能让他们跟着我一起冒险？

"我有些事情要找莫莉老师，我记得莫莉老师和我说过她懂医术。等我找到莫莉老师，就会带着她去见圣永司的。你们还是去医院看望圣永司吧，圣永司比我更需要帮助。"

"那好吧。"金闪闪点头答应道。

"你去吧，我看着你进去再走。"

绫小路的脸上满是担忧。

"哎呀，又不是见不到了，你们两个赶紧上车！"我拉着金闪闪的手将他塞到了车里，又把绫小路塞到了车里。

3.

看着车子发动，我舒了一口气。

现在莫莉老师很危险，我也知道自己撒谎的技术并不高明，所以要让金闪闪带着绫小路快点儿走。

我转过身，眼前是一条狭窄的小路。一片规模不小的树林后面，掩映着一栋小楼。树林里十分昏暗，阳光透过树枝艰难地照射进来，整栋楼因为缺少阳光的照射，显得异常阴森。

我四下望了望，见没有人，便念出咒语，感觉脚下有风在动，然后迅速跳进树林中。

我静静地潜伏在树上，看着那十分安静的小楼。

"我就知道你会来的。"

我看向四周，不知道是哪个地方传来的声音。

"下来吧，只要你喘气，我就能知道你在哪里。"

我暗叫不好，看来已经被发现了，现在藏着也没有什么用了。

我跳下了树，然后看了看四周，那个声音是莫莉老师的，但又不像是她的。莫莉老师平时说话是很温柔的，但是这个声音十分狠戾，带着阴森的杀气，让人不寒而栗。

"是谁？"我大声喊道，"有本事就出来，躲躲藏藏算什么！有胆子就出来打！"

"呵呵，你们龙族的脾气还是这么暴躁啊！这样可不好！"

我感觉到身后有一股风，我猛地回头，就见莫莉老师披散着头发站在我的身后。

她不像平时露出那种温柔亲切的笑容，而是不怀好意，整个人身上似乎散发

第十章

着一种黑暗、邪恶的气息。

"昨天晚上是不是你？"

我觉得自己活在欺骗中，从一开始莫莉老师就在骗我，她根本不是什么龙族在人类世界的联系人，也是因为我蠢，所以害得圣永司成了现在这样。

"呵呵，红竺，我还真的不知道你在说什么。我是莫莉老师啊，昨天发生什么事了？"莫莉老师一脸无辜地看着我说道。

"还敢狡辩，刚才是谁让我出来的？"我看着莫莉老师此刻装无辜的表情，心中对圣永司的愧疚更加深了。就是因为我没有认清莫莉老师的真面目，才会让圣永司变成现在这样。

"呵呵，那是我天生对声音敏感，只要是在喘气，我都能感觉得到。"莫莉老师不紧不慢地说道，还撩了一下自己长长的头发。

"别扯开话题，昨天晚上到底是不是你？你不承认也没关系，我昨天去圣永司家这件事情只有你知道，你到底是谁？"我大声喊道。

莫莉老师不紧不慢的样子让我十分生气。

"哎呀，真没意思！你们龙族不但蠢，脾气也一样暴躁，都这么多年了，就不改改……"莫莉老师似乎懒得再伪装下去，脸上的笑容敛起，声音里带着嘲笑，"我是谁……我就是当年在那条恶龙身上下过迷魂黑魔法的女巫啊！难道你们龙族一点儿都不知道有关我的事情吗？"

就在这个时候，莫莉老师的眼神变得凌厉，眼睛也慢慢变红，银灰色长卷发在半空中肆意地飞扬着。

我往后退了一步，用手捂住嘴巴，十分警惕地看着莫莉老师，不，应该是莫莉女巫。

"我原以为你们龙族已经灭绝了，没想到竟然还活着！不过也好，龙族的心脏和血液对我来说是上好的魔药材料。千年前那个叫圣力山大的勇士护住了那条蠢龙，但是这一次，小红竺，好像没有人可以保护你了。哈哈，因为那个勇士后代因为你而受伤了……"

莫莉女巫发出了尖锐的笑声，气得我浑身发抖。

可恶！

果然是这个邪恶女巫搞的鬼！

"原来真的是你！我们的祖先和勇士之间的误会，真的是因为你的阴谋……"我的眼圈渐渐红了，想到郁郁而终的祖先，还有因为被误解而一直等待巨龙朋友的勇士，想到圣永司对我的好被我一次次误会……

我感觉既悲伤又愤怒，就好像有一座火山，愤怒和悲伤的情绪是滚热的岩浆，即将从火山口喷出。

"谁叫他们多管闲事，我不过拿人类做了魔药材料，就对我穷追不舍。所以，我设计报复他们，挑拨了他们之间的关系，但那又怎么样？是他们活该……"

树叶沙沙作响，整片树林显得更加阴森了。

"你凭什么这么做？难道就因为挡着你做坏事，你就要使出那么阴狠的手段吗？害了我们的祖先还不够，居然还想抢走龙鳞，打伤圣永司。坏事做那么多，你会得到应有的惩罚！"

我红着眼睛瞪着她，手紧紧地攥成了拳头。我知道女巫很狡猾，为了防止被偷袭，我必须打起十二分精神应对。

"我要抢走那鳞片，是因为上面刻着我凝聚了自身最大法力的诅咒，不然你们的祖先，那条叫杰伦特的笨龙怎么可能会中招！"莫莉女巫的笑容加深，树枝投下的阴影在她的脸上摇晃，让她的样子显得更加狰狞，"不过，也因为这样，我失去了自己引以为傲的法力，这些年来不得不隐藏踪迹，躲避勇士家族的追击。不过，还好我遇见了你，小红竺……"

她望着我，眼里似乎亮起邪恶的光："原来你们龙族还以为当初是勇士背叛了你们……哈哈，真好笑！不过，我就是喜欢你们这种好利用的笨蛋，分不清别人的假意和真心，稍微糊弄几句就能乖乖听话，帮我从勇士家里盗出龙鳞。呵呵，只要我把龙鳞上的法力收回，恢复全盛时期的实力，那么我再也不用过这种

第十章

东躲西藏的生活了！"

我咬着牙，听着女巫说出过去的真相，心里更是愤恨不已。从以前到现在，一切都是她从中作梗，真是没有想到，我竟然这么傻相信她，反而忽略了圣永司一直以来的真心。

"你无耻！"我大声喊道。

"我无耻？难道他们多管闲事就不无耻吗？我现在就送你去见你的祖先！"莫莉女巫说完，怒目圆睁，整个人像离弦的箭朝我冲来。

我咬紧牙关，利用风的力量瞬间转移，在莫莉冲过来的一刹那，转过身到了她的背后。

"小丫头，倒是有两下子！"莫莉女巫的声音传来。

"你竟然也会！"我奋力闪躲着。

大概是因为莫莉女巫还没有得到龙鳞上的力量，或者她太看轻我的实力，怀着一腔悲愤的我竟然能跟她打个平手。不过因为疏忽大意，我的手臂不小心被她发出的风刃划伤。

"没想到你的实力还不错……不过，想和我斗，再等几千年吧！"肆意而阴森的笑声在树林里回荡。

看见莫莉女巫残忍地将指甲上沾染的龙血舔进了嘴巴里，我不由得抓紧时机默念咒语，将风的力量再次汇集，然后出其不意直接打在了她的胸口上。

"啊！"

莫莉女巫往后退了一步，但是没有倒下。

她吐出一口鲜血，然后笑着看着我。

"哈哈哈，就凭你也想打败我？简直是做梦！"

莫莉女巫说着，苍白的手呈鹰爪状向我袭来。我忙避开，但还是有一缕头发被削掉。如果刚刚我没有避开，现在肯定身首异处了。

"我一定会打败你，问出拯救圣永司的办法！"我咬着牙，拳头紧紧地攥着。

我要等待机会，一定还会有机会的，这个世界上没有不败的人，每个人都有破绽。

刚刚那一掌已经让莫莉女巫受伤了，现在只要找准机会，一定还可以的！

"呵呵！你居然还想着救那个可怜的勇士后人？别妄想了，我还是让你一起去地下陪他好了！"莫莉女巫说着，再次向我攻击过来。

我双脚跃起，飞到了离我最近的一棵大树上。

一定还会有机会的，她一定会有累的时候，现在她已经用了一半的力气，只要我再拖下去，就一定能找到机会的。

"你下来，别以为站在树上我就拿你没办法！"

这时，我看到莫莉女巫停下了脚步，在树林中来回走动，抬起头不断地往上看。

难道说，她只能察觉到我的气息，却不能上树和我搏斗？她虽然也会召唤风元素，但是明显没有我能汇集的风元素多，所以她根本不能像我一样驾驭风元素在树上飞来飞去。

这时候，我心中有了主意。

"你上来，你上来就能找到我！"我大声喊道，然后跃到另一棵树上。

果然，莫莉女巫只是在树下大喊，没有行动。

"臭丫头，你等着！"

"有胆你就上来！"我看到莫莉女巫的眼神越来越乱，我不断在不同的树上来回跳跃着。

莫莉女巫渐渐被我的身影吸引，但是什么都做不了，只能张嘴大骂。

我感觉到莫莉女巫的气息越来越不稳定，因为焦躁，出手时露出的破绽也越来越明显。

就是现在！

当我再次跳到另一棵树的一刹那，我改变了方向，同时念咒，将所有的力量都集中在掌上。

第十章

"啪"的一声,我直接打在了莫莉女巫的头顶。

肆意的叫骂声变成了嘶吼声,莫莉女巫缓缓地倒下了,躺在草地上不住地颤抖。

我走到她的面前,抓着她的衣服,着急地问她:"快告诉我,怎样才能救圣永司?他是被你打伤的,那股残留的黑暗气息该怎么除去?"

"哈哈……"莫莉女巫的嘴里开始喷血,殷红的血将雪白的牙齿染红,血沾在她灰色的长卷发上。

"不许笑,到底怎样才能让圣永司活过来?说啊!"

我猛地摇晃她,这个恶毒的女巫,如果不是她,恶龙一族就不会和勇士一族有这么深的误会。

"我就是死也会拉个陪葬的,你就死了这条心吧。哈哈哈!就算你们知道了过去的真相,但是这一次,新一代的勇士因为你这条愚蠢的龙而死掉……哈哈,龙族和勇士的仇恨会越来越深,你就活在永无止境的悲痛中吧,哈哈哈……啊……"

"喂,你要做什么?"

刚刚那一掌,我明明掌握好了力度,只是让她重伤不能动弹。我只是想让她说出怎么救圣永司,可她到底是怎么了?

"我会让你们所有人都为我陪葬,勇士和恶龙之间的矛盾将永不休止!"莫莉女巫说着,眼里闪过决绝的光,让我心悸。

"就是死,我也不会说的!"

莫莉女巫大笑着,然后大喊一声,还没等我再问话,她的嘴角就缓缓流出了黑色的血液,整个人已经不动了,无法闭上眼,我探了一下她的气息。

断气了!

她好像自己吃下毒药死掉了。

她死了……那不就意味着圣永司没有希望了?

"啊啊啊——不许死!你不许死!你还没有告诉我怎样才能救圣永司!可

恶！浑蛋！不许就这样死掉……"

我悲愤地大喊，甚至努力想去按压她的胸口，让她醒过来，哪怕她是我们龙族真正的敌人，可是此刻，她是我唯一的希望。

一切都来不及了，莫莉女巫死了，圣永司的伤口不能愈合，最后的希望在我的手里消失了。

一阵风吹来，莫莉女巫的脸庞慢慢变老，原本深灰色的长卷发也变成了白色。我看着她的脸上爬满皱纹，一阵风吹来，整个人变成了灰烬。

4.

一切仿佛都已经结束了，刚刚的战斗就像没有发生似的，这个世界上再也没有邪恶的女巫，可是恶龙一族和勇士之间的误会恐怕再也不能解开了。

树林中传来诡异的叫声，有些阴森，显得树林更加静谧。

我慢慢起身，手上还有血迹，但是莫莉女巫已经不在了，难道就没有方法可以救圣永司了吗？

如果没有了，那我现在是不是要去见他最后一面呢？

我被自己的想法吓到了。

不，这不是我想要的，一定还有办法的！我可以先回龙之谷，说不定长老他们知道该怎么救被女巫伤到的人类。不过在这之前，我一定要去再见见圣永司，我要告诉他，我会救他，让他等我。

此时是上午10点，离开树林，阳光又重新照射到我的身上，一切都显得十分不真实。

我伸出手遮挡阳光，看着前方。

每天圣永司都会从这里经过去学校，后来他的车子里坐了另外一个人，那个人就是我。每一次，我都将车窗开一条缝隙，偷偷地看着两边的树木倒退。

第十章

我放慢了脚步，从树林走到了公园外，在这里我帮助金闪闪赢得了大胃王，可是没有和圣永司去恐龙主题公园，也不知道现在还能不能去。

圣永司，如果我说想去公园，你还会带我去吗？

我不想再浪费时间，暗自念咒，使用风的力量来到医院。因为圣永司的爸爸在，我没有脸当着他的面进圣永司的病房，尤其是在知道事情的真相后。尽管他没有责备我，但是我没有勇气去面对他。我只能在他和护士都离开的时候，悄悄地从窗户爬进去。

病床上的圣永司紧紧地闭着眼睛，嘴上的罩子中有一层雾气，这证明他还活着，还有呼吸。

我贪婪地看着他光洁的额头，如羽扇一般的睫毛，高挺的鼻梁，还有那张从来不会说好话的嘴巴。

"我喜欢的就是你！"

那天圣永司说的话在我的耳边回荡，可是我回答他说——不许喜欢我，我一点儿也不喜欢他。那不是我的真心话，其实我喜欢他，我很喜欢他，现在说是不是太晚了？

"圣永司，对不起！"我绝望地捂着嘴，看着圣永司平静而苍白的脸庞，他胸口处的伤口依然没有愈合。

都是因为我的冲动，圣永司说得没错，我就是个笨蛋，所以才会被人耍得团团转。

恶龙一族和勇士的仇恨，因为我还会继续延续下去，一切都是我的错。

我缓缓地伸出手，放到圣永司的胸口上，感受着他微弱的心跳，还有那股隐隐约约盘踞不去、人类肉眼以及机器都看不到的黑暗气息。

是邪恶女巫的魔力在起作用……

当年，恶龙祖先就是因为受到女巫的诅咒，还有受到人类伙伴背叛的打击，最后郁郁而终。

而圣永司，他只是一个平凡的人类，他根本支撑不了多长时间。

一想到圣永司也许会离开，我就感觉心好像被刀用力地绞着一样。

呜呜呜，我到底要怎么做才能让他苏醒啊？

红竺，你不是自诩龙族最强的精英龙吗？你不是觉得自己最厉害吗？

为什么想不出办法？为什么这么没用？

亏你还是条龙，连自己喜欢的人都救不了……

呃，等等！

对了，我是龙！

我红竺是一条龙！

记得以前在龙之谷听说过，龙族的血液本身具有非常强大的能量，有着让人焕发生机的作用，所以古时候很多人类想屠龙，其实是想得到龙族的血液。

而我要来人类世界的时候，长老和妈妈也千叮万嘱，绝对不能暴露自己龙族的身份，怕被别有用心的人类盯上。

龙血可以让人焕发生机，那么我的血是不是可以驱赶那团邪恶的气息，让圣永司无法愈合的伤口恢复？

我抬起头，看着自己的手腕，白皙的手腕处血管分明，我仿佛能看到里面的血液在流动。

我是龙族，我也许可以救圣永司！

哪怕只有一丁点儿可能，我也不能放弃！

我轻轻地拉着圣永司的手，贪婪地看着他的脸庞，我要将他的样子记在心里，因为以后也许再也见不到了。

以血救人，这在龙之谷有过先例，但是救人者往往会元气大伤，重者一命呜呼也是有可能的。

"圣永司，对不起，一直以来都是你在帮我，可是我那么傻，还以为这是你的阴谋。对不起，真的对不起，以后我都不会再烦你了。你马上就会好起来的，如果你醒来后还记得我这个笨蛋，那就在心里给我留下一个小小的位置吧，以后我都不会再打扰你了。"

第十章

我的眼泪止不住地流了下来。

圣永司，我喜欢你，可是我也伤害了你，真的对不起。

我小心翼翼地拉起圣永司的手，慢慢地摩挲着，多希望他能睁开眼睛，哪怕喊我笨蛋，就算喊一辈子我也认了。

我看了看门口，没有人，于是偷偷地打开随身的包，拿出匕首，就着之前的伤口划了一刀。

鲜红的血慢慢地流出，我咬着牙，将血滴到圣永司胸前的伤口处。

圣永司，你一定要好起来……

5.

三天后。

听说圣永司已经苏醒了，从特护病房转到了普通病房。

听说苏醒之后的圣永司像是有了特异功能。

听说圣永司削水果的时候削到了手，结果手没事。

听说……

因为失血过多而异常虚弱的我，牢牢地抱住圣永司病房窗外的一棵大树的树干，小心地将自己的身体藏在茂密的枝叶后面，然后探出头偷偷打量病房里的动静。以上那些消息，就是我这些天偷偷听到的。

圣永司已经醒过来，而且身体比以前更好了。

"叽叽喳喳……"

因为我入侵了它的领地，一只小鸟在我的头顶上扑扇着翅膀，时不时还来我的头顶上啄我两下。

呜呜，好痛！

真是"龙爬大树被鸟欺"！

"看什么看！"我恶狠狠地朝那只找我麻烦的鸟瞪回去，我红竺什么时候被欺负过，现在倒好，一只小麻雀都可以在我面前耀武扬威了。

真是耻辱啊！如果不是龙血损失太多，我……

我绝对把它做成烤麻雀！

"叽叽——"小麻雀根本不怕我这个连一丝龙威都放不出来的龙，反而飞扑过来朝我的脑袋猛啄，而这个时候皮肤变得和普通人类一样脆弱的我，头一次感受到了被麻雀啄的痛苦。

可恶！以前就连花瓶砸脑门都砸不出伤痕的我，现在看到一只小麻雀要如临大敌，还差点儿稳不住身形从树上掉下去。

我努力拽下一根树枝朝它丢去，小麻雀才吓得飞走。

"嘟嘟——"

这时候，远处驶来一辆金色的跑车，应该是金闪闪来了。全世界就他最自大了，什么东西都喜欢用金色的。

车子停下，金闪闪下了车，然后十分殷勤地跑到另一边开车门。

我歪着头，不解地看着，当初我参加大胃王比赛的时候都没有这样的待遇呢，难道是金闪闪的女朋友？

首先映入我眼帘的是一双十分精致的鞋子，车子里的人十分优雅地下车，金闪闪伸出一只手，小心地搀扶着。哎呀，我还从没有见过金闪闪对谁这么殷勤过。

"绫小路——"我不小心叫出声，立刻捂着嘴巴藏好，生怕自己的声音被他们两个或者病房内的人听到。

三天前，我将自己一半的血给了圣永司，他身上的伤终于痊愈了，而拿到龙鳞的我按理说应该没有理由再逗留了，我应该马上回到龙之谷，告诉长老和妈妈有关勇士和龙族之间的误会以及邪恶女巫的阴谋，可是……

我没有马上走，我还想看看圣永司怎么样了，毕竟龙族输给人类血液，我只听说过，并没有看到有人做过，所以对一切都没有把握。我担心他会不会有什么

第十章

后遗症。

我觉得没有脸面去见圣永司了，他受了这么大的苦，完全是因为我。要不是我一意孤行，错把好心当恶意，误信女巫莫莉，也不会有这么多的事情。

算着金闪闪和绫小路就要到圣永司的病房了，我悄悄地探出脑袋观察着。

"圣永司，我们来看你了！"这是绫小路的声音。

我将自己的头埋低，绫小路看着乖巧，其实观察力很强，只要稍稍不小心，就会被她抓到。

"竟然是你们两个一起来，我还以为小路会是我醒过来以后见到的第一个人，真是太让人失望了。"

听到圣永司的话，我心中一惊，身体也忍不住发抖，差点儿掉下去。我努力稳住身形，紧紧地抱住了树干。

从树枝间的缝隙看去，圣永司的脸色已经恢复了往日的红润，他已经好了。

绫小路坐在病床前的椅子上，金闪闪站在她的身后，两个人都笑得十分开心。

"你们两个……小路，你竟然坐别人家的车子来，你不是只坐我们家的车子吗？怎么现在和金闪闪走得这么近？"

听着圣永司又恢复曾经说话的语气，我松了一口气。他还知道开玩笑，那就是真的没事了，我守了三天，就是为了看看他的身体有没有不良反应，现在知道他没事，真是太好了。

"当然是因为我金闪闪的魅力不可阻挡啊！而且我的车子也不是什么女生都可以坐的，小路可是第一个哦！"金闪闪自恋地说道，还偷偷瞥了绫小路一眼，看到绫小路不好意思的笑容，更是开心得咧开了嘴巴。

"闪闪，你不要胡说八道啦！永司，我来看你，还有一件事跟你说……"绫小路恼羞地瞪了金闪闪一眼，然后努力摆出自然的表情对圣永司说道，"莫莉老师和红竺都走了……"

我心中又是一震，小心翼翼地往里看，发现圣永司的脸瞬间变了颜色，刚才还有说有笑，现在却已面色阴沉。

"对啊！她们两个像是约好了似的，一起走了，我派人去红竺家找了，但是没有找到她。听房东说，她已经退房了。圣永司，你是不是跟红竺闹矛盾了？小路这两天很担心呢，那天红竺拿了莫莉老师家的地址就消失了。"

"你少说两句……"

绫小路用胳膊小心翼翼地撞了金闪闪一下，眉头微微皱着，像是在担心什么。

"哦，对不起，我不是有意说这些的。"金闪闪这才发现圣永司的情绪不对，但是圣永司一句话都没有说。

我看着圣永司的面容，什么都明白了，圣永司知道了真相，应该是讨厌我了吧。

这时，圣永司皱着眉头，轻轻说了一句话，更加证明了我的猜测："既然她已经决定离开，那我也会慢慢地将她忘记，以后你们都不要在我面前提她的名字了。"

果然……

圣永司讨厌我讨厌到连我的名字都不想听到了。

呜呜呜，原来他这么恨我，再也不想看到我了。

是啊，一切都是我的错，是我骗了他，还害得他住院。

虽然心里明白圣永司这么说是情有可原的，但我还是忍不住难过，比饿肚子还难受一千倍。

我的双手颤抖着，因为圣永司刚刚那句话的打击，我的力气更加不足了。本来爬上树我就很吃力了，但是怀着要见到圣永司的心情，我努力坚持爬上来了……

如果是从前，我只要打个响指，呼唤风元素就能飞到树上，可是现在，我连站都站不稳，抱住树干的手也越来越无力。

没有充沛的血液支撑，哪怕是巨龙，也虚弱得连一只小麻雀都斗不过。

10 第十章

"你说这些做什么？惹得永司不高兴。"绫小路皱着眉头看着金闪闪。

"我也是不想让他们之间有误会，像我们俩这样多好。"金闪闪不好意思地挠了挠自己的金发。

"你们两个真的在一起了？"圣永司抬起头，脸色难看地望着秀恩爱的他们。

金闪闪和绫小路之间那种暧昧的气息更加明显了。

病房中的三人根本没有发现窗户外面的我，是啊，在他们的眼里，我已经离开了。

"圣永司，打开窗户透透气吧，今天的天气很好呢！"就在我走神的时候，听到金闪闪笑着说道，然后朝着那扇十分大的窗户过来了。

啊！他如果走到窗户边，很容易就发现躲在树上的我。

"不要！"我小声念了一句，想爬下去。因为情况太紧急，我没有想到自己不是从前那条可以随意呼唤风元素的龙，手一松开，整个人就直接往树下坠去。

"啊，救命！"我不小心喊出声，立刻捂住了嘴巴。

二楼不高，可也是很危险的！

"砰！"巨大的声音响起，我感觉大地颤抖了一下。

"发生了什么事？"

"刚刚好像有东西掉下去了。"

"大家都冷静，都冷静一下！"

医院传来喧闹的声音，我相信所有人都听到了那个声音，很凄惨，在叫救命，而且落地的声音很大。但奇怪的是，当保安还有医生赶到的时候，却没有发现任何情况，更没有发现有人受伤。

"奇怪，刚刚明明听到有人喊救命的。"

金闪闪趴在窗台上看着外面的情况。

"会不会是听错了？有医生和护士看护，怎么会有人从楼上掉下去啊？再说了，这家医院的楼本来就不高。"绫小路走到金闪闪的身边，扶着他的肩膀，看着下面。

"那个声音是……不对,应该是听错了……喂,你们两个,我还是病人呢,不要在我面前勾肩搭背好不好?"

圣永司的声音里原本带着惊讶,但很快变得平静。

"哪里勾肩搭背,明明是爱的拥抱……"

"永司,对不起……"

绫小路和金闪闪的声音从窗边传来。

楼下凌乱的灌木丛里。

我紧紧地捂着嘴巴,蜷缩着身子藏在里面,忍住摔下来的剧痛以及皮肤被这些灌木扎伤的疼痛。

呜呜呜,好可恶!这些可恶的灌木,趁我红竺大人最虚弱的时候,在没有钢铁般肌肤保护的情况下欺负我,等我恢复实力,看我不把它全烧掉……

我身上痛,心里也痛,但是害怕被其他人发现,连呼痛都不敢,蜷缩着躲在灌木丛里。

为了救圣永司,我给他输了一半的血,这三天,我都是靠着强大的意志力坚持下来的。没办法,圣永司一天没有好起来,我就不放心,毕竟这是我第一次用这样的方法救人。以前我听妈妈说过,其实这样的救人方法是很危险的,一个不小心,被救的和救人的都会死掉。

可是我管不了那么多,圣永司为我做了这么多事情,还因为我受伤,我绝对不能眼睁睁地看着他就这样离开。他还年轻,还有大好的未来,而且我们恶龙一族和勇士的恩怨也该有个了结了。

再没有比这更好的办法了,现在看着圣永司好起来了,我也该走了。

我小心翼翼地从灌木丛中爬出来,身体已经虚弱到不可思议的地步,我从来没有感觉自己如此没用过。不过,救回了圣永司,一切都值得了。

我艰难地爬出了灌木丛,浑身上下都是叶子,一些细小的叶子扎在我的身

第十章

上，但是这样的疼痛没有刚刚圣永司说的那句话带给我的疼痛大。

他会慢慢忘记我。

我想到这话，眼泪止不住地流了下来。我不知道自己为什么会哭，也许是心痛，也许是身体痛。

我该回去了，现在确定圣永司没有事了，龙鳞也已经拿到手。就像圣永司的爸爸说的，勇士一族并没有对不起我们恶龙一族，我要把这件事告诉大家，以后勇士和恶龙再也不是敌人了。

阳光依然美好，照在身上暖暖的，现在也只有阳光会让我觉得舒服一些。

我拍了拍腰间的小包，龙鳞就放在里面。

是啊，我该离开了，人类的世界并不是我想象的那样可怕，但是也没有那么美好，或者说，对我而言，美好的东西——圣永司的爱，已经不存在了。

一想到这个，心痛感就越发强烈。

我慢慢地往医院大门外走，每走一步，心就会痛一下。我会不自觉地往住院部望一眼，来来往往的人在花园中散步，呼吸着新鲜空气，他们的脸上都洋溢着幸福的笑容，病好了，一切都好起来了。

这里原本就不是我的世界，但我还是舍不得，因为这里有圣永司，我只想再看看他，多看两眼。以后想起来的时候，可以再从脑海中翻出来看看。

我一瘸一拐地走在马路上，身上还有被灌木扎伤的痕迹，很痛，我能感受到周围的人在看我，可是我已经不在乎了。

因为这样的情况也就发生这一回了。

超级洒脱地来到这里，而今天，却只能这样带着满身的伤痕回去。

"啊……好可怕！这个女生身上流血了！"

"要不要叫医生啊，小姑娘？"

"会不会是遇到了什么可怕的事情……她在哭呢……"

周围的议论声不断传来。

我这才知道自己一边走一边哭了，来来往往的人看到我，投来或惊讶或害怕的目光，但是我已经不在乎了。

　　呜呜呜，圣永司要忘记我红竺了，连我的名字都不想听到了……

　　越想越难过，我的视线已经被泪水模糊，只是凭着感觉往前走，慢慢地往前走。

尾声
EPILOGUE

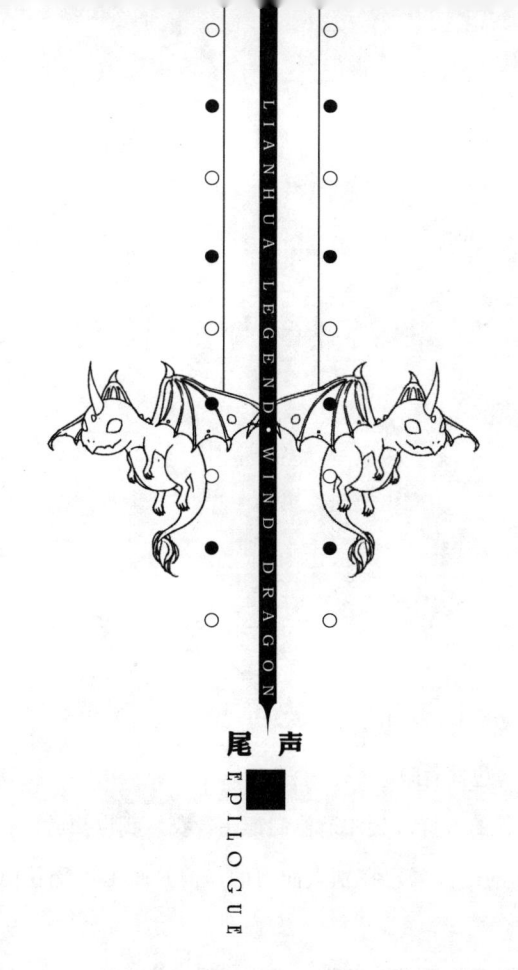

LIANHUA LEGEND·WIND DRAGON

莲化传说·风之龙

LIANHUA LEGEND·WIND DRAGON

"呜呜呜……圣永司……我好痛……"

我一边走着，一边抹着眼泪。

身边是来来往往的人群，我知道他们都在看我，我也知道，一条骄傲的龙是不可以把自己脆弱的一面展现在别人面前的，但是眼泪不受我控制，一直往下掉。

身上的皮肤火辣辣地疼着，双脚也像灌了铅一样没有力气，但是我不能停下来，因为我怕一停下来，我就会回头去找圣永司。

红竺啊红竺，你怎么变得这样软弱了？

明明圣永司已经说了会慢慢把我忘掉。

龙和勇士本来就不应该在一起，就算没有发生这件事，我也应该回到龙族，说起来这对我们两个都好。

这些事情我明明都知道，但我就是不想忘记圣永司，也不想圣永司身边站着别的女孩。

圣永司会骂别的女孩笨蛋，眼神中却透着宠溺。

圣永司会给别的女孩带吃的，笑意满满地看着她吃完，然后故意说她吃得太多。

圣永司会牵着别的女孩回家，然后在第二天的早上第一个跟她说早安。

圣永司会对别的女孩说"我喜欢的人只有你"。

尾 声

他曾经对我做过的事情又会对别的女孩做。

一想到这些，我难过得心都要碎了。

心好痛……身体也好痛……

"呜呜呜——"

不顾还在人来人往的大街上，我直接蹲在地上大哭起来。

有人轻轻地拍着我的肩膀，我的心重重地跳了一下。

难道是圣永司来找我了？

我含着眼泪抬起头，一张稚嫩的脸出现在我的视线中。

"姐姐这么大了还哭鼻子，羞羞哦——"一个小男孩流着鼻涕，冲我做了一个鬼脸，然后飞快地跑远了。

连小孩子都欺负我。

"呜呜呜……我最讨厌小屁孩了……讨厌圣永司……呜呜呜……"

蹲了太久，脚有些麻，我干脆坐在地上，大声哭了起来。

"你为什么讨厌圣永司啊？"旁边有人问道。

"呜呜呜……圣永司说要忘记我，他以后会喜欢上别的女孩……"

一想到这个问题，仿佛这天真的到来了一样，我的心里更加难受了。

"他喜欢别的女孩，为什么你会这么伤心呢？"那个人不依不饶地问道。

"嗝——"

为什么？

我打着嗝，眨了眨依然泪流不止的眼睛。

为什么？

我捂着自己的胸口，问着自己这个问题。

为什么会在意圣永司，会因为他的一些举动影响自己的情绪，会在看到他倒下的时候，有种天塌下来的感觉，会在亲口听到他说要忘记我的时候，心痛得快要死掉了一样？

为什么？

"喜欢……"

我情不自禁地说出这个词。

喜欢？

我喜欢圣永司？

原来这种心情就叫喜欢？

内心深处，一颗不知名的种子迅速发芽长大，然后开出一大朵一大朵绚烂的花。

是的，我喜欢圣永司……

"我喜欢圣永司，但是……"

一种绝望又涌上了我的心头。

没错，我喜欢圣永司，但是圣永司已经不要我了。

"呜呜呜……"

眼泪越流越多，不管我怎么擦都没用。

"笨蛋……"那个声音说道。

虽然是在骂我，但是我能从中听出宠溺与温柔。

咦？这个声音好耳熟……

我抽噎了一下，然后慢慢地抬起头。

一双医院常见的病号鞋出现在我的眼前，顺着鞋子看上去，是一双修长的腿，再往上……

"啊——"

我捂着嘴，不敢相信自己的眼睛。

我的心"扑通扑通"地跳起来，是圣永司！

我从地上爬起来，拍了拍身上的灰尘，但是不敢直视他。

"你……嗝——身体好了吗？"

我的头埋得低低的，生怕被他看出什么来。

圣永司沉默着，要不是我能看到他的鞋子，还以为他已经走了。

尾　声

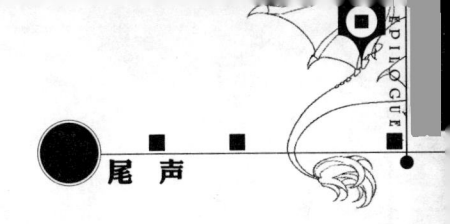

　　我咬了咬嘴唇，抬起头偷看了他一眼。

　　好看的脸上面无表情，一句话也不说，只是看着我。

　　我的脸不知道为什么一下子变得滚烫起来，耳边只能听到自己心脏跳动的声音。

　　"笨蛋，白痴，傻瓜……"

　　圣永司张着嘴，一连串骂人的话朝我砸过来。

　　又骂我！

　　我张了张嘴，习惯性地想要反驳，但是话还没说出口，之前好不容易止住的眼泪又流了下来。

　　"你为什么到了医院不直接来找我，只是偷偷摸摸地在角落窥探，一句话不说就走了？"圣永司皱着眉头问道。

　　因为我害怕你说你不想见我……

　　因为我害怕你责备我接近你是别有用心……

　　因为我害怕你不再对我温柔，把我当成一个陌生人……

　　好多理由在我心里堆积着，但是一个都说不出来。

　　"呜呜呜……对不起……对不起……"我摇着头，哭着说道，"都是因为我，你才受伤的……"

　　是因为我太愚蠢，相信了莫莉女巫的话。

　　圣永司跟我相处了那么久，一直都真心待我，我却把他的好意当成了一个阴谋。

　　你一次次骂我白痴，也不是没有道理的。

　　"是的，都是因为你，我才会受这么重的伤！"圣永司的语气中带着从未有过的严厉。

　　"对不起……"除了说"对不起"，我不知道还能做什么。

　　"所以你要补偿我。"

　　"啊？"

圣永司板着脸，眼里闪烁着我看不懂的光芒。

"不愿意吗？"圣永司的眉头微微皱起。

"没有！"我急忙摇头，"因为都是我的错，所以无论你提出什么样的要求，我都会答应的！"

是的，因为是我犯下的过错，所以必须由我来承担后果。

所以，不管圣永司提出多么过分的要求，哪怕再困难，我也不会拒绝的！

我站直了身子，用眼神表达着我的决心。

"真的？"圣永司怀疑地看着我。

"嗯！"我坚定地点了点头。

"那好……"圣永司点了点头，"那你留在我身边，用一辈子来赔偿我。"

"啊？"我眨着已经肿了的眼睛，透过上下眼皮之间的缝隙看着他，脑子转不过弯来。

是说要我一辈子留在他身边，给他做牛做马伺候他吗？

我的心渐渐沉了下去……

原来他这么讨厌我啊！

"哇……这是在拍偶像剧吗？"

"男主角长得还不错，但是女主角这样也太狼狈了吧……"

周围围观我们的人渐渐多了，他们完全不顾及我的想法，纷纷议论起来。

讨厌！你们没看到我已经这样伤心了吗？

拍什么偶像剧啊……

我的眼睛酸酸的，感觉眼泪又要流出来了。

"答应他——"

"答应他——"

身边有人一边鼓掌一边起哄。

答应给他做牛做马？

人类真是太坏了！

尾声

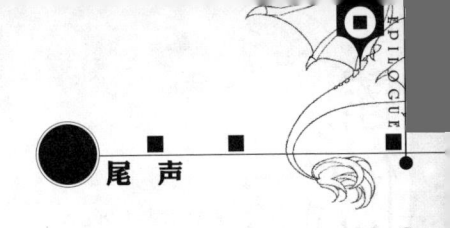

我愤愤不平地想着。

圣永司轻哼了一声,脸色变得难看起来。

"我……我答应你……"我低下头,委屈地说道。

"啊啊啊——"

还没等圣永司做出反应,周围的人已经开始自发鼓掌欢呼起来了。

"太棒了!"

"这样的表白也太酷了吧……"

"不,我总觉得女生还没有明白男主角的意思啊,看她那笨笨的样子……"

我的耳朵捕捉到了几个关键字。

表白?

我眨了眨眼睛,看着圣永司。

圣永司轻哼一声,头抬得高高的,不看我,但是我能看到他泛红的耳朵。

原来……

"圣永司,你刚刚是在向我表白吗?"我小心地问道,心里仿佛绽放出很多烟花,一下子驱散了之前的黑暗。

"笨蛋……"圣永司轻声说道,但是我能听出里面的温柔与宠溺。

"圣永司,你刚刚的意思是说你要和我在一起一辈子?"我笑了起来,心里也乐开了花。

圣永司没有讨厌我!

我忍不住扑向了圣永司,然后轻轻地抱住他。

"圣永司,你还喜欢我,真好……"我小声地说道,然后把头埋进了他的怀里。

圣永司的身体僵了一下,然后轻轻地环抱着我。

"啪啪啪——"

周围响起一阵掌声。

"笨蛋……"

圣永司轻轻地叹了一口气,重复着这个词。

嗯,我是一个笨蛋,我是一个差点儿弄丢你的笨蛋。

不过以后再也不会了。

闻着圣永司身上淡淡的气息,我低下头笑了起来。

每一次告别，
都可能是最后的相见。
《来自秋天的告别书》

送给终将离别的我们。我怕来不及，等不了，回不去。
小妮子/希雅　关于那段"天国"故事的【爱情绝笔】

★ **片名：**《来自秋天的告别书》

出品人：魅丽优品
导演/编剧：小妮子/希雅
主演：尹千夏/萧雨森/单以沫
类型：校园/爱情/纯爱
制片国家/地区：中国
发行地区：全国各大书店/当当网/官方淘宝店
上映日期：2014秋

★ **精彩抢前看：**

阳光灿烂的清晨，在新家整理旧物的时候，一不小心碰碎了一个水晶天鹅。看着水晶天鹅上的小小字迹，我的眼泪也随之落下，那句"尹千夏，我命令你不准走"，一遍又一遍地回荡在耳边。

新生代叛逆女生

叶冰伦 著
YE BINGLUN ZHU

GOODBYE CHILDHOOD '2

再见，小时候

2

颠覆黑暗　　青春重生

期 待 在 **某 年 某 月 某 日**　　顷刻之间 **震撼你的视觉**

阿Q　　　策划
叶冰伦　　执笔

姐　妹　，　反 目 成 仇 。
为　爱　，　悲 伤 泪 流 。

再创叶冰伦经典代表作《再见，小时候》连续两年畅销辉煌！

蛮荒纪 VIII

铁钟 著

玄幻世界巅峰之作　千万读者膜拜欢呼

重磅史诗巨制——《蛮荒纪Ⅷ两界争霸》高调来袭！

延续热血传奇，再造玄幻经典！

《蛮荒纪Ⅷ两界争霸》简介

晋级为上位神的秦越大闹东仙宫，力战鬼骷神王，完成了鬼明尊者的遗愿，同时也结交了命运神王这位强者。就在秦越衣锦还乡之际，神界却又发生大乱，数百万年前曾令神界生灵涂炭的荒魔界强者再度入侵，且来势汹汹。秦越与众神王合力对抗，席卷两界无数强者的大战震撼开启，谁能笑傲群雄？秦越能拯救岌岌可危的神界吗？

待到苍龙出海时，必有血剑震蛮荒！

当结拜兄弟在玄黄塔受到欺辱，当亲手创立的弑天堂遇到危机，当家族深陷外来强者的玩弄之中，当污秽不堪的阴山宗再一次祸害黎民百姓，手握吞天决的少年毅然站了出来！

年度超重磅推荐，点击破亿的惊天神话

《吞天决三诸神荣耀》延续销量奇迹！

吞天决 III 诸神荣耀

《吞天决III诸神荣耀》简介

玄黄塔内的修炼房间不足，嚣张的残月不仅常年霸占五十号房间，还羞辱了陈轩的三位结拜兄弟。为了替兄弟出气，又为了夺得修炼房间，暴怒的陈轩出手了。他能否打败核心弟子中排名第九的残月？

归家途中，陈轩并不知道家族此时正遭逢大难，更不知道这大难竟是地灵境强者的格杀令！面对前所未有的危机，陈轩能化险为夷吗？

手机阅读点击量破亿！

为了心中的梦想，就算与所有人为敌又怎样？

米米拉
校园爱情女王

他们是史无前例的继承者。
他们高高在上，却好似玻璃一样锋利又脆弱。
因为对爱情的执着，对友情的坚定，对亲情的依赖，他们上演着在私立名门学院发生的，一部充满激情的青春男女罗曼史！

不管过去怎么样，都已经不重要，
因为你就是我的未来。
这一次，请不要擅自放开我的手。

米米拉首度畅谈双重人格者的旷世爱恋，
再创意外连连的爆笑温馨喜剧：
《未来甜心馆》即将上市！

即日起，
凡购买米米拉热销书《可爱子是机器人》，
并拍照上传至新浪微博 @魅丽优品 或
@Merry米米拉，

- 即可获得魅丽优品官方淘宝店现金抵扣券 **1** 张，
- 抵扣券用于购买《未来甜心馆》时
  立减 **2元**。

关注魅丽优品官方微信，更多精彩随时放送

"男神"说明书

•韩在熙——猪小萌《木樱粉红馆》

【出 产 地】韩国
【性　　状】非常冷酷的美少年，说话总是冷冰冰的，听不出一丝感情。他的皮肤非常白皙，五官更是精致得如同瓷娃娃一般，让人怀疑他只是一尊雕刻家手下的塑像。
【规　　格】身高178cm，体重70kg
【功能特点】清热解毒，实属夏日消火良品。
【注意事项】此"男神"是有名的冷笑话大王，请众粉丝们准备好棉袄等御寒物品，以免被冻伤。

•宫泽希——猪小萌《木樱粉红馆》

【出 产 地】中国
【性　　状】乌密的浓眉，如同一汪清泉的深邃的黑瞳；高挺的鼻梁如同太阳神阿波罗般完美俊逸；性感粉润的薄唇不时微张，露出了洁白无瑕的皓齿；小麦色的肌肤在白色的衬衫衬下，显得格外诱人。
【规　　格】身高182cm，体重75kg
【功能特点】最强石头心脏。
【注意事项】此"男神"拥有一笑倾城，再笑倾国，三笑征服宇宙的完美外貌，可惜……冥顽不化、死不开窍，如果想要拥有他的爱，需要有"血"滴石穿的牺牲精神哦！（某编辑：被诅咒了的美少年真可怜……女主角：我更可怜好不好！）

•汪财——猫小白《圣南学院男神团》

【出 产 地】中国
【性　　状】黝黑的皮肤，两只小眼睛就像是老鼠一样，贼眉鼠眼的。
【规　　格】身高175cm，体重不明
【功能特点】最不可缺少的极品"酱油王"。
【注意事项】没错，这位名字和某犬类动物极其相似的朋友因为其重要的"酱油王"身份而成功挤入"男神"行列，众位需要有相当强大的心脏，以免被他的招牌"猥琐笑容"闪瞎眼。

•沐槿熙——猫小白《圣南学院男神团》

【出 产 地】地球某处
【性　　状】一头干净的金褐色碎发，白皙细腻的皮肤，精致俊美的五官，修长有魔鬼的身材，两只漆黑明亮的瞳孔在浓密的长睫毛下显得深邃而神秘，让人忍不住想要靠近。
【规　　格】身高185cm，体重76kg
【功能特点】可远观也可以近看的极品神经质美少年
【注意事项】此"男神"心机极重，小心不要被他天使般的笑容迷惑，不然被他卖了，还得笑着帮忙数钱呢！（某编辑：能够被他卖掉是多么幸福的事情啊……众人：鄙视……）

更多"男神"说明请见——

猪小萌《木樱粉红馆》 & 猫小白《圣南学院男神团》

有史以来最年轻的名侦探来自——
《千夜星侦探社》
而"他"居然是个女生！

你敢来挑战她的推理能力吗？

派克和艾德终于找到了抢劫银行的歹徒藏匿的地方。两人同时潜入歹徒所躲藏的302室。突然，大门自动开启，跑出四名男子对派克和艾德开枪。派克被四发子弹击中，不幸死了。歹徒却逃走了。

经过调查，知道这四个歹徒的名字是曼逊、丹、里克和卡尔。而从派克身上取出的子弹经检验是从同一把手枪中射出的，所以凶手是四人中的一个。他们还调查到：★★★

1. 四人中，有一人以前担任过法语老师，他就是这群歹徒的首脑。
2. 里克一直在巴结首脑，首脑却不大信任他。
3. 丹、卡尔以及首脑的妻子，三人是手足关系。
4. 射杀派克的凶手和首脑是要好的朋友，他们俩曾在同一牢狱中服刑。
5. 抢劫银行时，卡尔和枪杀派克的凶手比其他人出力更多，所以两人比别人多拿了2万美元。

根据这些线索，
聪明的你知道是谁射杀了派克吗？
——以上内容摘自网络

《千夜星侦探社》 猫小白 著

有奖活动：
将本页书后广告拍照上传至新浪微博，发布你的答案并@魅丽优品，前三名回答正确的同学即可获得《千夜星侦探社》新书一本！

★魅丽优品"年度最受欢迎作家"第1名
★顶尖白金美少年畅销作家
★校园①号社团"桃色"风暴大揭秘！

抓住男神，只需四步！

休想逃过魔药女巫后代传人蜜芙塔塔的糖果袭击！

1 首先给自己吃一颗勇气糖果 【薄荷糖】

特征：彻底清凉的飞一般的感受！
必杀技：最大限度提高吃糖果人的勇气，使之毫无畏惧地行动，比如义无反顾地告白。

2 然后别忘了给他吃一颗诚实糖果 【果汁糖】

特征：五颜六色的外表，满足所有人的口味。
必杀技：会让服下糖果的人说出最真实的心里话，不过请小心，真话或许不是你希望的那样哦。

3 如果他的答案是你，你现在可以吃一颗心跳糖果 【太妃糖】

特征：外表坚硬的糖果内夹有柔软的心。
必杀技：吃下糖果亲吻对方，会让对方产生心跳加速等症状，瞬间产生让对方无法抵抗的魅力。

4 如果他的答案不是你，别灰心，请吃一颗活力糖果 【跳跳糖】

特征：让舌头也疯狂的感觉！
必杀技：非常刺激，令人防不胜防、忘却烦恼。可以让所有负面情绪状态解除！重新开始吧！加油！

2014年魅丽优品重金打造：巧乐吱力创青春励志校园文学顶级之作——《千惚可亲》即将问世！

艾可乐

少女的爱情小巫师

初吻的命运抉择……

初吻是——甜蜜蜜	◇	初吻是——酸溜溜	◇	初吻是——小清新	◇	初吻是——小刺激
可以和他一起开始一段浪漫的旅程		时而嫉妒，时而开心，时而闹些情绪		可以开始少女的瑰丽幻想		从今天起踏上未知的恋爱之路

FIRST KISS 初吻仲夏殿
WITH PRINCE SUMMER

可是，有一种特别的初吻，你愿意尝试吗？

毒舌、自恋……可是，就算是这么一个讨厌鬼，她也不得不硬着头皮守在他身边，避免他因为诅咒而死。

艾可乐夏日爱情爆笑喜剧——《初吻仲夏殿》，

欢乐命运即将拉开！

吻上他，带给他的是……

死于非命

填写此页并寄回魅丽优品，有机会得到指定作者亲笔回信！

读者调查表

姓名： 年龄： 性别：
QQ： 电话： 地址：

❶ 你买的这本书，书名是什么？

❷ 买这本书的原因是什么？（可多选）
A. 喜欢的作者 B. 封面和插图 C. 装帧设计 D. 故事简介吸引 E. 被人推荐 F. 赠品 G. 价格

❸ 对这本书满意吗？最满意哪几点？
A. 语言风格 B. 故事情节 C. 人物角色 D. 封面和插图 E. 装帧设计 F. 价格 G. 不满意

❹ 有没有在魅丽优品的淘宝店铺或魅丽商城购买过本公司的书？
A. 有 B. 没有 C. 知道这两种渠道，但没有买过 D. 不知道这两种渠道

❺ 在书店容易买到魅丽优品的书吗？
A. 容易，想买的书都能买到 B. 不容易，很难找到 C. 只能找到一部分书

❻ 最喜欢看哪种类型的小说？（可多选）
A. 青春校园 B. 魔幻科幻 C. 都市言情 D. 穿越 E. 悬疑恐怖 F. 热门电视剧改编 G. 其他

❼ 平时买杂志比较多还是图书比较多？
A. 杂志 B. 图书

❽ 以下哪种因素会成为你买杂志的首选原因？
A. 内容 B. 价格 C. 设计风格 D. 主编 E. 广告 F. 纸张质量 G. 彩页多少

❾ 以下哪种因素会成为你购买图书的首选原因？
A. 内容 B. 价格 C. 设计风格 D. 作者 E. 出版社 F. 其他

❿ 通常通过以下哪种渠道购书？（可多选）
A. 新华书店 B. 大型书城 C. 民营书店 D. 打折书店 E. 报刊亭 F. 书摊 G. 二手书店 H. 网络商城

⓫ 会购买明星写真集吗？
A. 从不买 B. 只买自己喜欢的明星的写真集 C. 看价钱，如果太贵，就算是喜欢的明星的写真也不买
D. 只要是喜欢的明星，多少钱都会买

⓬ 你是否认为魅丽优品的图书封面字体太花了，看不清？
A. 是 B. 否 C. 偶尔 D. 你不这样认为，但听其他人反映过这个问题

⓭ 你会被什么样的图书促销活动吸引？
A. 打折 B. 签售 C. 买一赠一等赠送方式 D. 互动活动获奖 E. 其他

⓮ 你是否能接受购买旧书？
A. 能 B. 不能

⓯ 你想得到哪位作者的亲笔回信？

⓰ 今年看过的所有魅丽优品的书，最喜欢哪一本？

填写此页并寄回魅丽优品，有机会得到指定作者亲笔回信！